PAUL SOUDAY

LES

LIVRES DU TEMPS

(Troisième série)

PARIS

ÉDITIONS ÉMILE-PAUL FRÈRES

14, RUE DE L'ABBAYE, VIᵉ

1930

Il a été tiré de cet ouvrage
cinq cents exemplaires sur alfa.

LES

LIVRES DU TEMPS

(Troisième série)

DU MÊME AUTEUR

Les Livres du Temps (première série),
un volume, nouvelle édition . . . . . . 15 fr.

Les Livres du Temps (deuxième série),
un volume, nouvelle édition . . . . . . 15 fr.

LES LIVRES DU TEMPS

(Troisième série)

LE CENTENAIRE DE MALHERBE

Relisons Malherbe, puisque voici le troisième centenaire de sa mort. Il n'y a presque pas une de ses pièces de vers où l'on ne trouve quelque chose d'intéressant.

Dès la première de quelque étendue, *les Larmes de saint Pierre,* œuvre de jeunesse — bien qu'il eût trente-deux ans (1587), mais il n'était pas précoce — trop longue et imitée de l'Italien Tansillo, le vrai Malherbe se dessine. André Chénier, un peu jeune alors, lui aussi, comme le remarquera malignement Sainte-Beuve, mais assez compétent déjà, ne s'y trompe pas et dit : « Quoique le fond des choses soit détestable dans ce poème, il ne faut pas le mépriser. La versification en est étonnante. On y voit combien Malherbe connaissait notre langue, et était né à notre poésie; combien son oreille était délicate et pure... »

Quand j'avais de ma foi l'innocénce première,
Si la nuit de la mort m'eût privé de lumière,
Je n'aurais pas la peur de l'immortelle nuit.

1

Ainsi parle saint Pierre, désespéré d'avoir renié Jésus.
Le pêcheur Céphas ne s'exprimait probablement pas avec
cette euphonie et cette finesse subtiles, mais ces qualités nous charment.

Dans *Victoire de la constance* (1597), qui commence
par ces mots :

> Enfin cette beauté m'a la place rendue,
> Que d'un siège si long elle avait défendue,

la constance qui triomphe n'est donc pas celle de la
dame assiégée, mais du galant assaillant. L'esprit, sinon
la vertu, y trouve son compte. Malherbe était fort spirituel : il aimait les plaisanteries et dans l'ordinaire de la
vie en faisait d'excellentes, que Racan et autres ont
notées. Il n'est pas indispensable qu'un poète sérieux
soit solennel et gourmé, ni austère et puritain. Malherbe
était franchement gaulois, jusqu'à railler, dans la même
pièce,

> Ces vieux contes d'honneur, invisibles chimères,
> Qui naissent aux cerveaux des maris et des mères...

Cela, c'est un des traits les plus permanents de la
race, et indéracinable, puisque c'est à peu près le seul
que la Renaissance ait gardé du Moyen Age. Le nom de
Rabelais suffit. Ronsard lui-même a composé, sinon des
fabliaux, du moins des *Folastries*. En quoi ce fondateur
de la grande poésie savante suivait tout autant la tradition antique. Les anciens n'étaient pas bégueules : les
Français, sévèrement admonestés par la pruderie nor-
dique, s'accordaient d'instinct avec les Latins et les
Grecs avant même de les connaître, et n'ont eu rien à
renoncer de ce chef en les découvrant. Molière, La Fontaine, Voltaire continueront. Cela ne les empêchera pas
d'être honnêtes gens. Une pudibonderie d'importation

nous dénationaliserait. Malherbe pousse même la gaillardise un peu loin dans l'ode nuptiale de 1660, *A la reine Marie de Médicis sur sa bienvenue en France*. Il donne à l'heureux époux des conseils dont ce vert-galant ne s'offensa pas, mais n'avait certes pas besoin, ne manquant pas d'initiative ni de tactique sur ce terrain « souëf ». Malherbe ne s'interdisait pas des facéties que j'appellerai pré-voltairiennes. Il dit à Caliste (la vicomtesse d'Auchy) :

> Tant que vous serez sans amour,
> Caliste, priez nuit et jour,
> Vous n'aurez point miséricorde.
> Ce n'est pas que Dieu ne soit doux :
> Mais pensez-vous qu'il vous accorde
> Ce qu'on ne peut avoir de vous?

Autre épigramme *Sur le même sujet* (espérons qu'elle s'adressait à la même dame) :

> Prier Dieu qu'il vous soit propice,
> Tant que vous me tourmenterez,
> C'est le prier d'une injustice,
> Faites-moi grâce, et vous l'aurez.

Le bon apôtre et le plaisant directeur de conscience! Accordons-lui qu'on ne pouvait plus ingénieusement jouer sur les mots, ni mettre plus drôlement Dieu dans son jeu. C'est un peu libertin, dans les deux sens du terme, non pas grossier ni sans goût.

On a trop déprécié les vers d'amour de Malherbe. Oh! ce n'est pas un amoureux transi, un romantique ni un troubadour. Il met cavalièrement aux belles le marché à la main :

> Mais puisque votre amour ne se peut acquérir,
> Comme j'en perds l'espoir, j'en veux perdre l'envie.

A la marquise de Rambouillet, l'incomparable Arthé-
nice, à qui il dédia quelques madrigaux et qu'il estimait
sans doute pour son aide à l'épuration de la langue,
mais dont il appréciait moins la préciosité sur l'article du
Tendre, il pose carrément son ultimatum :

> Quand je verrais Hélène, au monde revenue
> En l'état glorieux où Pâris l'a connue,
> Faire à toute la terre adorer ses appas,
> N'en étant point aimé, je ne l'aimerais pas...

Craignant sans doute de ne pas assez mettre les points
sur les *i*, il insiste. Je voulais bien essayer de plaire,
précise-t-il,

> Tant que ma servitude espéra du salaire.

Mais il n'est pas de ceux qui se laissent payer en
monnaie de singe et il penchait si peu au platonisme
qu'il en avait quelque humeur contre Pétrarque. Avec
la marquise, il se restreignait aisément à l'amitié. Mais
il semble avoir réellement aimé la vicomtesse :

> Il n'est rien de si beau comme Caliste est belle.

Et il ne lui fait pas seulement des menaces, mais aussi
des promesses sous condition :

> Mais quand je l'ai promis, j'aime éternellement.

Ne l'accusez pas d'exigences trop impératives et dra-
coniennes. La nuance n'apparaît que dans son langage,
qui ne tourne peut-être point assez, si l'on ose dire,
autour du pot. Mais pour le fond des choses, Stendhal enseigne qu'on ne cristallise pas si l'on n'a
quelque espoir. Et ces déclarations un peu cassantes

n'ont peut-être pas toujours défendu Malherbe de tout
risque :

> Amour a cela de Neptune
> Que toujours à quelque infortune
> Il se faut tenir préparé :
> Ses infidèles flots ne sont point sans orages,
> Aux jours les plus sereins on y fait des naufrages,
> Et même dans le port on est mal assuré.

S'il a souffert, c'est qu'il aimait vraiment, tout volage
et coureur d'aventures faciles qu'il était d'habitude.
Toutefois il ne publia pas ces vers qu'il écrivit un jour
impromptu chez Mme des Loges, et que nous ne connaissons que par Guez de Balzac et Tallemant des
Réaux :

> Il n'est permis d'aimer le change
> Qu'en fait de femmes et d'habits.

On lui a fait grief d'avoir composé des élégies pour le
compte d'Henri IV, épris de la jeune Charlotte de Mont
morency, princesse de Condé, et pour le maréchal duc
de Bellegarde, qui osa rêver d'Anne d'Autriche. Les
idées du temps l'y autorisaient, et d'ailleurs les écrivains
publics, y compris M. l'abbé Jérôme Coignard, rédi-
geaient à gages les lettres d'amour des courtauds et des
ribaudes. Malherbe ne pouvait moins faire pour les
grands qui le pensionnaient. Mais bien qu'il ne parlât
point en son nom, il n'aurait pas si bien servi Alcandre
s'il n'avait eu lui-même l'expérience de tels sentiments...
La belle Oranthe est revenue :

> Ces bois en ont repris leur verdure nouvelle;
> L'orage en est cessé, l'air en est éclairci;
> Et même ces canaux ont leur course plus belle
> Depuis qu'elle est ici.

Alcandre, le grand Alcandre, proclame la jeune merveille qu'il sert

> En rares qualités à nulle autre pareille,
> Seule semblable à soi.

Le premier de ces deux vers, un peu usuel, est pour amener l'autre, qui est admirable et presque valéryen...

Qui ne connaît au moins le premier hémistiche de ces stances de 1599, où Malherbe s'exprimait en son nom :

> Beauté, mon beau souci, de qui l'âme incertaine
> A comme l'Océan son flux et son reflux...

On regrette presque qu'il s'agisse d'une certaine beauté déterminée, non de la Beauté en soi, et d'amour au lieu d'esthétique. M. Valéry Larbaud a sollicité le texte dans ce dernier sens. Au fond n'a-t-il pas fidèlement dégagé la pensée intime de Malherbe? Et n'était-ce pas en tant que réalisations concrètes de l'idée du beau qu'il aimait sa Caliste ou quelque autre? Tout poète, tout esprit cultivé, doué de sens artiste, est plus ou moins platonicien, sinon platonique. Il y a chez Malherbe quelques autres exemples frappants de ces généralisations possibles. Ainsi dans l'ode *Sur l'attentat* (contre Henri IV, 1610), il est question d'un être qui

> N'ayant aucune connaissance,
> N'a point aussi d'affection.

Il ne s'agit que du soleil, dont ce crime ne changea pas la course et qui reste insensible aux horreurs qu'il éclaire, mais il y a là virtuellement tout l'aphorisme de Léonard, aujourd'hui célèbre, ignoré sans doute de Malherbe, sur l'origine intellectuelle de l'amour. Et lorsque Malherbe s'écrie :

> O bienheureuse intelligence...

il ne pense qu'au génie de la France ou à la providence qui obscurément la protège. Qui ne songera maintenant à un célèbre vers de Valéry? Et à un autre du même, en lisant ceux-ci dans Malherbe :

> A la fin c'est trop de silence
> En si beau sujet de parler...

Quel poète ne souscrirait l'hymne à cet « Honneur des hommes, saint langage », et partant, nécessairement, à l'intelligence, notre mère, sans qui le langage n'aurait pas de raison d'être et n'existerait pas? Avec de simples différences du plus au moins, toute poésie est intellectualiste par essence, et M. l'abbé Bremond reste seul à en douter.

Notons aussi, à propos de l'hémistiche qui nous a induit en ces réflexions, les exordes étonnants, les prodigieux « démarrages » de Malherbe. « Beauté, mon beau souci... » C'est le tout-puissant coup d'aile. Et quelle clameur de prophète inspiré, dans le non moins fameux :

> Que direz-vous, races futures...

Et quelle franche, quelle foudroyante attaque de la note dans cette invective :

> Va-t'en à la malheure, excrément de la terre...

La Fontaine s'en est souvenu, avec un sourire. On sourira peut-être aussi parce que cette malédiction frappe, après la chute, le maréchal d'Ancre, que Malherbe avait loué dans la prospérité. André Chénier s'en scandalise et prouve ainsi son âme républicaine. Soyons justes pour l'un et l'autre. Ils ont raison tous deux. Du point de vue de Chénier, le citoyen juge l'homme d'État et n'est qu'un pied plat si son jugement dépend de la fortune. Malherbe, en fidèle sujet, n'avait pas d'opinion personnelle et s'en rapportait à l'autorité royale, dont la faveur ou la disgrâce ne pouvaient par hypothèse qu'être pleinement justifiées. Ce qui me fâche un peu, c'est qu'il ait vanté par deux fois l'exécrable Père Garasse, à qui il n'a pas tenu que Théophile ne fût brûlé vif. Dans une lettre de 1623, à Racan, il désigne ce confrère en abrégé par trois lettres grecques Θφλ pour ne pas écrire tout au long et en clair ce nom compromettant. Par parenthèse, cela prouve qu'il n'ignorait pas totalement le grec, quoi qu'on en ait dit. « Pour moi, déclare Malherbe à Racan, je pense vous avoir déjà écrit que je ne le tiens coupable de rien, que de n'avoir rien fait qui vaille au métier dont il se mêlait. S'il meurt pour cela, vous ne devez point avoir de peur : on ne vous prendra pas pour un de ses complices. » Le badinage serait drôle si le pauvre Théophile n'avait couru un danger très réel. Qu'il fût hérétique ou athée, on voit que Malherbe se moquait bien de ces choses-là. Il ne reprochait à la bête noire du jésuite persécuteur — et d'ailleurs en exagérant — que d'être mauvais poète. Cela eût peut-être mérité la mort, si ç'eût été entièrement vrai, mais il prenait un peu légèrement son parti d'une peine réclamée pour ce qui, même à ses yeux, ne la méritait pas.

Le principe de non-intervention dans les affaires d'État ou d'Église allait un peu loin, et certain scepticisme supérieur vengeait la raison *in petto*, mais ne sauvait pas les victimes. C'est le côté faible de la docilité à la coutume, préconisée par Montaigne et pratiquée par Malherbe. Peut-être l'intérêt public l'exigeait-il alors. La pitié ou la simple justice, qui suffit et même qui vaut mieux, sont peut-être des luxes pour époques de civilisation plus affinée. Malherbe était sincère dans son royalisme, et historiquement bien inspiré : il n'y avait alors rien de mieux que de soutenir Henri IV, puis Richelieu. Ses grandes odes politiques sont admirables. Et il déteste à bon droit les factieux, qui étaient aussi des raseurs, mais pourquoi déconseille-t-il la clémence à Louis XIII? Les mœurs du temps étaient rudes.

Je ne puis me défendre d'apercevoir un utilitarisme excessif dans ce vers que M. l'abbé Bremond proclame le plus beau de la langue française :

Et les fruits passeront les promesses des fleurs.

Il est beau, mais l'image tourne à un idéal trop pratique et ménager. Que ces mystiques sont donc matériels!... D'un point de vue plus haut, la fleur est une fin en soi. « Voici des fruits, des fleurs... », dira Verlaine, non seulement par euphonie, mais par ordre de vraie préséance (en la comprenant comme dans les processions, où l'évêque marche le dernier). D'ailleurs, Malherbe lui-même en a d'encore plus beaux, ne serait-ce que celui-ci, qu'on n'apprécie sans doute à sa valeur qu'en approchant du soir :

Tout le plaisir des jours est en leur matinée.

Mais voici peut-être sa plus belle strophe :

Apollon à portes ouvertes
Laisse indifféremment cueillir
Les belles feuilles toujours vertes
Qui gardent les noms de vieillir ;
Mais l'art d'en faire des couronnes
N'est pas su de toutes personnes ;

> Et trois ou quatre seulement,
> Au nombre desquels on me range,
> Peuvent donner une louange
> Qui demeure éternellement.

Ici, il nous donne le sentiment du sublime, a dit fort bien Sainte-Beuve. Notez le dernier mot. Les trois cantiques de Dante se terminent par le mot *étoiles*. Plusieurs stances ou odes de Malherbe finissent sur cet adverbe, comme sur la tonique et fondamentale par excellence.

> Par les Muses seulement
> L'homme est exempt de la Parque,
> Et ce qui porte leur marque
> Demeure éternellement.

Cela vous a un peu plus d'accent que les fades inflexions de la Thaïs de Massenet sur le même mot. Et voyez encore ceci :

> Mais qu'en de si beaux faits vous m'ayez pour témoin,
> Connaissez-le, mon roi, c'est le comble du soin
> Que de vous obliger ont eu les Destinées.
> Tous vous savent louer, mais non également;
> Les ouvrages communs vivent quelques années,
> Ce que Malherbe écrit dure éternellement.

Noble et raisonnable fierté! Lui qui avait un jour, par boutade, déclaré le poète aussi utile qu'un joueur de quilles, lorsqu'il parle en vers, donc sérieusement, on voit qu'il porte assez haut le juste orgueil de l'esprit. Et s'il ajoutait un *Exegi monumentum* à la manière d'Horace, il en avait le droit, d'abord parce que c'était vrai, ensuite parce qu'il avait acquis des titres à ce don du ciel par son culte de la perfection. Le parfait seul est éternel. C'est la profonde raison d'être de la poésie, le

plus antibergsonien des arts. Malherbe en a professé et
fait triompher au moins théoriquement le salutaire respect. C'est de ce chef qu'il a légitimement amendé Ronsard, avec qui il s'accordait; en somme, sur presque
tout le reste. La perfection! C'est là l'enseignement capital de Malherbe et, comme on dit aujourd'hui, son mes-
sage. Écoutons-le. Depuis trois cents ans, jamais il ne
fut plus opportun.

VIES DE RACINE ET DE LA·FONTAINE (1)

La biographie de Racine par M. François Mauriac a d'abord une qualité : elle n'est pas « romancée ». C'est une étrange idée que de raconter la vie de Villon ou de Balzac comme un roman-feuilleton, et la vulgarisation ne saurait descendre plus bas. Cependant, c'est la conséquence logique des théories sur la prétendue primauté du roman. Si ce genre est le plus beau de tous, pourquoi ne pas le mettre au service des grands écrivains et de tous les grands hommes ? Dumas père devient le modèle des historiens et des critiques. M. Mauriac, si infatué de son art, pouvait être tenté. Il y a bien du romanesque, et non toujours du meilleur, dans sa *Vie de Racine*, mais sous forme de discussion psychologique ou morale. Un moraliste, même chimérique, paraît moins déplacé ici qu'un romancier.

Quant au plagiaire, ou à ce qu'on appelle ainsi de nos jours, il s'impose. Rien de plus comique que l'accusation de plagiat portée dans le *Mercure de France* contre M. André Maurois, qui a pris la peine de se

---

(1) François Mauriac : *Vie de Jean Racine*, un volume. Franc-Nohain : *Vie amoureuse de La Fontaine*, un volume.

défendre à merveille. La victoire était facile, et la cause gagnée d'avance. On n'avait même pas besoin d'avoir lu les ouvrages anglais sur Shelley et sur Disraëli, que le collaborateur du *Mercure* imputait à M. André Maurois d'avoir plagiés. Il en citait les passages selon lui les plus décisifs, avec ceux de M. Maurois en regard, sur deux colonnes, et l'on voyait immédiatement que ce n'était pas décisif du tout. Ce rapprochement établissait ce qui est évident et bien connu : à savoir que dans toutes les biographies du même homme les faits, les dates et les principales historiettes sont toujours forcément les mêmes. De loin en loin, à force de recherches, un érudit peut ajouter ou rectifier quelques détails. Ces modifications ne vont pas loin. Pour être pleinement original, il faudrait, par exemple, déclarer que Disraëli, fils d'un duc, trahit son torysme originel pour le travaillisme, méprisa du reste les grandeurs officielles et n'eut que le culte désintéressé de l'esprit : ou que Racine était un poète chinois, né aux Indes, sous le règne de Sésostris. En matière biographique l'invention tombe tout de suite dans le charivarique et le tintamarresque. Tous les biographes se copient forcément les uns les autres dans une certaine mesure. Sainte-Beuve et Paul Mesnard, Jules Lemaître et Larroumet ont été plagiés par M. François Mauriac tout comme Dowden ou Monypenny et Buckle par M. André Maurois. Et le comble de l'absurde serait qu'il en fût autrement.

Il en résulte peut-être qu'on abuse un peu des biographies. Elles sont bien inutiles lorsqu'elles ne font que démarquer et délayer les notices de toutes les encyclopédies et de tous les manuels. Il est toujours superflu d'écrire quoi que ce soit, si l'on n'a rien de nouveau à dire. C'est le cas d'un certain nombre de biographes

actuellement en exercice, et qui inondent le marché. Ce
n'est pas celui de M. André Maurois, ni de M. François
Mauriac. Car on peut introduire de la nouveauté dans
n'importe quel ouvrage, même dans une biographie, par
le style, le tour, les idées, une façon personnelle de
présenter et d'interpréter les faits. D'où le charme du
Disraëli et de l'*Ariel*, et l'intérêt de ce *Racine*, qui sur
bien des points invite à la discussion.

M. Mauriac ne veut point que le Valois ait eu la
moindre influence sur Racine, ni qu'on note la moindre
ressemblance entre ce paysage et ce génie. M. Mauriac
exècre Taine, qui se permet de n'être pas incohérent et
de concevoir la possibilité d'une science de l'esprit.
D'ailleurs, il parle surtout de Versailles et de Port-Royal
dans son fameux et admirable essai sur Racine. Celui-ci
n'était pas très sensible aux impressions pittoresques, aux
spectacles de la nature, et subissait surtout l'action du
milieu moral. Taine réservera pour La Fontaine ses descriptions. Cependant, Gérard de Nerval, aujourd'hui
fort à la mode, a parlé « d'un français si naturellement
pur, que l'on se sentait bien exister dans ce vieux pays
du Valois, où, pendant plus de mille ans, a battu le cœur
de la France ». On a beaucoup dit que Racine était le
plus français de nos poètes, et nul ne conteste la pureté
de sa langue. Il y a donc bien quelque correspondance
entre sa province et son œuvre, et lui-même il se féli-
citait d'être né à la Ferté-Milon plutôt qu'en un canton
patoisant. Il écrit d'Uzès, en 1661 : « Je suis en danger
d'oublier le peu de français que je sais ; je le désapprends
tous les jours, et je ne parle tantôt plus que le langage
de ce pays, qui est aussi peu français que le bas-breton.

> *Ipse mihi videor jam dedidicisse latine,*
> *Nam didici getice sarmaticæque loqui.*

J'ai vu qu'Ovide vous faisait pitié quand vous songiez qu'un si galant homme que lui était obligé à parler scythe lorsqu'il était relégué parmi ces barbares : cependant il s'en faut beaucoup qu'il fût si à plaindre que moi... » S'il vivait aujourd'hui, Racine approuverait la République de faire enseigner le français dans toute la France, et la tentative de Mistral lui plairait aussi peu qu'à Barrès disant : « Tout ce félibrige m'ennuie. » C'est sûrement un bonheur que Racine ne soit pas né dans un pays de patois, mais dans l'Ile-de-France, et c'est une satisfaction pour l'esprit que cette analogie de son art et de sa terre natale.

M. Mauriac cite le ridicule ouvrage de feu Masson-Forestier, descendant d'une nièce de Racine, et de son métier agréé au tribunal de commerce de Rouen, lequel peignit ce poète comme un fort méchant homme et une espèce de forban. Ce qu'il en disait, c'était pour en faire l'éloge. Telle était sa manière d'embellir ses portraits d'ancêtres. Quel fameux immoraliste que ce Masson-Forestier ! M. Mauriac ne donne pas à fond dans cette extravagance, mais il ne s'en garde pas complètement, et je le trouve un peu injuste pour l'homme que fut Racine. Dès son premier chapitre, il écrit : « Qu'il y ait eu du forcené dans Racine, nous le verrons ; et que ce grand poète n'ait pas toujours montré un grand caractère, ni ce grand amoureux un grand cœur, il faudra nous résoudre à ne pas le nier. » Pour d'autres raisons que Masson-Forestier, M. Mauriac l'aime mieux ainsi. Mais, lui aussi, il abuse.

Il lui prête une « complaisance » pour « d'assez atroces histoires » et un esprit « glacé, un peu sadique », parce que Racine rapporte qu'une jeune fille d'Uzès, querellée par son père, prit de l'arsenic : « On croyait qu'elle était grosse, et que la honte l'avait portée à cette furieuse résolution. Mais on l'ouvrit tout entière, et jamais fille ne fut plus fille. » Fallait-il du pathos et du prêchi-prêcha? M. Prudhomme aurait usé d'autres termes, mais non pas Stendhal.

Que reproche-t-on ensuite à Racine? D'abord sa brouille avec Molière, à qui il retira *Alexandre* et enleva la Du Parc, pour porter la pièce et la comédienne à l'Hôtel de Bourgogne. Ce n'était pas très gentil, en effet, Molière ayant protégé ses débuts et monté la *Thébaïde*. Mais il paraît qu'on jouait mieux la tragédie à l'Hôtel de Bourgogne que chez Molière, dont Racine se trouvait en outre le rival (ainsi que Corneille) auprès de la Du Parc, qui préféra peut-être Racine tout simplement parce que des trois il était le plus jeune. Évidemment, il ne s'est pas conduit en héros, mais quel auteur dramatique n'en eût fait autant? Au surplus, sur ce point, M. Mauriac tend à l'excuser, par mépris de ce Molière, qui n'était pas du même monde, et en haine de notre « culte aveugle » pour l'auteur de *Tartuffe*. « Aimer Molière... », vous n'avez pas oublié la juste tirade de Sainte-Beuve. Peut-être n'est-il pas moins significatif de détester Molière.

M. Mauriac, qui déteste aussi Port-Royal, trouve moyen de malmener Racine à propos des polémiques où il est vrai que le poète passa la mesure dans la forme jusqu'à se montrer ingrat; mais sa tante, la mère Agnès de Sainte-Thècle et ensuite Nicole l'avaient poussé à bout, en rappelant l'anathème de l'Église contre la comédie et les comédiens. M. Mauriac voudrait bien que cette austère doctrine fût simplement janséniste. Il avoue que c'est aussi celle de Bossuet (appuyé sur la tradition) dans ses *Maximes* et sa *Lettre au P. Caffaro* (qui avait un nom prédestiné). Jules Lemaître reconnaît qu'«au point de vue du pur christianisme, c'est Port-Royal qui a raison ». M. Mauriac n'en écrit pas moins : « Ces sortes d'épîtres (comme celle où la mère Sainte-Thècle déclarait Racine déshonoré devant Dieu et devant les hommes) ne servent qu'à persuader un libertin que ce christianisme si farouche est incompatible avec la vie des honnêtes gens et même avec la vie tout court... Dieu ne peut exiger que je me détruise... » M. Mauriac penche visiblement du côté des casuistes. Malgré Bossuet, il voudrait que Racine eût carrément soutenu qu'il se montrait admirable chrétien et se rendait éminemment utile à la religion en écrivant des pièces d'amour et en aimant des actrices. Car « il nous est impossible de faire mieux connaître l'homme sans servir la religion catholique », dont Pascal prouve la vérité « par la conformité de ses mystères avec ceux de notre cœur ». M. Mauriac ne se souvient pas que Pascal la prouve avant tout par les prophéties et les miracles (1), et qu'il condamne aussi la comédie.

Sur *Phèdre* et la décision que prit l'auteur de renoncer au théâtre, M. Mauriac dit des choses un peu étonnantes, et qui tendraient à diminuer Racine. Celui-ci se serait senti vidé et aurait voulu éviter d'écrire de mauvaises tragédies de vieillesse comme Corneille. A cet exemple s'oppose celui de Sophocle écrivant *Œdipe à Colone* à quatre-vingt-dix ans. L'année de *Phèdre*, Racine n'en avait que trente-huit! C'était un peu tôt pour parer au danger de décrépitude. Comment supposer que Racine

---

(1) Il est donc fort possible, comme l'a supposé M. André Suarès et quoi qu'en dise M. Mauriac, que le *Tractatus* de Spinoza l'eût retourné.

eût épuisé la matière tragique et pût craindre de manquer de sujets? L'amour n'est pas le seul. Racine pensait à une *Iphigénie en Tauride*, à une *Alceste*... Douze ans plus tard il fera *Esther* et *Athalie*, qui ne sont pas des pièces d'amour, surtout la seconde et qui ne le montrent pas en déclin. La cabale de la duchesse de Bouillon et du duc de Nevers en faveur de Pradon avait pu l'irriter, mais dans toute sa carrière il avait été combattu, et encore plus combatif. Pour un auteur de cet âge et un lutteur de ce tempérament, l'heure n'avait pas sonné de prendre ses invalides.

M. Mauriac invoque l'affaire des poisons, la Voisin accusant Racine d'avoir empoisonné la Du Parc, à qui il aurait volé ses bijoux. Personne ne croit à ces ineptes ragots d'une criminelle, qui n'en put fournir aucune preuve. A supposer que Louis XIV eût ordonné d'étouffer l'affaire concernant Racine, par égard pour un poète qui fréquentait à sa cour et honorait son règne, on n'imagine pas du moins qu'il lui eût conservé sa faveur s'il l'avait cru coupable. Cela ne tient pas debout. La peur qu'aurait ressentie Racine d'après M. Mauriac, et qui ressemblerait à celle de l'homme inculpé de vol des tours de Notre-Dame, serait du reste survenue un peu plus tard. Car la dénonciation de la Voisin n'éclatera qu'en 1679, *Phèdre* était jouée le 1er janvier 1677, et en juin de cette même année 1677 Racine, après avoir songé à se faire chartreux, s'était marié pour inaugurer sa vie de pénitence. Ce retour à la dévotion est incontestable, et c'est sûrement ce qui l'a détourné du théâtre comme Pascal des mathématiques. Nous y avons perdu peut-être une douzaine de tragédies, comme l'invention du calcul intégral, où Pascal était à deux doigts de devancer Leibnitz et Newton. Le calcul intégral a été inventé quand même, plus tard et par des étrangers, mais nul ne pouvait suppléer aux tragédies qu'eût écrites Racine : c'est une perte sèche.

Phèdre n'est donc pas « née dans ce grand trouble » de l'incident Voisin-Du Parc, comme le prétend M. Mauriac, et la conversion de Racine non plus. Je le regrette pour M. Mauriac, dont c'est la plus chère théorie que les pires désordres favorisent éminemment la littérature et du même coup la religion. Il n'est pas absolument nécessaire de perdre son âme pour la sauver, et il ne faudrait pas détourner le sens du mot évangélique, comme le fait volontiers M. André Gide, que M. Mauriac avoue pour un de ses maîtres. M. Mauriac transforme Racine en un personnage de Dostoïevsky. Quelle erreur ! Racine a pu commettre quelques fautes, d'ailleurs sans une extrême gravité, mais il avait l'esprit sain. Il n'avait pas besoin de crimes ni de vices comme de tremplins pour rebondir vers Dieu, ni de bains de boue pour se préparer à un nettoyage d'eau bénite. Il mena pendant quinze ans la vie normale d'un jeune poète dramatique en vedette, aimant son art et le plaisir. Peut-être — c'est une hypothèse assez vraisemblable de M. Mauriac — eut-il d'autres maîtresses que la Du Parc et la Champmeslé. Beau, charmant et célèbre, il devait être fort recherché. La morale du monde n'y trouvait rien à redire. Mais il avait reçu une éducation profondément chrétienne, et c'est avec la morale chrétienne qu'il voulut se mettre en règle, n'ayant nullement la « passion de la connaissance », comme le note très bien M. Mauriac, mais la foi de l'enfant et du charbonnier. Tout cela est parfaitement clair, et tout à fait exempt de complications à la russe.

Je crois donc bien, avec Gazier, que le terrain était

miné avant *Phèdre*, autrement dit que Racine méditait
déjà de se convertir en composant ce chef-d'œuvre, et
qu'il fut bien aise de pouvoir le faire acceptable pour les
jansénistes, ainsi qu'il s'en flatte lui-même dans sa préface. Mais, ici encore, M. Mauriac va beaucoup trop
loin. Il aperçoit dans *Phèdre* cette grande innovation
que pour la première fois Racine y considère l'amour
comme une honte et un péché. Pardon! Le christianisme le plus orthodoxe ne saurait reprocher à Hermione
de vouloir épouser Pyrrhus. Elle ne cesse d'être innocente qu'en le faisant assassiner. Racine ne l'en approuve
certes pas, et n'a jamais méconnu les dangers de cette
passion. Mais Phèdre va jusqu'à l'inceste. M. Mauriac
le nie, sous prétexte qu'elle n'est pas du même sang
qu'Hippolyte! Mais le cas est peut-être un des plus
graves, et bien infâme l'outrage qu'en cédant à Phèdre
il infligerait à son père. Ainsi en jugent non seulement
Racine et Boileau, mais le païen Euripide, dont l'*Hippolyte* vient d'être réimprimé dans la collection Budé
(texte établi et traduit par M. Louis Méridier, professeur
à la Sorbonne). Cette Phèdre grecque a tout autant de
remords et de dégoût d'elle-même que la française. La
morale d'Euripide s'accorde ici avec celle des chrétiens
et des simples honnêtes gens : il faut bien du dostoïevs-
kisme pour ne pas le voir.

M. Mauriac accable Racine en tant que courtisan. Il
est certain qu'il le fut éperdument et que sa conversion,
selon moi très sincère, ne l'empêcha pas de rester très
assidu à Versailles et à Marly, ni d'accepter la charge
d'historiographe, qui contribua aussi à l'empêcher de
composer des tragédies, car on ne peut tout faire à la
fois. Remarquant à bon droit que c'était alors une difficile entreprise de s'élever, que le mérite comptait peu et

qu'il y fallait avant tout l'art de plaire, M. Mauriac
découvre en Racine un intrigant et un arriviste sans
scrupules, qu'il compare à l'astucieux Acomat, et même
à l'ignoble Narcisse! Que d'hyperboles! Malgré son
absolutisme, Louis XIV n'était pas un sultan, ni un
Néron, et Racine était bien incapable de ce machiavé-
lisme ou de cette bassesse. Pauvre Racine! Il eut même
le courage de plaider pour Port-Royal et pour les
misères du peuple! Certes son fétichisme monarchique
nous gêne un peu, mais porte la marque de l'époque,
et pour lui, comme pour Bossuet, c'était une même
chose d'aimer Dieu et le roi. La critique romantique
nous a enseigné qu'on ne comprenait et ne jugeait bien
les œuvres et les hommes que du point de vue de leur
temps. Seuls quelques génies puissants et indomptables
échappent un peu à cette loi commune. Tout ce qu'on
peut dire de Racine, c'est qu'en aucune matière il n'a
dominé son siècle. Il n'y a pas lieu de le flétrir pour
cela, mais tout au plus de constater que ce grand poète
tragique n'était pas un très grand esprit. Même en poésie, il est conformiste, et ses *Cantiques spirituels*, que
M. Lucien Dubech admire à ma grande surprise, sont
lyriques comme des vers latins d'excellent écolier. Racine
est parfait dans son domaine, avec un horizon un peu
étroit. Il n'a ni la vigueur intellectuelle, ni l'indépendante originalité de Descartes ou de Corneille, de Pascal ou de Saint-Simon, de Molière ou de La Fontaine. Ce
n'est pas une raison pour le calomnier, même à pieuse
intention.

*
* *

M. Franc-Nohain, fabuliste lui-même, raconte fort

agréablement la *Vie amoureuse* de son confrère La Fontaine. Elle fut assez remplie, sans compter ce qu'on ne
sait pas. Tout jeune, à Château-Thierry, après des
débuts un peu naïfs, il fit quelques frasques. Une bourgeoise coquette se déroba au dernier moment : la sou-
brette paya pour la dame. Il osa s'attaquer à la femme
du lieutenant du roi. Il y eut des complications dont il a
tiré sa comédie de *Clymène* : l'historiette est dans Tallemant des Réaux. A vingt-six ans, il épousa Marie Héri-
cart, de la Ferté-Milon, cousine de Jean Racine, laquelle
en avait à peine quinze. Ils ne firent pas très bon ménage.
Elle avait le nez aquilin, et il ne les aimait que « trous-
sés ». Elle le pinça avec une révérende abbesse, Mme de
Coucy, et se vengea avec le beau dragon Poignant,
qu'elle regardait déjà d'un œil favorable avant son
mariage. Duel de convenance, où La Fontaine ne mit
aucune conviction. Il nous a dit ce qu'il pensait de ces
accidents conjugaux :

> Quand on l'ignore, ce n'est rien.
> Quand on le sait, c'est peu de chose.

Les deux époux viennent à Paris, sous les auspices de
l'oncle Jannart, qui présentera La Fontaine à Fouquet.
Le jeune poète se lance dans le monde littéraire et se lie
avec Claudine Colletet. Il entre en qualité de gentilhomme servant chez la douairière d'Orléans, vieille et
prude, mais chez qui l'on aperçoit d'aventure une jolie
fille comme Mlle de Poussey, et il se garde bien d'habiter
l'austère Luxembourg. Il loge rue d'Enfer, non loin du
quartier latin, où déjà ne manquaient pas les grisettes.
Il fait la connaissance de Marie-Anne Mancini, duchesse
de Bouillon et nièce de Mazarin. Le duc de Bouillon
était seigneur de Château-Thierry, où La Fontaine fut

maître des eaux et forêts. La différence des rangs obligeait La Fontaine au respect. Cependant, cette Bouillon était une gaillarde, que son mari fit plusieurs fois enfermer pour inconduite, et elle inspira à son poète favori non seulement les *Contes* et le poème sur le *Quinquina*, mais des sentiments assez vifs. Elle lui donnait volontiers audience, étant à sa toilette, où il ne s'ennuyait pas. Il lui écrira en juin 1671 :

> Peut-on s'ennuyer en des lieux
> Honorés par les pas, éclairés par les yeux
> D'une aimable et vive princesse
> A pied blanc et mignon, à brune et longue tresse?

Et elle avait ce « nez troussé », auquel il ne résistait pas. Entre temps, sa femme l'avait quitté. Elle l'encourageait d'abord à la littérature, et fondait sur son avenir d'ambitieux espoirs qui furent déçus. Les grandes dames invitaient le poète, mais laissaient de côté l'épouse bourgeoise, comme nulle et non avenue. Ainsi fera encore la duchesse de Guermantes dans le roman de Proust. Mais les temps sont changés, et l'on n'est plus contraint d'en passer par là. Au dix-septième siècle, il fallait subir les caprices des grands. Au demeurant, La Fontaine n'inclinait pas à s'embarrasser de sa femme. Après la séparation, consécutive à dix-sept ans de mariage, il ne la reverra jamais. Par parenthèse, un détail m'étonne. Elle vivait encore lorsque le terrible abbé Pouget imposa au pauvre La Fontaine, en danger de mort et converti, de si dures pénitences. Comment ce directeur sévère n'exigea-t-il point une réconciliation? Il considérait sans doute que le bonhomme n'avait pas tous les torts... Entre temps, La Fontaine s'était joyeusement consolé avec la Champ-

meslé, qui n'était point farouche. Il connut, suivant la
forte parole de M. Paul Bourget, qu'un agrément de ces
liaisons consistait dans l'amitié du mari, et collabora
avec le sieur Champmeslé, conjoint accommodant et
véritable homme de théâtre. La Fontaine vécut vingt
ans chez Mme de La Sablière, qui avait pour lui beaucoup
d'affection, mais de la passion pour La Fare. Il logea
ensuite chez Mme d'Herwart, qui n'aimait que M. d'Herwart. C'est chez elle qu'il rencontra, étant âgé de
soixante-sept ans, Mlle de Beaulieu, qui en avait quinze.
Il s'en éprit follement, mais ne trouva point en elle
une Bettina. Sa dernière fantaisie semble avoir été pour
une étrange aventurière, Mme Ulric, ou Ulrich, femme
d'un maître d'hôtel du comte d'Auvergne, et amie
intime de la duchesse de Choiseul-Praslin. Cette
duchesse menait une existence tout aussi déréglée. Il
ne faut pas croire que la vertu ait partout régné sous
Louis XIV, qui du reste n'en avait pas donné l'exemple.
C'est pour cette Mme Ulrich que La Fontaine composa
ses derniers *Contes :* c'est elle qui a publié ses œuvres
posthumes. Au total, d'après M. Franc-Nohain, l'amour
proprement dit n'occupa aucune place dans sa vie, et il
ne fut point un amant, mais un voluptueux et un libertin, voire peu délicat, préférant les « Jeannetons » aux
« Clymènes ». C'est bien possible, et cela prouverait
d'abord qu'il n'était pas snob. Sa femme l'avait dégoûté
des précieuses. Sa condition et sa pauvreté l'obligeaient
à des goûts modestes. Avec les anciens, il craignait la
grande passion comme une dangereuse folie et tenait
que de tous les maux

Le mal d'amour est le plus rigoureux.

C'était un sage et un artiste soucieux de se réserver

pour son art. Mais combien inflammable, même de façon sentimentale, on l'a vu par l'anecdote de la jeune Mlle de Beaulieu. Et les plaisirs d'un La Fontaine, malgré les apparences, ne ressemblent pas à ceux du premier venu. Presque tout dépend de ce qu'on y apporte. Nul ne fut plus sensible à la beauté et aux grâces, dont les Clymènes ne sont pas toujours mieux pourvues que les Jeannetons, pour qui sait voir en connaisseur et sans préjugés. Croyez bien qu'au fond il n'y eut rien de réellement vulgaire dans la vie de notre La Fontaine; son œuvre en répond. Au surplus, il ne fut nullement un paresseux, malgré la légende qu'il a lui-même accréditée, mais forcément un grand travailleur, étant grand poète, ainsi que l'a noté Valéry et que le confirme M. Jean Longnon, dans une excellente notice de son édition nouvelle. A la vérité, Ninon de Lanclos trouvait que La Fontaine manquait de tenue, mais nous ne sommes pas forcés de nous en rapporter à cette compétence.

LE CENTENAIRE DE CHARLES PERRAULT

Charles Perrault est né à Paris le 12 janvier 1628. Il faut donc parler de lui. On sait qu'il était fils d'un avocat, qu'il eut plusieurs frères, et que Boileau relevait dans cette famille une « certaine bizarrerie d'esprit ». A quoi Charles Perrault répondit « vertement », d'après M. André Hallays (1) : « Ma famille est irréprochable... On n'y trouvera que des gens de bien... » Je ne sais si la réponse est verte, mais elle évoque une scène de ménage digne de Courteline où, à quelque observation du mari sur le désordre du service domestique, une épouse répliquerait : « Je suis une honnête femme... Vous insultez ma mère! » La plus honnête femme, née de la mère la plus vertueuse, peut mal vérifier le livre de la cuisinière et introduire dans sa toilette ou dans le mobilier de fâcheuses disparates. Et les plus gens de bien peuvent avoir dans l'esprit de la bizarrerie. Tel était certes le cas

---

(1) *Les Perrault*, par André Hallays, ouvrage orné de gravures, un volume, Perrin.

des Perrault. M. André Hallays, si partial en leur faveur, avoue pourtant qu'ils montrèrent tous dans leurs idées comme dans la conduite de leur vie quelque chose d'irrégulier et de paradoxal. Boileau, que M. André Hallays se plaît à houspiller, n'avait pas dit autre chose.

L'aîné, Jean, fut avocat comme le père, et très habile dans sa profession, au dire de son frère Charles, mais n'y réussit pas, ce qui n'en est pas un très bon signe. Seul de la famille, il n'en exerça qu'une. Le second, Nicolas, fut théologien, docteur en Sorbonne, janséniste, défenseur du grand Arnauld, et auteur (en collaboration avec Claude et Charles) d'une parodie « assez égrillarde » du sixième livre de l'*Énéide*. Pierre, receveur des finances, se ruina, se consacra ensuite à l'hydrologie, puis publia des traductions et des ouvrages de critique, où il attaquait les anciens. Claude fut « médecin, physicien, naturaliste, architecte, latiniste, archéologue, constructeur de machines et rimeur à l'occasion ».

> Dans Florence jadis vivait un médecin,
> Savant hâbleur, dit-on, et célèbre assassin...
> Notre assassin renonce à son art inhumain,
> Et désormais, la règle et l'équerre à la main,
> Laissant de Galien la science suspecte,
> De méchant médecin devient bon architecte.
> Son exemple est pour nous un précepte excellent.
> Soyez plutôt maçon, si c'est votre talent...

Ces vers fameux de l'*Art poétique* concernent Claude Perrault, comme chacun sait, et l'on n'ignore pas qu'il construisit la colonnade du Louvre. M. André Hallays estime qu'il en a tout l'honneur, bien que depuis Boileau jusqu'à M. de Hautecœur (*Gazette des Beaux-Arts*, 1924) plusieurs aient soutenu que Le Vau et Dorbay y

eurent part, et bien que Charles se soit vanté d'en avoir
donné l'idée à son frère. Quelle famille! Je n'aurai
garde d'intervenir dans cette discussion. D'ailleurs, on
ne fête pas actuellement le centenaire de Claude, mais
de Charles.

Celui-ci débuta chez Fouquet, aligna des vers à Iris,
composa un *Dialogue sur l'amour et l'amitié*, en prose,
où l'on s'étonne d'apprendre que ces deux sentiments
sont pareillement « enfants du désir ». Puis, dans les
bureaux de Colbert, il devint contrôleur des bâtiments,
et fut vingt ans un parfait fonctionnaire. On frémit de
penser que lorsqu'il s'agissait de dresser l'état des pen-
sions, Chapelain restait le grand dispensateur des bienfaits
du roi, et Perrault « n'était pas sans crédit ». Membre de
l'Académie française en 1671, par la volonté de Colbert
son patron, il y apporta quelques réformes : les séances
publiques de réception, le scrutin secret, le Dictionnaire,
les jetons de présence (avec obligation d'être à l'heure)...
Ce fantaisiste et ce touche-à-tout avait sans doute l'étoffe
d'un excellent administrateur. M. André Hallays le loue
d'avoir été, entre tous les hommes de lettres du dix-
septième siècle, celui qui montra le plus d'inclination
pour les beaux-arts. Rien de mieux en principe, mais il
préférait hautement Le Brun à Raphaël et à Véronèse,
ce qui révèle peut-être un amateur, mais peu éclairé. Son
panégyriste avoue que son poème de sept cents vers sur
la *Peinture* ne contient pas une remarque originale. C'est
dans un autre ouvrage qu'il instituait, de Le Brun à
Véronèse et à Raphaël, cette comparaison à laquelle on
ne refusera pas le mérite de l'originalité. Et ses opinions
littéraires n'en manquèrent pas non plus, nous le verrons
tout à l'heure. Il réservait la banalité et l'ennui pour ses
poèmes épiques ou héroïques, notamment pour le *Saint*

Paulin dont nous ne connaissons seulement le titre que par les épigrammes du satirique. Louvois eut bien tort de disgracier Perrault. Dans les loisirs de la retraite, il lui restait plus de temps pour la littérature.

En somme, ce Charles Perrault, qui a beaucoup écrit, serait depuis longtemps oublié s'il n'avait publié ses *Contes* et milité dans la célèbre Querelle des anciens et des modernes. Ce sont les deux bouées grâce auxquelles il surnagea. Tout le reste de son œuvre a sombré.

Les *Contes* ont obtenu tout de suite une immense popularité, qui persiste et s'étend d'âge en âge. C'est un tout petit volume, composé de trois contes en vers, parus en 1694, et de huit contes en prose (1697). Il n'est pas nécessaire de noircir beaucoup de pages pour passer à la postérité. Ces *Contes* sont probablement immortels. Mais sont-ils bien de Perrault? M. Émile Henriot a repris cette question controversée. Perrault a certainement versifié lui-même, et de façon assez médiocre, à son ordinaire, *Grisélidis*, les *Souhaits ridicules*, et *Peau d'âne*. D'ailleurs, *Peau d'âne* appartient seule au genre des contes de fées, comme la *Belle au bois dormant*, le *Petit Chaperon rouge*, la *Barbe-Bleue*, le *Chat botté*, les *Fées, Cendrillon, Riquet à la houppe*, et le *Petit Poucet*, qui ont l'avantage d'être en prose. Cependant, de qui cette prose est-elle? On se souvient que la dédicace à Mademoiselle (fille de Monsieur) est signée P. Darmancour. Ce P. Darmancour était le fils de Charles Perrault. Il avait alors dix-huit ans. Il se présente comme l'auteur. Qu'en faut-il penser? On admet généralement que Charles avait donné à son fils ces sujets de narration française, qu'il revit et corrigea la rédaction de l'élève et affecta de lui en laisser officiellement le mérite parce qu'il regardait cet ouvrage comme indigne d'un écrivain considérable, ou qui se croyait tel.

Il s'agit de savoir quelle est la part de collaboration res-
pective du père et du fils. M. Émile Henriot conclut à
grossir celle du jeune Darmancour. C'est possible. Mais
le débat ne relève que de la curiosité anecdotique et
de l'érudition amusante. Littérairement, il n'importe
guère.

En effet, que la plume ait été plus ou moins tenue
par l'un ou par l'autre, les *Contes* dits de Perrault, ne
sont en réalité l'œuvre d'aucun Perrault, et le vieux
Charles ou le jeune Darmancour, ou les deux ensemble,
n'ont eu qu'un rôle de greffier. Le véritable auteur,
c'est ma Mère l'Oye, la vieille filandière symbolique qui
personnifie la tradition populaire. L'origine s'en perd
dans la nuit des temps, et il faut peut-être y voir des
mythes solaires, remontant aux âges primitifs, suivant
la théorie de l'anthropologiste André Lefèvre, suivie
de très près par Anatole France dans le *Dialogue sur les
contes de fées*, qui termine le *Livre de mon ami*. La vie
et la mort du soleil préoccupaient beaucoup les peuples,
dans ces lointaines époques, où l'on ne se croyait pas
sûr, paraît-il, de voir renaître l'astre du jour. Toutefois
on n'attendit pas Copernic, Newton et la mécanique
céleste pour reconnaître que c'était un astre assez rangé
et fidèle à ses bonnes habitudes. Bien des siècles avant
Perrault, l'astronomie céda la place à l'étude de mœurs
dans ces récits, qui furent nettement ramenés du ciel
sur la terre. Les fées devinrent l'interprétation animiste
du hasard et du destin. Pourquoi celle-ci est-elle laide
et celle-là belle, ou celui-ci riche et celui-là pauvre?
Ils se sont donné la peine de naître, dira Beaumarchais.
C'est exactement ce que disaient les contes en attribuant
ces bonnes ou mauvaises fortunes au caprice des fées.
C'est identiquement ce que dira Capus en parlant de la

veine. Rien n'intéresse à un si haut point les hommes et plus encore les enfants, qui ont tout l'avenir devant eux et rêvent naturellement aux chances que la vie leur réserve. Les vieux eux-mêmes y pensent toujours, alors que pour eux la partie est jouée. Après avoir gagné ou perdu, sans recours possible, il reste le plaisir de discuter les coups.

Ces éternels et universels soucis d'arrivisme égoïste ne confèrent peut-être pas une extraordinaire poésie aux contes qui les expriment, mais en expliquent la germination foisonnante et le prodigieux succès. De tout temps, en tout pays, les mères ou mères grands et les bienfaisantes « mies » les ont racontés aux marmots, en faisant appel aux souvenirs de leur propre enfance. Des auteurs comme Bonaventure Despériers ou Straparole en avaient déjà consigné quelques-uns par écrit, et La Fontaine ne prévoyait pas Perrault en disant :

> Si *Peau d'âne* m'était conté,
> J'y prendrais un plaisir extrême.

Perrault n'a rien inventé. Il s'est borné à recueillir quelques-uns des meilleurs morceaux de ce fonds collectif et archiséculaire. Quelqu'un a osé répondre que Corneille, Racine et La Fontaine n'ont pas inventé non plus leurs tragédies ou leurs fables. On pourrait ajouter Shakspeare. Impossible de mieux montrer qu'on n'a rien compris à l'invention littéraire. Elle ne réside aucunement dans les sujets, tous dans le domaine public et simples embryons amorphes, mais dans le génie qui leur impose l'idée et la forme. Corneille, Racine, La Fontaine sont de grands hommes, parce que seuls ils pouvaient écrire le *Cid*, *Phèdre* ou *le Chêne*

et le Roseau, dont les éléments s'offraient à la disposition de tout le monde. Mais où prend-on le génie dans
les transcriptions de Perrault? Ce n'est pas mal fait, c'est
clair, bref, et convenablement tourné. Voilà tout. Ce
n'est presque pas plus littéraire, ni plus personnel,
qu'un bon rapport au surintendant des finances ou des
bâtiments civils. Oui, l'on pouvait poétiser les fées, et
de ces vieux thèmes tirer des merveilles de lyrisme ou
d'humour. C'est ce qu'ont fait Shakspeare avec Titania,
Mab, Obéron, Ariel (qui ne figurent pas dans Perrault),
Weber après lui, et pour les personnages que Perrault
adopta, Meilhac-Halévy et Offenbach dans leur *Barbe-
Bleue,* M. Paul Dukas dans son *Ariane,* voire Rossini
dans sa *Cenerentola,* et je me demande même s'il n'y a
pas plus de talent créateur dans les féeries des frères
Coignard et autres que dans les résumés de Charles ou
de Darmancour. Ceux-ci ont rendu le service de conserver et de fixer ces vieilles légendes, mais se bornent
à de secs arguments : l'œuvre d'art reste à faire. Observez ceci. Nul n'ignore le *Petit Poucet, Cendrillon,* le
Chaperon rouge, mais beaucoup n'ont même pas lu la
version Perrault et se contentent de celle que leur
débita jadis leur nourrice. La différence est mince. Perrault n'ajoute pas grand'chose, et la nourrice suffit très
bien.

On est convenu aujourd'hui de s'extasier. On appelle
Perrault « l'Homère des enfants ». On met ses petits
récits au rang des « œuvres classiques, miroirs du grand
siècle ». On parle de chef-d'œuvre, et l'on raille Boileau de l'avoir méconnu. Nous vivons sous le règne de
l'hyperbole, et aussi de l'infantilisme, ou idolâtrie de
l'enfant, de tout ce qui lui ressemble ou qui s'adresse à
lui. Nombre de nos contemporains se sentent d'invin-

cibles affinités avec ces tendres cervelles. Ce n'est pas seulement par politesse que j'éviterai de les contredire. Mais le grand siècle préférait les cerveaux adultes et travaillait pour eux. Perrault lui-même participait en quelque mesure de cet esprit alors en vigueur. Il eut donc la louable modestie de partager l'opinion générale sur la frivolité de ces bagatelles et l'insignifiance de son apport. C'est pourquoi il ne tint pas à signer ce petit livre. Tout moderniste qu'il était, il n'avait pas prévu la déliquescence du modernisme actuel. Pour assurer et perpétuer sa gloire, dont il ne doutait pas, il comptait bien davantage sur *Saint Paulin* ou sur le *Parallèle*. Erreur de fait, non de principe, et ridicule aussi, un peu moins grave pourtant.

Je ne suis même pas assuré que ces contes soient tous d'une morale très saine. Il est bon sans doute d'apprendre aux petites filles à se méfier du loup, aux femmes qu'il sied de n'être pas trop curieuses et aux Barbes-Bleues qu'il peut surgir des Dioscures justiciers, aux sœurs méchantes que leur victime les primera peut-être un jour, et aux ogres que le cannibalisme a ses dangers. Mais le Chat botté et son maître le marquis de Carabas se conduisent en vulgaires escrocs qui devraient finir en correctionnelle. Le Petit Poucet, plus malin qu'il n'est gros et qu'on applaudit d'avoir de la défense, commet des atrocités de guerre aux dépens d'abord des innocentes filles de l'ogre, puis de la bonne ogresse qui avait tout risqué pour le sauver. Ce petit bonhomme intrépide et débrouillard devient un criminel, sans cesser de réclamer notre sympathie. Il y a le plus souvent une certaine bassesse, ou même de la férocité, dans cette sagesse des nations, toute réaliste, qui a imaginé les contes de fées. Perrault n'en est pas res-

ponsable, puisque rien là-dedans n'est de son cru, mais
il n'a pas corrigé cette vulgarité par l'ironie philosophique et l'art supérieur d'un La Fontaine. Un grand
poète, un grand artiste professé toujours l'intellectualisme
désintéressé et le pur amour du beau, rien que par
l'exemple de son œuvre, quelles qu'en soient la matière
et les conclusions apparentes. Pour ce motif, *Parsifal*
ne propage pas non plus la sainte ignorance et le mysticisme obscurantiste, malgré les craintes de Nietzsche.
Mais ce contraste salutaire n'apparaît pas dans les contes
de Perrault, où la qualité du texte s'accorde avec la
morale pratique et dont quelques-uns n'enseignent d'aucune façon la nécessité des scrupules.

Dans la Querelle des anciens et des modernes, Perrault a été au-dessous de tout. Il chante pouilles à
Homère et préfère la *Clélie* de Mlle de Scudéry à l'*Iliade*.
Il proclame Platon ennuyeux, déclare qu'il eût levé la
main sur Socrate, oppose Antoine Le Maître à Démos-
thène et à Cicéron, etc., etc. C'est un malheureux. Pourquoi a-t-il mené cette campagne dans son *Poème sur le
siècle de Louis le Grand* et dans les quatre volumes de
son *Parallèle*? Par flagornerie envers le roi et ses contemporains, par sottise et incompétence, par haine de
Boileau et de la vraie littérature, car il défend et porte
aux nues tous les Chapelain, les Cotin, les Cassagne, les
Pinchesne, etc., que le satirique avait si justement
éreintés. La bienveillance de M. André Hallays, d'Hippolyte Rigault, et même de Sainte-Beuve, pour cet illet-
tré me stupéfie, ainsi que leur aigreur envers l'honnête
Boileau, qui fut un critique si clairvoyant et rendit
toute justice aux grands écrivains de son siècle. Victor
Hugo et Flaubert l'estimaient et avaient bien raison.
Sans doute il ne comprend pas exactement les anciens

et il est gêné dans l'apologie qu'il en fait, parce qu'en somme il croit aux mêmes théories que les Perrault et les d'Aubignac et que, tout comme eux, il érige en règle universelle l'esprit de son temps, s'obligeant ainsi à le retrouver jusque dans Homère. Mais c'est déjà beaucoup d'avoir senti la beauté des anciens par instinct et intuition, sans discerner les véritables raisons qui commandent l'admiration de l'antiquité. Ce sera la tâche de la critique romantique, depuis Frédéric-Auguste Wolf jusqu'à Taine et à Renan.

Rien de plus faux que de considérer Perrault comme un précurseur du romantisme. Il en est beaucoup plus loin que Boileau. Une seule bévue est aussi énorme, celle qui rapproche Perrault de Descartes et du dix-huitième siècle. Descartes combat le Moyen Age scolastique et renoue avec la Grèce, qui a inventé la raison. L'ère intellectuelle moderne date de la Renaissance, c'est-à-dire du retour à l'antique, et le dix-huitième siècle continue le seizième. L'idée du progrès ne s'applique pas, quoi qu'en dise ce niais de Perrault, aux lettres et aux arts, qui sont « la région des égaux ». L'auteur de *William Shakspeare* est autrement intelligent! Que signifient ici ces termes d'anciens et de modernes? Il n'y a que des supériorités nettement définies, sans que la chronologie y soit pour rien. Au temps du miracle grec, presque toute la terre était barbare. Sous Louis XIV, il y a de grands hommes, mais ce sont ceux que Boileau exalte et que Perrault méconnaît. Ce n'est pas Boileau qui leur fait tort en admirant les grands anciens, que Racine et La Fontaine admirent aussi; c'est Perrault qui lèse les grands modernes en les noyant dans la tourbe des médiocres. Sempiternelle insurrection du *profanum vulgus*, des antipoètes, des primaires et des philistins!

En 1830, Perrault eût été du parti classique, avec Scribe et Casimir. Plus tard, il aurait siégé à Tortoni, sifflé Wagner, protégé le vaudeville et le roman romanesque, brocardé Verlaine et Moréas. Actuellement, il mènerait l'offensive contre Valéry.

LA BELLE HÉLÈNE (1)

La seule guerre qui ait eu littérairement des conséquences très considérables et très heureuses, c'est la
guerre de Troie. En particulier l'héroïne pour qui on la
fit n'a cessé, depuis plus de trois mille ans, d'inspirer
les poètes, les philosophes, les historiens, les conteurs,
voire les vaudevillistes. Le Moyen Age même n'inter-
rompit pas cette tradition puisqu'il y a un *Roman de
Troie* en trente mille vers, écrit au douzième siècle par
le poète tourangeau Benoît de Sainte-More. Villon a
parlé d'Hélène, non pas, il est vrai, dans la *Ballade des
dames du temps jadis* — on ne peut tout dire à la fois,
— mais en bonne place, dans la complainte où sont les
vers célèbres :

> Corps féminin, qui tant es tendre,
> Poli, souëf, si précieux...

Symbole de la beauté antique, Hélène a fourni le
célèbre épisode du second *Faust*. D'ailleurs elle figurait
déjà dans le *Faust* de Marlowe, et l'on signale aux sour-

---

(1) Gérard d'Houville : *Vie amoureuse de la Belle Hélène*. Un
volume.

ciers du *Mercure* le plagiaire Gœthe. Du reste Marlowe plagiait avant lui, puisque Hélène est dans la vieille légende populaire du docteur Faust. Cette valeur symbolique a rendu pénible à quelques humanistes comme Paul de Saint-Victor la *Belle Hélène* de Meilhac, Halévy et Offenbach, mais, sous prétexte de satire contre Euripide, Aristophane avait déjà fait figurer Hélène assez comiquement dans les *Thesmophories*. Et Jules Lemaître, dans la *Bonne Hélène*, a continué. Verhaeren a donné une *Hélène de Sparte* plus sérieuse. M. Richard Strauss vient de faire jouer à Dresde une *Hélène d'Égypte*, sur un poème adapté d'Euripide par M. Hugo von Hofmannsthal. En ce moment même, on me dit qu'au programme des cinémas s'inscrit une *Hélène de Troie*. Espérons que les habitués savent de qui il s'agit. Et je reçois presque simultanément deux ouvrages qui concernent la fille de Léda : une nouvelle édition du *Protée* de M. Paul Claudel, et une *Vie amoureuse de la Belle Hélène*, par Mme Gérard d'Houville.

On ne reprochera pas à celle-là d'être une vie romancée. Elle manquerait étrangement d'exactitude en ne l'étant pas. Hélène a-t-elle existé? Je le crois, bien que certains mythographes inclinent à la considérer comme un mythe solaire. D'après Decharme, le nom seul d'Hélène, l'éclatante beauté, suffirait à la rapprocher des Dioscures, ses frères, qui ont sûrement fini par devenir des astres, à supposer qu'ils n'aient pas commencé par là. Mme Gérard d'Houville ne semble admettre qu'une autre étymologie : Hélène, destructrice de vaisseaux (ἐλεῖν-ναῦς). Calembour malveillant! Il est plus galant de préférer ἑλάνη, qui veut dire flambeau, ou σέλας, lueur, peut-être même σελήνη, la lune. Decharme fait observer que Ἑλένη prenait un digamma initial, et que le digamma correspondait quelquefois au sigma. Il ajoute : « Comme les Dioscures, Hélène est une des antiques divinités de la Laconie ; comme eux elle semble être la personnification d'un brillant météore. Le rôle que l'épopée lui attribue dans la guerre de Troie ne peut faire illusion sur son vrai caractère, que les Grecs avaient reconnu lorsqu'ils avaient décerné à Hélène l'apothéose. Jusqu'au temps d'Isocrate (auteur d'un célèbre Éloge d'Hélène), les Laconiens, gardiens fidèles des usages religieux, lui offraient les mêmes sacrifices et lui rendaient les mêmes honneurs qu'à une déesse. La légende entière d'Hélène montre qu'il faut reconnaître en elle une création mythologique, éclose, comme toutes les autres, au spectacle de la nature. » Il y a mieux. Pour Max Muller et pour Cox, adapté par Mallarmé dans ses Dieux antiques, Pâris serait identique au Pani des Védas, un voleur qui dérobe la brillante lumière et la cache dans la prison de la nuit. Hélène reparaît naturellement, parce qu'elle est l'Aurore. L'intrépide Max Muller regarde le siège de Troie même comme celui de l'Orient, fait tous les jours par les puissances solaires, dépouillées tous les soirs par l'Occident. Il est vrai que M. Paul-Louis Couchoud et quelques autres ont également mis en doute l'existence historique de Jésus.

L'histoire est mangée aux mythes, comme on disait peut-être à l'ancien Tortoni. Le plus croyable me paraît être, en général, que l'invention des peuples et des poètes a travaillé sur des bases en partie réelles. Rien ne prouve que le tombeau trouvé à Mycènes par Schliemann soit celui d'Agamemnon, mais les fouilles d'Asie-Mineure révèlent qu'il y a bien eu une ville dans les champs où fut Troie. Il me semble probable qu'il y eut

aussi une Hélène en chair et en os. N'eût-elle pas vécu
réellement, ce ne serait pas une raison de ne pas raconter sa vie. Car elle a certes existé et elle existe encore
dans l'imagination des hommes. Molière lui-même, qui
n'était pas crédule, n'a-t-il pas pour ce motif mis en
scène la fin surnaturelle de Don Juan, tiré en enfer par
le Commandeur?

Mᵐᵉ Gérard d'Houville a bien joliment composé cette
« vie amoureuse » en utilisant de la façon la plus ingénieuse les éléments fournis par les anciens. Platon note
dans le *Phèdre* que le poète Stésichore, ayant offensé la
mémoire d'Hélène, fut frappé de cécité et ne réchappa
de ce châtiment céleste, qu'en chantant la palinodie.
Beaucoup d'autres l'ont imité depuis pour bien moins
que cela. Mᵐᵉ Gérard d'Houville ne sera pas réduite à cet
expédient et n'a pas à redouter la vengeance d'Hélène,
dont elle ne parle qu'avec sympathie. Pour mieux dire,
elle la fait parler. C'est Hélène qui est censée faire elle-
même de vive voix son autobiographie pour sa jeune
suivante Erato. Où cela? A Sparte, qu'elle habite de nouveau avec Ménélas, ses aventures terminées. Télémaque
écoute derrière un rideau, car il est venu, avec son ami
Pisistrate, fils de Nestor, pour demander des nouvelles
d'Ulysse, comme au IVᵉ livre de l'*Odyssée*.

Hélène commence, suivant la mode actuelle, par ses
souvenirs d'enfance, et même *ab ovo* : elle remonte jusqu'à l'œuf natal, déposé dans le sein de sa mère Léda
par Zeus camouflé en cygne. Ses sœurs jalouses et plus
modestement filles de Tyndare insinuent que c'est à
cause du jaune qu'elle est blonde. Quoique simplement
putatif, Tyndare se montre aussi bon père que si elle
était réellement sa fille. Mais il la surveille mal. Ces
premières années dont Mᵐᵉ Gérard d'Houville a tracé un

tableau ravissant, tout imprégné de paganisme naturiste, aboutissent à l'enlèvement de la petite par Thésée.
Elle n'avait alors que dix ans d'après certains auteurs,
ou même sept selon d'autres. On incline donc à suivre
Plutarque qui, dans sa *Vie de Thésée*, ne mentionne
avec pudeur qu'un enlèvement blanc. Cependant, des
témoignages considérables affirment que le héros poussa
les choses à fond. Espérons du moins qu'ayant d'abord
confié à sa mère cette trop jeune conquête, il aura un
peu attendu.

Mme Gérard d'Houville n'adopte pas la version du bon
Plutarque. On conçoit donc qu'elle prête à Hélène de la
rancune. Néanmoins, lorsque celle-ci se plaint moins de
son âge que de celui de Thésée, qui avait alors cinquante
ans, si nous comprenons qu'elle eût préféré un Prince
Charmant ou même un petit berger, nous songeons aussi
que Gœthe en avait près de soixante au moment où
Bettina Brentano l'aima. Il est vrai qu'il fut plus sage
que Thésée. D'autre part, Hélène trouve Thésée « un peu
bête », et très ennuyeux, avec les interminables récits de
ses exploits. Nous le croyons volontiers moins intelligent
que Gœthe, mais celui-ci racontait aussi des histoires,
qui eussent peut-être également assommé Hélène. Elle
s'amuse à détruire le peloton du fil d'Ariane et la massue de Périphétès, que Thésée gardait comme trophées.
Elle n'a pas le culte des reliques, ni celui des héros non
plus! Les héros, quels raseurs! Elle ne trouve pas bon
que la femme soit, comme le veut Zarathustra, la récompense du guerrier! Dans cet âge dit tendre, elle est déjà
féministe et féroce. « Oh! s'écrie-t-elle, un jour luira-
t-il jamais où les femmes, enfin libres, se refuseront
au sort qu'elles n'acceptent pas, et un jour encore plus
parfait où ce seront elles qui cueilleront et mangeront

les hommes? » Il ne s'agit plus que de savoir à quelle
sauce nous serons mangés. Cette douce enfant se réjouit
fort, lorsque Thésée lui annonce qu'il va descendre aux
enfers pour enlever Perséphone et la donner à Pirithoüs :
ce n'est pas à cause de la gloire que Thésée pourrait en
rapporter, mais parce qu'elle espère qu'il y restera.

Un meilleur sentiment d'Hélène est son affection
pour le docte et paternel centaure Chiron, qui la ramène
sur son dos chez Tyndare. « Quelle innocence dans tes
yeux! » lui dit celui-ci en la revoyant. Pour des arran-
gements d'intérêt, il la marie à Ménélas, hélas! Ce seigneur, autoritaire et sportif, s'intéresse à ses chevaux,
sent l'écurie, et prétend que son épouse gouverne la
maison. Notre Hélène trouve cette exigence insupportable et les soins du ménage fastidieux à périr. Ah! ce
n'est pas une femme d'intérieur. Ménagère ou courtisane! déclarait Proudhon. J'ai bien peur qu'elle ne
préférât le second terme de l'alternative. Le digne Chiron lui enseignait, pour la consoler de Thésée, que le
corps n'a pas d'importance et n'est rien sans l'âme.
Mais si la beauté corporelle d'Hélène n'est pas contestée,
celle de son âme ne nous apparaît pas encore. Elle
accuse Ménélas de ne pas la considérer comme une
femme parce qu'ayant eu d'elle une fille, Hermione, il
désirerait un fils. Désir pourtant assez naturel! Et à qui
devrait-il honnêtement s'adresser pour cela, sinon à sa
femme légitime? Mais madame ne veut pas d'enfant.
Elle craint de se gâter la taille. Elle adore et vénère sa
propre grâce physique. Sa religion est l'autolâtrie.

Enfin Pâris! Il est jeune, il n'est pas un héros, il sent
bon, il a vu Vénus toute nue et lui a donné la pomme.
En récompense, la déesse lui a promis Hélène. Celle-ci
ne résistera pas à cette « nuit de printemps incarnée en

garçon ». Elle entend ne se donner aucune peine, ne subir aucun ennui. Il la rassure et lui jure que « la volupté sera leur seul enfant ». Bon! « Mon corps parfait », comme elle dit avec modestie, appartiendra donc à Pâris. Entre temps, elle apprend avec plaisir la mort de Thésée. Elle souhaite la même chance à Ménélas, qui part pour la Crète, comme dans le finale d'Offenbach. Elle s'embarque tout aussitôt avec Pâris et mène d'abord avec lui la vie inimitable, quitte à découvrir par la suite qu'il n'avait aucun intérêt. C'est bien possible. Cependant, cette fois, elle n'a pas été la victime involontaire d'un rapt, ni d'un mariage imposé par les parents. C'est elle qui librement cueille et mange Pâris. La volonté de Vénus? Oui, mais nous savons que c'est un symbole. La liberté consiste pour Hélène à être l'esclave de ses plus déraisonnables caprices.

A Troie, elle apprécie le luxe. Telle que nous la connaissons, cela ne nous étonne pas. Elle aurait sans doute supporté Thésée s'il lui en avait offert assez, mais c'était alors une denrée d'Asie. Toutefois Pâris s'embourgeoise, prend du ventre, et lorsque la guerre éclate, a une fâcheuse tendance à s'embusquer. Les beaux-frères et les belles-sœurs ne sont guère agréables, sauf Hector. Vous vous rappelez l'admirable passage de l'*Iliade* où Hélène, pleurant sur le corps de ce chef tué par Achille, rappelle qu'il ne lui adressa jamais un mot de reproche. Que vient-on nous parler de la chevalerie comme d'une innovation du Moyen Age? Et qui fut plus chevaleresque que ce héros d'Homère?

Hélène a dit à Pâris : « Que n'es-tu mort aussi? » C'est un tic. D'ailleurs, lorsqu'il mourra, elle sera la proie de Déiphobe. Aussi, lorsque la ville est prise, retrouve-t-elle Ménélas avec plaisir et lui crie-t-elle :

« Tue! Tue! » Elle ne trouve les palais jamais si beaux que lorsqu'ils brûlent. O suave Hélène!

Au voyage de retour avec Ménélas se place l'épisode d'Égypte et la légende contée par Hérodote, développée par Euripide dans sa tragédie d'*Hélène*. La vraie Hélène serait restée en Égypte, chez le roi Protée, pendant toute la guerre de Troie, et Pâris n'aurait possédé qu'un vain fantôme suscité par les dieux. Ainsi la réputation de vertu d'Hélène, qui importait aux Lacédémoniens, serait sauvegardée. Mme Gérard d'Houville n'y croit pas : moi non plus. Elle explique qu'il y a pourtant sous cette fable une vérité essentielle. En un sens, Pâris ne tint en effet qu'une ombre. J'ajouterai qu'à creuser encore plus ce sens profond, Hélène, telle que nous la peint spirituellement Mme Gérard d'Houville, ne fut jamais vraiment un être humain.

Le *Protée* de M. Paul Claudel varie avec une bouffonnerie lyrique le thème des deux Hélènes d'Égypte. Il situe l'action à Naxos. D'après lui, la véritable Hélène est bien celle qui fut à Troie et que Ménélas en ramène. Mais la nymphe Brindosier, s'ennuyant à Naxos, se fait passer auprès de Ménélas pour son épouse authentique, dont elle a pris la ressemblance. Et le plus fort, c'est qu'elle décide la vraie Hélène à lui céder la place et à rester dans l'île, où il y a plus de toilettes, de soieries et autres colifichets que dans l'austère Lacédémone. Cette amusante fantaisie n'est pas très féministe et fait même penser à la dixième satire de Boileau.

PROPERCE ET M. BENDA (1)

M. Julien Benda, connu et apprécié comme philosophe, comme controversiste et polémiste philosophique,
voire comme romancier à l'occasion, ne passait pas
pour spécialement latiniste jusqu'à présent, et l'on
s'étonnera peut-être qu'il publie un volume sur Properce. Mais il appartient encore aux générations qui ont
appris et su le latin. Peut-être même n'a-t-il pas complètement oublié le grec. Il n'est pas normalien comme
M. Abel Hermant, qui nous a donné un *Platon* dans la
même collection, mais c'est un lettré, pourvu d'une
forte culture générale. Et les directeurs des *Heures
antiques*, MM. Jean Bever et Paul Vinson, ne font point
appel aux spécialistes, ni concurrence à la collection
Budé. Il s'agit ici non pas à proprement parler de vulgarisation, mais de renouvellement des pensers anciens
par des points de vue modernes. Comment des écrivains
d'aujourd'hui, en pleine activité productrice, engagés
dans les voies les plus profanes, bien « à la page »,
suivant l'expression à la mode, comprennent-ils les

---

(1) Julien Benda : *Properce ou les amants de Tibur*. Un volume.

vieux maîtres classiques, et qu'aperçoivent-ils d'encore actuel dans cette vénérable antiquité? Ce programme justifie pleinement la collaboration de M. Julien Benda, et l'on supposait tout au plus qu'il eût préféré nous entretenir de Lucrèce ou de Sénèque, d'Aristote ou de Parménide. Mais ce farouche intellectualiste, qui dans l'*Ordination* condamnait les philosophes au célibat monastique, est aussi l'auteur des *Amorandes* et de la *Croix de roses*. Ses *Lettres à Mélisande* traitent de philosophie, un peu rapidement, et aborderaient volontiers des questions plus frivoles. M. Julien Benda est un clerc qui ne trahit pas, sans doute, mais qui aspire, de temps à autre, à se séculariser. L'amour, en particulier, l'intéresse au plus haut point. C'est une sorte de Paphnuce laïque, brûlant d'obtenir au moins l'audience des Thaïs mondaines, et leur apportant de sa Thébaïde des propos savants, un peu mordants et hardis comme il convient, sur le sujet qui les attire le plus, ou uniquement, c'est-à-dire sur elles-mêmes. Espérons qu'il ne sera pas damné! Avec Marc-Aurèle ou Héraclite, il eût risqué d'ennuyer les belles écouteuses. Un élégiaque comme Properce était mieux son affaire. Laissons la métaphysique dans notre cellule, avec la haire et la discipline, et penchons-nous pieusement sur la Carte du Tendre!

Cependant, avant d'y arriver, M. Julien Benda fait un détour, et montre avec verdeur qu'il n'a pas fini de ferrailler contre Belphégor et les clercs suspects. Il commence par une discussion antibelphégorienne sur la meilleure méthode critique, et ce problème lui tient tellement à cœur qu'il y reviendra plus loin, après l'exposé sentimental si attendu, et jusqu'au bout, dans sa conclusion.

Il combat donc énergiquement la théorie de la critique intuitive, qui méprise l'examen objectif des œ et veut qu'on s'introduise dans les âmes, ou qu'on les absorbe dans la sienne, en tout cas qu'on s'identifie à elles, qu'on vive la vie intérieure des êtres, au lieu de prendre sur eux des vues et de les comprendre du dehors. M. Benda estime qu'il ne s'agit pas, en critique et en histoire, de vivre, mais de penser. Il n'a pas tort, et très certainement cette fameuse intuition ne supplée pas à l'étude patiente et lucide des faits. Mais n'est-il pas, lui aussi, trop absolu? Le seul mot d'intuition l'exaspère, à cause des abus bergsoniens. Mais avant qu'on entendît là-dessous tant de mystères, ce mot latin signifiait simplement vision intellectuelle, perception directe et clarté péremptoire. C'est dans ce sens que le grand maître du rationalisme moderne, Descartes, l'a pris lui-même dans ses *Regulae*. En critique, il est certain qu'on ne saisit immédiatement que les textes et qu'il faut longuement les scruter, les éclairer en outre par la connaissance de tout ce qui a contribué à les produire, biographie de l'auteur, milieux où il a vécu, influences de toute sorte qu'il a subies, etc. La philologie, l'histoire générale sont assurément nécessaires, et bien présomptueux ceux qui comptent sur leur pénétration naturelle et instinctive pour s'en passer.

C'est un sophisme paresseux. Mais c'en est un autre de supposer que tout ce savoir, assurément indispensable, suffise et constitue une fin en soi. C'est ce que Taine, si éloigné de tout intuitionnisme mystique et belphégorien, appelait une illusion de bibliothèque. Il faut arriver à connaître vraiment les hommes qui se sont exprimés dans ces ouvrages, c'est-à-dire à se les représenter réellement vivants, par cette imagination sympathique dont la renaissance est une des conquêtes du romantisme. La critique romantique a été à la fois éru-

dite et puissamment imaginative. Ce n'est que moyennant ces deux conditions qu'elle est vraie et complète.
C'est par l'union de ces deux éléments qu'elle a rejeté
le vieux dogmatisme trop peu informé et trop abstrait,
à la d'Aubignac. On n'accuse pas M. Julien Benda de
vouloir nous y ramener, mais il pourrait y aboutir malgré lui. On a reproché à Taine d'être systématique! C'est
M. Benda qui l'est à fond, et si furieusement combatif
par surcroît qu'en haine d'une erreur il tomberait aisément dans une autre. Tout sert en littérature : l'intelligence par-dessus tout, oui, mais non point exclusivement, ni surtout si on la limite à l'érudition et à
l'abstraction. Il y faut aussi la sensibilité, guidée et con-
trôlée, mais toujours présente et assez fraîche, assez vive,
pour susciter cette sympathie qui fait imaginer et voir
(intueri) les âmes et les vies concrètes. « Les uns vibrent,
les autres disent quelque chose », prononce M. Benda. Il
est entendu que ceux qui vibrent sans penser se blousent
et font de fausses notes. Mais celui qui pense avec froi-
deur, sans jamais vibrer, n'est qu'un régent de collège
ou un rat d'archives dont la pensée reste inadéquate et
stérile.

L'intelligence est plus complexe que ne croit M. Benda.
Les bergsoniens la nient ou la relèguent à un plan
subalterne. M. Benda ne la porte aux nues qu'amputée
et décharnée. Descartes la plaçait au premier rang, mais
pour lui le sentiment en était une forme et une portion
intégrante. Par un autre biais, c'était aussi la doctrine
de Taine. C'est la bonne. Rien de plus artificiel que cette
division de l'esprit en deux compartiments étanches,
dont on abuse tantôt dans un sens, tantôt dans un
autre. Rien de plus fâcheux, même en science, et encore
plus en art. Au belphégorisme creux, M. Benda oppose

un rationalisme sec. Les deux partis se valent. Casse-
cou des deux parts!

D'ailleurs, M. Benda, qui ne veut que raisonner, ne
raisonne pas toujours d'une façon très serrée. Aux intuitionnistes, il objectait que « l'humain n'est pas nécessairement de l'individuel », que le talent et l'âme même
d'un auteur doivent beaucoup à des manières de sentir
communes à tous ceux de son temps, de son école, qui
ne lui appartiennent pas absolument en propre, et qu'il
faut donc démêler par une enquête extérieure et objective. Très bien! Mais après avoir ainsi rétabli les droits
du général, seule matière de connaissance scientifique
suivant Aristote, il retombe dans l'idolâtrie du particulier
et de l'individuel, au point de relever du subjectivisme
dans le *Cogito, ergo sum.* Comme si c'était là une « impression personnelle », et non le fait le plus généralement
humain qu'une philosophie de l'universel pouvait le
plus légitimement prendre pour base! Mais M. Benda se
retourne cette fois contre une autre catégorie d'adversaires. Il a maintenant besoin de modifier son front et
d'utiliser, au moins en paroles, cet individualisme qu'il
répudiait tout à l'heure lorsqu'il combattait les champions du pur qualitatif et de l'irrationnel sans nuances.
Cette stratégie va l'induire à jouer sur les mots.

C'est la trahison des clercs qu'il veut de nouveau
dénoncer et flétrir. Il se flatte d'accabler ces traîtres par
l'histoire de l'élégie, qui commença dans Sparte, avec
Tyrtée, par être la voix de la cité, le chant de guerre
d'un peuple ou d'un parti, pour devenir à Alexandrie,
puis à Rome, l'expression des joies et des peines les plus
privées. C'est ce qu'il appelle « l'abolition du civique
en faveur de l'intime, du collectif au profit de l'individuel ». Pour lui, il y a là un progrès évident, déterminé

par des ressorts éternels. Car les émois populaires et les causes d'intérêt public ne peuvent séduire l'homme de lettres que par « un paradoxe qui ne saurait durer », tandis que « le besoin central de celui qui tient une plume, et plus encore une lyre, est de dire les aventures de son âme singulière ». D'où il suit que « l'individualisme romantique du dix-neuvième siècle », fondé sur la « psychologie fondamentale et préalable de l'homme de lettres », apparaît à M. Benda comme « l'aboutissement fatal » d'un « développement logique ». Il approuve, et constate que le roi, aujourd'hui regretté de certains, n'eût pas toléré leurs intrusions politiques, renouvelées de Tyrtée, et les eût invités à se mêler de leurs affaires.

C'est possible, mais « l'individualisme romantique », emprunté à la terminologie de Brunetière, n'en recèle pas moins une équivoque. Brunetière, qui du reste se trompait, accusait les romantiques de ne chanter que les sentiments strictement personnels à chacun d'eux. M. Benda les félicite de n'en avoir exprimé que l'ordre privé, ne concernant aucunement l'État. Brunetière les blâmait d'être égotistes, et férus de leur idiosyncrasie, comme parlaient Taine et Nefftzer, effarant Goncourt. M. Benda les loue de n'être pas citoyens. Mais il s'embrouille et tombe, à propos du *Cogito*, dans la méprise de Brunetière. Tout comme l'axiome cartésien, le lyrisme romantique avait une portée parfaitement collective et humaine. Lamartine a aimé Elvire sur le lac du Bourget, mais qui n'a éprouvé en fait ou en rêve des amours et des tristesses pareilles? Les mots individu, individuel, désignent tantôt la différence d'un homme aux autres, tantôt celle de la vie privée à la vie publique. Ni Brunetière, ni M. Benda, ici trop soucieux de renforcer sa thèse, n'ont bien séparé ces deux significations distinctes, et celui-ci porte cette confusion au comble en y impliquant Descartes. Ce défenseur de la logique — je veux dire M. Benda — prend avec elle, parfois, quelques libertés.

Il ne se tire pas beaucoup mieux des deux acceptions du mot « national », appliqué à un poète, selon que l'on considère ses sujets ou son style. Il voudrait bien qu'aucun poète ne le fût jamais d'aucune façon, mais il doit avouer que certains le furent de l'une, qui ne l'étaient point de l'autre. Par exemple Properce, d'abord simple amant de Cynthie, devint sur le tard « impudemment national » et ne rougit pas de célébrer Rome, bien qu'il encourût les griefs des nationalistes en tant que littérairement disciple des Alexandrins. De même, chez nous, les tenants du classicisme louisquatorzien incriminent Hugo de manquement à cette tradition nationale, et il n'en a pas moins écrit l'*Ode à la Colonne*, *l'Année terrible* et une quantité d'autres poésies sur des thèmes manifestement nationaux. Je n'y vois, quant à moi, nul inconvénient, n'ayant jamais professé le nationalisme intellectuel, ni cependant trouvé mauvais qu'un poète exhalât son patriotisme en vers, pourvu qu'ils fussent beaux. Mais il est plaisant de voir M. Benda, toujours dominé par ses visées polémiques, exalter Hugo contre les censeurs traditionalistes, pour le rabaisser ensuite comme un clerc infidèle, et le traiter alternativement, selon les besoins de la cause, en poète de première ou de seconde grandeur. Pour M. Benda, les poètes « dont le génie fut, en partie, fait de leur amour pour leur nation », même s'ils se nomment Virgile, Dante. Pétrarque ou Victor Hugo, sont de ce seul fait essentiellement inférieurs à ceux qui ne doivent le leur qu'à la

pure « union avec le beau et le divin, hors de tout atta-
chement aux intérêts de la terre » ; et parmi ces élus il
cite Lucrèce, Gœthe, Keats, Shelley et Valéry. Or ces
derniers comptent assurément parmi les grands poètes,
mais non pas plus grands, ni peut-être même aussi
grands qu'un Dante, un Hugo et un Virgile. Le critérium
de M. Benda est absurde, comme étranger à la considération de la beauté proprement poétique, qui seule
importe en l'espèce. D'ailleurs, M. Benda se figure-t-il
que Shelley n'a pas eu d'opinions politiques?

Quant à Properce, ses quelques élégies romaines du
quatrième livre ne le diminuent pas, sans le grandir
extrêmement non plus. C'est un excellent poète de
second ordre, d'une grâce et d'une élégance charmantes.
Il avoue lui-même Callimaque et Philétas pour ses
maîtres. M. Benda n'a donc pas de peine à le con-
vaincre d'alexandrinisme, mais il attribue dans cette
histoire un rôle exorbitant à Parthénios de Nicée, sans
qui nous n'aurions, d'après lui, ni Properce, ni Horace,
ni Virgile, donc ni Pétrarque, ni Ronsard, ni Chénier,
ni d'Annunzio. Si ce pauvre Bithynien n'avait été fait
prisonnier dans les guerres contre Mithridate, vers 75
avant notre ère, M. Benda croit que Rome aurait ignoré
l'art alexandrin et que toute la littérature d'Occident en
eût changé de face? Je suppose qu'il plaisante, car l'hellénisme, donc l'alexandrinisme, d'où la littérature latine
est en effet issue, avaient déjà touché Ennius et inquiété
Caton plus d'un siècle avant la capture du comparse
Parthenios.

M. Benda évoque et discute fort agréablement les
amours de Properce et de Cynthie. Il institue un joli
dialogue de ces deux morts. Properce fut-il en réalité le
type de l'amant-martyr, ou Cynthie aurait-elle bien des

sujets de plainte? M. Benda développe à ce propos un
piquant marivaudage, que les lectrices préféreront probablement aux grandes théories et discussions qui pré-
cèdent. Au fond, je serai un peu de leur avis. M. Benda
mentionne la version du parfait amant, soutenue par
Frédéric Plessis, et l'hypothèse de la liaison d'habitude
et de lassitude, formulée par M. Bonafous. Cela en fait
deux, grâce à la science, remarque M. Benda, tandis que
l'intuition n'en pourrait fournir qu'une. Mais elles ne
sont pas si contradictoires. Cynthie, plus âgée que Properce, a pu ressembler légèrement à la Sapho d'Alphonse Daudet. Il est vrai que cela la dépoétiserait un
peu.

La haine des intuitionnistes qui ne songent qu'aux
âmes conduit M. Benda à déprécier même Sainte-Beuve,
qui n'a pourtant négligé aucune sorte de recherches
historiques, et à lui imputer une indifférence, dont il
est innocent, pour l'étude intrinsèque et littéraire des
œuvres. M. Benda s'y emploie en faveur de Properce, en
termes judicieux, mais avec deux lacunes pénibles. Il a
la manie de beaucoup citer, en français, en latin et en
grec, sans jamais donner ses références. Mais il n'est
pas obligatoire de se reporter au texte pour apercevoir
des bévues dans ses citations grecques ou latines. Pauvre
Properce! Que de vers faux M. Benda lui prête, dont il
était bien incapable! Et il y en a trop pour qu'on puisse
croire à de simples coquilles. Évidemment, M. Benda
n'a pas fait de vers latins au collège, et il n'a pas la
prosodie latine dans l'oreille. Les gens du monde, au
moins pour la plupart, ne s'en apercevront pas, mais
le plaisir des humanistes, qui ne laisseront pas d'en
trouver à la lecture de ce petit livre, ne sera un peu
gâté.

* *
*

J'ai reçu la lettre suivante :

Mon cher ami,

Vous dirai-je que j'eusse aimé connaître, ne fût-ce que
pour les réparer, une ou deux de ces bévues, si fortes que
vous n'aviez pas même à recourir aux textes pour les montrer? J'ajoute que je suis un peu surpris, quand j'écris, par
exemple, que Lycophron parle ainsi au début de sa *Cas-
sandre*, Quintilien au huitième livre de son traité, Aulu-
Gelle au treizième de ses *Nuits attiques*, d'apprendre que je
ne donne jamais de références. Dois-je dire que je tiens
à votre disposition celles que je n'ai pas inscrites et dont
vous pourriez, quoi qu'il vous ait semblé tout d'abord, avoir
besoin pour m'éclairer?

Pour ce qui est des vers faux, dont, dites-vous, mon livre
foisonne, tout le soin que je mets depuis vingt-quatre heures
à les rechercher n'en a pu trouver que deux : page 136,
cortibus au lieu de *corticibus;* page 123, *candida Nesœ, cœrulea
Cymothe* au lieu de *candida Nesœ, cœrula Cymothoe.* Je
pousserai même la contrition jusqu'à me reprocher d'avoir
écrit *Amphiaraus* par un tréma et pu faire croire que je
donnais pour un vers : *Muscæ stantes, sole rubente.* Mais ici
Dieu lui-même doit trouver que j'exagère. Quant aux
autres vers faux — et si nombreux! — que vous déplorez,
j'avoue que je ne les vois pas. Au surplus, il faudra, pour
ceux-là, vous en prendre aux éditeurs de *Properce*, d'après
lesquels je les ai transcrits.

J'aime vous voir dire que je n'ai pas fait de vers latins au
collège. Vous me croyez moins vieux que je ne le suis. En
vérité, je suis de la dernière génération à qui les programmes permirent cet aimable jeu, dont je ne me tirais
pas trop mal. C'est peut-être vous, heureux Benjamin, qui
n'en avez pas fait. Mais cela ne vous empêche pas d'avoir

« la prosodie latine dans l'oreille », au point de percevoir des erreurs de métrique dont les surlatinistes qui ont édité *Properce* n'avaient pas pris conscience. Allons, décidément les programmes ne sont rien ; le tout est d'être doué.

Cordialement vôtre.

JULIEN BENDA.

M. Julien Benda, en effet, a donné trois références, dont l'une était des moins nécessaires. Ce qui nous reste de Lycophron est si peu de chose qu'il suffit de le nommer, si l'on veut, pour permettre aux curieux de retrouver facilement le passage. A propos de Lycophron, je regrette surtout que M. Benda lui compare des poètes comme Mallarmé et Valéry, qui lui sont très supérieurs. (Précisons. Pour Valéry, M. Benda déclare, à la vérité, le rapprochement « insoutenable », mais il avoue « bien tentant ». Pour Mallarmé, il ne fait aucune réserve. Et c'est très injuste.) On trouverait même dans le volume de M. Benda une ou deux autres références dont il oublie modestement de se vanter. Mais il en faudrait des douzaines dans ce livre farci de citations. Souvent, il ne nomme même pas l'auteur qu'il cite. Lorsqu'il met en épigraphe cet hémistiche :

... et tiens-toi plus tranquille !

on sait que c'est du Baudelaire, et l'on reconnaît aussi facilement quelques célèbres vers de Corneille, dans *Psyché*. D'autres fois, on cherche, et l'on s'irrite. On n'est pas obligé de savoir tout par cœur. Je ne serais pas fâché que M. Benda nous eût dit de qui sont ces deux-ci :

Là repose, en Tibur, la précieuse Cynthie ;
Par sa cendre, Anio, ta rive est ennoblie.

Car le premier est faux, d'après l'usage courant, qui

détache l'*i* de *pré-ci-euse*, et j'aimerais à savoir si
M. Benda cite inexactement, ou si quelque vieux poète
s'est passé cette forte licence. Il arrive aussi à M. Benda
de procéder par réticences, allusions et périphrases académiques. Cette manie de poser des devinettes et de
pousser des colles est insupportable. On lit un ouvrage
sérieux pour s'instruire, non pour subir un examen ni
jouer aux petits jeux innocents.

Venons aux vers faux. M. Benda en avoue deux, ce
qui serait déjà trop. Dans l'un, *cortibus*, pour *corticibus*,
faisait, en outre, un contre-sens, ou un non-sens, car ce
n'était évidemment pas dans les basses-cours, mais sur
l'écorce des arbres, comme dans le ravissant *Chiffre
d'amour* de Fragonard, que Properce inscrivait le nom
de Cynthie.

Je n'avais pas donné ici d'exemples, craignant l'aspect de pédanterie, et pensant que M. Benda retrouverait aisément ces fautes de quantité, pour les corriger
dans la prochaine édition. Puisqu'il l'exige, en voici
quelques-unes, outre celles qu'il reconnaît et que j'avais
naturellement remarquées. Il écrit (page 65) : «... *Fana
peccatis plurima causa...* » *Fana peccatis* ne peut entrer
dans un vers. J'ai supposé tout de suite qu'il fallait
Fanaque. Mais je n'en ai pas eu la certitude sans peine,
car M. Benda cite ces mots dans un paragraphe sur
l'élégie des thermes de Baïes (I, 11), et c'est dans la dix-
neuvième élégie du deuxième livre que Properce a écrit
fort correctement :

Fanaque peccatis plurima causa tuis.

Elle allait au temple pour se faire voir, coqueter et
mugueter. Déjà !... Page 137, M. Benda donne :

Tu mihi sola domus, Cynthia, sola parentes.

Or, *tu mihi sola domus*, c'est un commencement de pentamètre; *Cynthia sola parentes*, une fin d'hexamètre. La leçon de M. Benda défie l'une et l'autre hypothèse. Cela ne se peut scander d'aucune façon. Y avait-il une syllabe de trop ou en manquait-il une? C'est un hexamètre, parfaitement sur ses pieds dans Properce (élégie déjà citée, I, 11) :

> *Tu mihi sola domus, tu, Cynthia, sola parentes.*

M. Benda avait laissé tomber le second *tu*. Il n'a pas mieux traité Virgile, à qui il attribue ces deux vers :

> *Tres quoque Treicios Boreæ de gente suprema,*
> *Et tris, quoque Idas pater, et patria Ismara mittit.*

Le second vers est faux, parce que l'*o* de *quoque* est bref. Il est, en outre, obscur, et par surcroît peu élégant, par cette répétition de mots. Cela fait beaucoup de défaillances pour un vers de Virgile. J'avais tout de suite conjecturé qu'au lieu du second *quoque* il fallait *quos*. Heureusement, par grand hasard, M. Benda indique qu'il a tiré ce passage du dixième livre (de l'*Énéide*). Tout va bien ! Ce sont les vers 350-351. Dans mon exemplaire, je vois au premier *Threicios*, au lieu de *Treicios* (Thraces), ce qui n'a pas d'importance, mais ce qui en a, c'est que voici le second :

> *Et tres (1) quos Idas pater et patria Ismara mittit.*

---

(1) Certaines éditions (et par conséquent, je suppose, certains manuscrits) donnent donc ici *tres*, et non *tris*, en dépit d'Aulu-Gelle. Je n'ai pas d'édition critique sous la main. Les derniers livres de l'*Énéide* n'ont pas encore paru dans la collection Budé, — où il faut avouer que la traduction des premiers livres par M. André Bellessort n'est guère satisfaisante.

Ma conjecture était bonne. Elle pouvait ne pas l'être, mais le certain, c'est que Virgile n'estropie pas les vers. Enfin, pourquoi (page 164) M. Benda impose-t-il l'aspect typographique d'un vers à la phrase suivante, rédigée, dit-il, par un érudit de la Renaissance, mais qu'il se garde bien de nommer :

Propertium qui non amat, eum Musae non amant.

Cela m'a tout l'air de simple prose. M. Benda aime Properce, et je l'en approuve, mais pour être pleinement aimé des muses, il faut encore respecter la prosodie. Lorsqu'il cite Homère en grec, M. Benda n'altère pas celle du vieil aède, mais quelle étrange accentuation ! Il fait oxyton la particule τε, qui devrait au moins être baryton dans l'intérieur d'une phrase, mais qui est enclitique et ne prend aucun accent, ni aigu ni grave. Et il n'accorde aucun esprit à ἠέ, qui en prend un doux.

Je félicite M. Benda d'avoir fait des vers latins. J'en ai fait aussi, mais dans une institution privée, et non point au lycée, où ils étaient déjà supprimés lorsque j'y suis entré, dans la classe de seconde. Du temps que j'en faisais, mes condisciples et moi nous guettions sur les copies corrigées le fatal *v. f.*, trop souvent inscrit en marge, et que nous traduisions avec l'espièglerie de notre âge par « Vous vous f... de moi ! » On n'en soupçonnera pas M. Benda, mais je lui confesse que depuis cette époque, hélas ! bien lointaine, les vers faux m'infligent une espèce de choc tout à fait désagréable. Je m'excuse néanmoins d'avoir tant insisté, mais c'est lui qui l'a voulu. Je ne prétends, d'ailleurs, aucunement au titre de surlatiniste ni de reviseur des éditions classiques. Je n'ai pas trouvé une seule faute dans la très courante édition Garnier des poésies de Properce, que mon ami M. Julien Benda a simplement mal lues. Ses erreurs de métrique sont bien à lui.

Après quoi j'ai reçu la nouvelle lettre que voici :

MON CHER AMI,

Rien que deux mots et je me tais.

Dans *Fanaque peccatis plurima causa tuis*, je croyais faire tomber le *que* (qui déroute si je ne donne pas ce qui précède), dès l'instant que je citais le reproche de Properce en cours de texte, à titre d'indication sur son caractère, non en tant que vers. Toutefois on peut discuter.

Dans *Tu mihi sola domus, tu, Cynthia, sola parentes*, je suis sans excuse de n'avoir pas vu, ni en corrigeant mes épreuves, ni en relisant mon livre sous votre aiguillon, l'omission du second *tu*. Sur une trentaine de vers que j'ai cités de Properce, je croyais devoir déplorer deux incorrections; il faut que je me résigne; il y en a trois. J'ose croire que l'une au moins ne me sera comptée, même par vous, que comme un lapsus; car vous ne pensez pas que j'aie laissé imprimer sciemment *cortibus* pour *corticibus*, en me figurant que Properce poussait le ressentiment contre Cynthie jusqu'à inscrire son nom sur les murs des basses-cours.

Quant aux deux vers de Virgile, je les ai transcrits tels qu'ils sont cités par Aulu-Gelle, dans le long passage que j'ai donné de cet auteur selon l'édition Garnier (tome II, p. 164). Je n'avais pas vu que, dans le second vers, les vieux universitaires qui ont fait cette édition ont laissé passer une brève où il fallait une longue; mais vous, dont la sensibilité en ces matières fait en toute sincérité mon admiration, vous l'avez vu. Convenez toutefois que la paternité du vers faux ne m'appartient pas.

Cordialement vôtre.

JULIEN BENDA.

Mon ami M. Benda n'abuse-t-il pas un peu? Non, il ne pouvait écrire *Fana peccatis*... ou alors, il pouvait

estropier tous les vers également, au même titre d'indication de caractère. Celui où il faut deux *tu* indique le
même trait psychologique avec un seul *tu*. Trois incorrections? Il y en a bien davantage. M. Benda ne s'est peut-
être pas figuré que Properce inscrivait le nom de Cynthie
dans les basses-cours, mais il a pu croire que *cortibus*
signifiait *écorces*, ce qui aggrave d'un gros contresens sa
grosse faute de prosodie. On a le droit de tout supposer,
alors que mon premier et discret avertissement ne l'a
pas mené à trouver lui-même toutes ses erreurs, et qu'il
m'a obligé à préciser en détail. Puisqu'il insiste encore,
je lui signale que dans un de ses vers faux qu'il écrit
ainsi :

Candida Nesœ, cœrulea Cymothe,

et qu'il fallait pour qu'il fût juste, écrire :

Candida Nesœe, cœrula Cymothoe,

il y a trois fautes de quantité et deux barbarismes.
M. Benda ne s'explique ni sur la phrase de prose latine
à laquelle il a infligé l'aspect typographique d'un vers,
ni sur le vers français qu'il fait de treize syllabes, ni sur
ses fautes d'accentuation grecque. Quant au vers de
Virgile, oui, la bévue *Et tris* QUOQUE *Idas pater* est dans
l'édition Garnier d'Aulu-Gelle. Mais en quoi cela
excuse-t-il M. Benda? Il devait s'en apercevoir : c'est
élémentaire. S'il voyait dans un livre de géométrie que
la somme des angles d'un triangle est égale à *quatre*
droits, ne flairerait-il pas une coquille? Mais l'histoire
est encore plus comique que je ne pensais. L'édition
Garnier donne en haut de la page la traduction française — c'est là que se trouve la faute copiée docilement
par M. Benda — et le texte latin au bas de la page, où

les deux vers en question sont imprimés comme ceci :

Tres quoque Threicios Boreæ de gente suprema
Et tris, quoque Threicios Bortæ de gente suprema (sic).

Ici l'énormité de la gaffe devient tellement évidente que M. Benda n'aurait pu manquer de s'en inquiéter et de recourir à Virgile, dont toutes les éditions donnent correctement pour le second vers *Et tres* quos *Idas pater*... Mais le latiniste Benda n'aura lu que la traduction française et non le texte latin ! Qu'à l'avenir il fasse donc revoir ses épreuves par un humaniste de moyenne force !

RAOUL PONCHON

J'ai lu avec plaisir le volume de M. Marcel Coulon sur Raoul Ponchon (1), parce que j'aime extrêmement Ponchon, parce que M. Coulon en cite des milliers de vers et que l'auteur de *Témoignages* est toujours ingénieux et pénétrant, même lorsqu'il s'aventure un peu loin dans le paradoxe. Je crains qu'il ne l'ait pas complètement évité cette fois. Il cultive souvent l'hyperbole et ne trouve jamais de dithyrambes assez échevelés pour ceux qu'il admire, de telle sorte qu'on peut les admirer aussi beaucoup et cependant ne pas s'accorder avec lui. Cela met dans une situation désobligeante. Il faut bien indiquer que M. Marcel Coulon passe la mesure, mais d'après les préjugés d'aujourd'hui, les plus massifs pavés de l'ours sont tenus pour des bouquets de fleurs et les moindres réserves pour des dénigrements. On se donne ainsi un fâcheux aspect d'hostilité contre des hommes pour qui l'on ne voudrait que des éloges, mais pertinents et adéquats. Car de plus en plus notre époque ne comprend que le coup de tam-tam

(1) Marcel Coulon : *Paul Ponchon, l'homme et l'œuvre.* Un volume.

et le boniment forain, ou l'éreintement à tour de bras et
le mépris total. Il y a pourtant de la marge entre l'apothéose et les gémonies. La critique n'a jamais été aisée,
en dépit du contresens que l'on fait sur le vers de Des-
touches, généralement attribué à Boileau, et qui vise
n'importe quel reproche en l'air, même résumé d'un
mot, oralement, et non le genre littéraire qu'Ernest
Hello appelait la « conscience de la littérature », et qui
est aussi un art. Mais la tâche du critique devient de
plus en plus difficile dans un temps qui a presque
entièrement perdu le sentiment des nuances. Je
m'étonne et je déplore que M. Marcel Coulon subisse et
aggrave cette funeste mode. Un de ses derniers embal-
lements guindait J.-H. Fabre de Sérignan non seulement
au rang de grand écrivain, d'«Homère des insectes »
— c'est entendu, tout le monde à présent en convient,
et cela suffit à sa gloire, — mais à celui de grand savant
et de grand philosophe. Non! La science de J.-H. Fabre
est contestée, et sa philosophie, primaire. Maintenant,
c'est Raoul Ponchon que M. Marcel Coulon porte aux
nues, et l'on approuve d'abord, on se sent en sympathie
et tout disposé à l'applaudissement. Pourquoi faut-il
qu'il se lance dans des exagérations folles, où les plus
vieux et résolus admirateurs du délicieux Ponchon ne
peuvent le suivre?

Mais procédons par ordre et voyons d'abord la préface
de M. Ch. Maurras. Ce politicien s'interrompt trop rarement de rappeler le roi, de polémiquer avec le pape, et
de diffamer d'anciens amis de jeunesse qui osent ne pas
penser comme lui que Kant en personne ait bombardé
les cathédrales. On le préfère lorsqu'il se souvient, une
fois par hasard, d'avoir été homme de lettres et disciple
de Moréas, comme Raymond de La Tailhède et Maurice

du Plessys, Ernest Raynaud, Hugues Rebell, Marcel
Coulon et moi-même. Il évoque ici les premiers, et
aussi M. Bracke-Desrousseaux, l'éminent helléniste, qui
fut, comme il le dit, le Dorat de l'École romane, où
l'on hellénisait, mais ne politiquait pas. Incidemment,
il déclare que Sainte-Beuve jugeait et classait fort bien,
quoi qu'on en dise; mais il reste seul à le dire, du
moins en ce qui concerne les contemporains du lundiste,
et il ne s'entend guère avec Ponchon, qui a composé
contre celui-ci une verte invective, dont M. Coulon
cite quelques vers :

> Au temps du romantisme neuf,
> D'un pur goujatisme il fit preuve...

L'étonnante sophistique de M. Maurras se retrouve en
plein dans son exégèse de la célèbre réponse faite par
Boileau à Louis XIV, qui lui demandait quel était le
plus grand poète de son règne : « Sire, c'est Molière ».
M. Maurras écrit : « Boileau n'aurait peut-être pas
répondu de même à un autre que Louis XIV. Il lui
appartenait de révéler au roi ce qu'il y avait chez
Molière de majesté. » On sait, en effet, que Louis XIV
goûtait et protégeait Molière, mais le prenait pour un
baladin. Il n'en résulte pas que le digne et janséniste
Boileau modifiât ses jugements selon les circonstances
et les gens à qui il parlait. Pour plaire à M. Maurras, il
aurait dû désigner Racine. Il l'admirait aussi, mais
trouvait Molière plus puissamment original, et voilà
tout. Racine n'est pas unique, même au dix-septième
siècle, puisqu'avant lui il y avait Corneille. Molière est
unique dans toutes les littératures, antiques et modernes,
puisque le genre d'Aristophane diffère sensiblement du
sien.

En revanche, je note impartialement une excellente explication de M. Maurras sur un point controversé : « On abuserait des catégories naturelles en disant que les barres verticales ou horizontales de la carte changent quelque chose au vrai ou au faux... Un poème n'est pas beau parce qu'il est d'un fils d'Athènes comme Moréas ou d'un enfant de Napoléon-Vendée comme Raoul Ponchon, une idée n'est pas juste parce qu'elle va d'accord avec les affinités de nos substructures vivantes, mais sa justesse une fois connue, une fois que nous sommes assurés de sa vérité et de sa beauté, n'aimons-nous pas à y goûter, en sus des joies de l'esprit pur, l'aveu subtil et fort de ces ressemblances profondes?... Si donc ce rapport existe, comme il arrive, et s'il jaillit des terres maternelles un idéal accord avec d'éternelles et d'universelles beautés, saisissons-nous, nourrissons-nous de cet honneur inattendu... » On dirait d'une réplique à la *Trahison des clercs*, de M. Julien Benda, qui d'ailleurs avait déjà paru dans la *Nouvelle Revue française*. En tout cas, elle est topique et opportune.

Sans doute, je crains qu'assez souvent, pour M. Maurras, le vrai ou le faux ne soit ce qu'il croit utile ou nuisible à sa politique, et que par exemple, quand il accuse quelqu'un d'être vendu à l'Allemagne, cela ne signifie simplement que ce contradicteur fait trop de tort à la « bonne cause ». De même dans le *Jardin de Bérénice* Barrès explique que traiter de voleur un concurrent aux élections, cela veut dire qu'on réprouve ses vues sur la réforme fiscale ou les rapports de l'Église et de l'État. Il ne s'agit que de s'entendre. Ces choses n'ont, du reste, aucune importance à Paris, où personne n'y croit, mais des naïfs les prennent à la lettre dans de lointaines provinces. D'autre part, M. Maurras, de qui je préfère beau-

coup l'*Anthinéa* (1) au *Voyage de Sparte* de Barrès, ne
fût sans doute pas tombé dans l'erreur barrésienne et eût
adoré Athènes, même s'il était né en Lorraine ou en
Flandre ; mais en fait il n'a pas eu ce mérite, ayant eu
la chance que son état civil coïncidât avec l'esthétique
méditerranéenne. Né à Martigues, au bord d'un fjord,
lui disait pour rire notre ami commun Frédéric Amou-
retti, mais dans cette Provence qui ressemble physiquement à la Grèce et fut de bonne heure colonisée par
Phocée, puis par Rome, il n'a eu qu'à se laisser porter
et son régionalisme a favorisé sa raison, mais l'a un peu
limitée aussi et l'a rendu parfois injuste pour d'autres,
moins bien nés à son goût. S'il n'a pas promulgué l'égotisme comme Barrès, il y a quelquefois cédé dans la
pratique, tout en le condamnant en principe. L'expur-
gation d'*Anthinéa* et du *Chemin de Paradis*, dans l'espoir
avoué, mais déçu, d'amadouer le Vatican, prouve encore
que M. Maurras sacrifie parfois la vérité objective à ses
manœuvres politiques. Ici M. Benda reprend l'avantage.
Un vrai clerc n'eût pas châtré sa pensée et tripatouillé
son œuvre comme l'a fait M. Maurras. Mais enfin la
règle qu'il énonce dans le passage précité est irréprochable. J'y souscris sans restriction pour ma part, moi
Normand, féru de la pensée et de la beauté gréco-latines,
d'ailleurs très fier de concitoyens directs comme Flaubert et Corneille.

(Pendant que je m'occupe de M. Maurras — une fois
n'est pas coutume — on me passera une courte parenthèse. Lui qui s'est si fréquemment fourvoyé, il ne
reconnaît pas de plus clairvoyant que lui. Aussi a-t-il
déclaré qu'en m'écriant : « C'est un faux ! » dès que

---

(1) Première édition, non expurgée.

j'eus lu, il y a quelque trente ans, le prétendu document libérateur (futur faux Henry) communiqué à la
Chambre par le ministre Cavaignac, je n'avais rien
deviné, mais je savais. Il se trompe une fois de plus. Je
ne savais rien du tout, et je pense que personne n'était
averti, car si les antidreyfusards triomphaient bruyam-
ment et me traitaient de fou, comme plus tard M. Clé-
ment Vautel pour mes opinions littéraires, les dreyfu-
sards que j'ai rencontrés ce soir-là m'ont paru atterrés.
J'avais fait simplement un peu de critique des textes.
C'est mon métier et je n'y mets d'autre passion que
celle de voir clair. Mais il est exact que M. Maurras sait
se retourner comme pas un. Lorsque les antidreyfusards
furent à leur tour consternés par le suicide du colonel,
M. Maurras seul vit tout de suite dans ce faux une gloire
pour le faussaire et une déroute pour l'accusé. Rochefort lui-même renonçait à la lutte et acceptait la revision,
lorsque cette théorie du faux véridique et patriotique
vint, si l'on peut dire, lui remonter le moral.)

Excusez cette petite digression ; je reviens vite à
Raoul Ponchon, présenté par M. Maurras dans cette
préface comme un poète classique, d'une santé esthétique éclatante, que Moréas appelait justement « un
véritable grand poète »... La santé de Ponchon est
authentique, son talent aussi, et pareillement le mot de
Moréas, mais je crois que celui-ci forçait un peu la note
pour accabler des poétereaux nébuleux et malsains.
M. Marcel Coulon la forcera bien davantage.

Dès ses premières lignes, il soulève des objections,
qui à vrai dire ne concernent pas Ponchon lui-même.
« Ponchon, dit-il, n'est pas un subjectif : l'eau romantique — l'eau-de-vie — qui entre pour quelques gouttes
dans son vin classique, ne l'a pas incité au moi haïs-

sable. » Pourquoi l'y aurait-elle incité? Brunetière a imaginé cette définition du romantisme qui est devenue un cliché, et a toujours été une erreur. Le romantisme n'a pu inventer le moi, déjà déclaré haïssable par Pascal, dont le jugement prouve que la littérature personnelle a toujours existé. Et celle des grands romantiques ne l'est pas tant que cela, puisque les ennemis du plus grand de tous l'accusent de ne pas sortir des lieux communs. Soyez antiromantiques si vous y tenez, puisque c'est une mode assez répandue depuis Maurras et même depuis Nisard ; mais accordez un peu vos griefs et vos violons ! « D'ailleurs la personnalité et la subjectivité sont deux choses », remarque judicieusement M. Marcel Coulon. Pourquoi ajoute-t-il : «. Le classicisme demande aux gens de ne pas se croire le centre du monde, mais non d'ignorer leur existence. » ? Distinguons ! comme disait Mgr d'Hulst. Le classicisme interdit à chaque individu de se croire tout seul le centre du monde, mais le permet à la société précise dont cet individu fait partie. Le classicisme est un égocentrisme collectif. L'esprit du dix-septième siècle réalisait pour son classique le parangon d'après lequel il fallait juger tout le reste. C'est ce qui conduisait logiquement d'Aubignac à mépriser Homère. Le romantisme a enfin inauguré la conception relativiste et l'objectivité. Barrès se croyait romantique. S'il l'eût été vraiment, il eût compris le Parthénon.

M. Marcel Coulon raconte ensuite très agréablement la vie de Raoul Ponchon, laquelle est pittoresque, mais simple, et fournirait peu de matière pour une biographie romancée. Né en 1848, à la Roche-sur-Yon, alors Napoléon-Vendée (mais son père, officier dans cette garnison, était Dauphinois), Raoul Ponchon arriva de bonne heure à Paris, y fut mobile pendant le siège de 1870, employé de banque, peintre, et ne se voua aux lettres qu'à trente-huit ans. Il donna régulièrement depuis 1886 des chroniques rimées au *Courrier français*, feuille hebdomadaire illustrée, où dessinaient Forain et Willette, mais commanditée par le Géraudel des pastilles, dont il fallait faire l'éloge. Qu'importait à Ponchon? Fernand Xau l'appela aussi au *Journal*. La célébrité ne l'empêcha pas de continuer à vivre dans des hôtels d'étudiants, d'abord place de la Sorbonne, ensuite rue Cujas. Son unique volume s'intitule la *Muse au cabaret*, et c'est là qu'il a toujours passé le meilleur temps de ses journées. Il a eu pour intimes et fidèles amis Jean Richepin et Maurice Bouchor. Je me souviens qu'au sortir d'une réception académique, Richepin me dit: « Je vais voir Ponchon. » Et il se dirigea vers le quartier latin.

Si Ponchon a débuté un peu tard, il s'est bien rattrapé par la suite. « Cent cinquante mille vers : c'est-à-dire vingt mille de plus que Victor Hugo, soixante-cinq mille de plus que Ronsard, cent dix mille de plus que Marot et deux fois plus que nos autres grands lyriques ensemble. » Si M. Marcel Coulon a bien compté, Ponchon est donc le premier des poètes français au point de vue quantitatif. Il n'est certes pas le dernier au point de vue de la qualité, qui importe beaucoup plus, mais voici venir les *sesquipedalia verba*, l'emphase et la démesure. M. Marcel Coulon veut mettre Ponchon à sa vraie place, c'est-à-dire « à côté de Ronsard, de La Fontaine, de Hugo ». Car « c'est le seul écrivain en vers à leur comparer », et qui dépasse même La Fontaine et Ronsard. Seul, à cet égard, Hugo le dépasse, « et pas de beaucoup ». Ponchon a même plus de variété dans les strophes, dans le vocabulaire, et aussi dans les sujets. Pour la syntaxe,

où il paraît que Victor Hugo n'entre plus en ligne,
Racine et La Fontaine peuvent seuls être opposés à
Ponchon. En résumé, celui-ci est « le plus abondant
de tous nos poètes » et « le plus varié ». C'est dans son
œuvre qu'il y a le moins de déchet. « Son coefficient
lyrique est aussi haut et aussi constant que ceux de Hugo
et de Ronsard. Son pourcentage de perfection n'est pas
moindre que ceux de Villon, de Baudelaire, de Chénier,
de Moréas. » Bref, il les bat tous sur quelque article : il
est donc le plus grand, et le Zeus de cet Olympe. Hosan-
nah ! Gloire à Ponchon au plus haut des cieux.

Je suis bien forcé de dire que c'est absurde. Oui, pourtant, Ponchon écrit admirablement en vers, avec une
verve, une plénitude, une aisance, une justesse remarquables. Oui, c'est un vrai poète, un maître du lyrisme
bachique, comique et funambulesque, avec des coins de
grâce tendre et de charme exquis. Mais à quoi bon le
surfaire, et vouloir exalter cette aimable flûte de faune
par-dessus la grande lyre d'Apollon? Il y a malgré tout
une hiérarchie. L'odelette et la chansonnette n'égaleront
jamais la haute poésie. On pourrait reprendre M. Coulon
sur plusieurs détails, sur la correction syntaxique qu'il
prête à Ponchon et qui n'est réelle que sous réserve de
bien des licences, sur celle qu'il paraît contester à Victor Hugo, le plus impeccable des grammairiens avec
Voltaire et Bossuet, sur la perfection qu'il suppose à
Baudelaire, si étonnamment inégal, etc. Mais un point
suffit à trancher le débat. M. Coulon s'abuse étrangement sur la variété des sujets. Il y a des sujets super-
ficiellement divers, mais tournant tous dans le même
cercle, ceux de la chronique d'actualité, où se con-
fine précisément Ponchon. La véritable variété consiste
à passer des thèmes faciles ou badins aux plus abstraits

et aux plus élevés, de l'anecdote à la grande histoire, du madrigal au psaume, de l'idylle à la métaphysique, et du sourire à la profondeur. Un poète varié, c'est Hugo, d'abord, à qui l'on n'en peut comparer de ce chef aucun autre. Mais Ponchon est peut-être le moins varié de tous ceux que nomme M. Coulon, et qui lui sont tous supérieurs rien que pour cette raison. Ponchon est le premier dans son village, et c'est bien joli, mais non pas à Rome, où c'est plus beau.

HENRI DE RÉGNIER (1)

Flamma tenax

M. Henri de Régnier réunit les poèmes qu'il a écrits dans ces six dernières années, au gré de ses lectures, de ses rêveries, de diverses commandes ou actualités. Certains sont des poèmes de circonstance, par exemple l'hommage à Théodore de Banville qui fut dit à la Comédie-Française pour le centenaire de l'auteur des *Odes funambulesques*. D'autres ont été composés pour de magnifiques albums, par exemple, si je ne me trompe, la série des Dentelles *(le Miracle du fil)* et celle des *Péchés capitaux*. Car Valéry n'a pas le monopole des éditions de luxe, bien qu'on ne les reproche qu'à lui, ni les revues ou les super-revues n'ont celui des dénombrements, tableaux et défilés décoratifs. Tout est dans la manière, et pour représenter les Bruges, les Venise, les Alençon, les Chantilly, les points d'Angleterre, ou la Gourmandise, la Paresse, l'Orgueil, voire peut-être la Luxure, je préfère des sonnets d'Henri de Régnier à des figurantes de music-hall.

Le volume est dédié « à Pierre de Ronsard, à Victor

---

(1) Henri de Régnier : *Flamma Tenax*, 1922-1928. Poèmes. Un volume.

Hugo et aussi à Charles Baudelaire ». Le titre qui s'explique de lui-même, est tiré de cette phrase, mise en épigraphe, que Victor Hugo écrivait dans une lettre à Banville du 27 juin 1865 : « Je ne consens pas à désespérer. Qui sait? *Flamma tenax...* » On sait que le Père était bon latiniste et le restait, là-bas, dans l'île... Il est apparu à M. Henri de Régnier, un jour de fatigue et de doute :

> C'est alors que, soudain, je t'ai vu face à face
> Debout dans la lueur de ton seuil empourpré,
> Haussant à ton poing nu une flamme tenace,
> O Veilleur éternel, gardien, vieillard sacré !

Ce feu toujours ardent réconforta M. Henri de Régnier et lui rendit toute confiance dans la victoire sur la ténèbre. Se moquant des modes factices et des passions de parti, M. Henri de Régnier ne craint pas de s'avouer hugolâtre. Dans l'île où rêva l'Exilé, il imagine

> Une source divine où Pégase vient boire,
> Et près de la maison que garde l'Océan,
> Debout, un haut laurier immortel et vivant,
> Pareil à celui dont on voit la feuille amère
> A ta tempe, Virgile, et sur ton front, Homère !

C'est mettre Hugo à son rang, à côté de ses pairs. Joignez-y Eschyle et Sophocle, Dante et Shakspeare : ce sont là les plus grands des poètes. Toute une partie du présent recueil évoque Victor Hugo, glorifié, relu, paraphrasé, et s'inscrit pour ainsi dire en marge de son œuvre. Quelles jolies variations sur des vers de *Ruy Blas*, aériens et féeriques comme une comédie shakspearienne! Vous vous rappelez :

> N'étiez-vous pas hier au ballet d'Atalante?
> Lindamire a dansé d'une façon galante...

> D'abord, un billet doux, je ne veux rien vous taire,
> Pour ma dame d'amour, pour Doña Praxedis,
> Un démon qu'on dirait venu du Paradis.

> Lucinda qui jadis, blonde à l'œil indigo,
> Chez le pape, le soir, dansait le fandango...

Etc... Je m'excuse de citer du Victor Hugo dans un article sur un autre poète, mais c'est celui-ci qui a commencé et ces citations sont tirées de son livre. Il faut que les critiques et professeurs qui méprisent le théâtre de Victor Hugo soient imperméables à toute poésie. M. Henri de Régnier ne dédaigne même pas *Angelo*, que la plupart des critiques musicaux ont mis plus bas que terre tout récemment à l'occasion du drame lyrique de M. Alfred Bruneau. Pourquoi ne se sont-ils pas bornés à parler musique? Ce n'est pas mon affaire ici, mais je prétends du moins que M. Bruneau avait très bien choisi son livret. *Angelo* a le tort d'être en prose, et par conséquent ne peut valoir *Ruy Blas, Hernani* ou les *Burgraves*. Mais quelle imagination! quelle couleur! quel pathétique! Et quoiqu'en prose, avec des marques d'époque, c'est quand même un peu mieux écrit que du Dumas père. M. Henri de Régnier a bien raison, et la Tisbé ne l'a pas moins inspiré que Lindamire, Praxedis ou Lucinda :

> Tisbé! comme il est beau, ce soir bleu sur Padoue!
> Tisbé! la mort est douce à qui n'est plus aimée.
> L'amour, Tisbé, quand il ne fait plus vivre, tue.

Et voici Ronsard, « pasteur des mots et berger des images ». M. Henri de Régnier l'aime fort, et qui ne l'aime aujourd'hui? Sa cause est définitivement gagnée,

> Et les Ronsard toujours déroutent les Boileau,

mais les Boileau d'à présent commettent bien d'autres
erreurs, sans rendre les mêmes services ni se montrer
par ailleurs aussi clairvoyants que celui de 1660. Amnis-
tions-le pour cette faute, où il a subi trop docilement
l'influence de Malherbe et reconnaissons ses considérables mérites, comme faisaient Flaubert et Hugo
lui-même. M. Henri de Régnier a très bien vu que
l'humanisme et l'érudition n'ont pas alourdi ni desséché
Ronsard, qui n'en a pas moins chanté la nature et l'amour,
ou plutôt ne les en a chantés que mieux. Comment la
poésie païenne, grecque et latine, détournerait-elle de la
beauté vivante et du grand Pan ? Il faut vraiment une
disgrâce spéciale pour n'y voir que savantasserie et pré-
textes à exercices scolaires. M. Henri de Régnier ne se con-
tente pas de chérir et d'exalter Ronsard, il l'a pastiché
à ravir, notamment dans cette odelette exquise :

Ronsard, allons voir si la rose
Est toujours au matin éclose,
Comme en tes vers délicieux
Où ta voix rendit immortelle
L'ardente fleur que la plus belle
Jugent les hommes et les Dieux.

Je note que, contrairement à un préjugé actuel, mais
conformément aux faits, M. Henri de Régnier croit aux
redressements futurs pour les grands poètes méconnus
ou insultés et à la justice des siècles. Qu'importe, dit-il,
à ceux-là

Puisqu'un jour resurgis de cette nuit profonde,
Leurs noms prestigieux envahiront le monde,
Puisque, toujours accru de feux et de clarté,
Leur astre montera sur la postérité
Et qu'immortels en nous et présents où nous sommes,
Ils auront pour tombeau la mémoire des hommes !

Quand bien même les hugophobes remporteraient provisoirement quelques avantages, le grand poète du dix-neuvième siècle, comme celui du seizième, finirait par sortir triomphant de ces limbes. Le génie ne meurt pas.

A Baudelaire, grand poète aussi, bien qu'avec quelques fâcheux défauts, et particulièrement cher à la génération symboliste, M. Henri de Régnier consacre une curieuse pièce de souvenirs qu'il faut nommer hypothétiques. Il est certain que l'auteur des *Fleurs du mal* est venu en 1865 à Honfleur chez sa mère qui s'y était retirée après la mort du général Aupick. Or, M. Henri de Régnier est né dans cette aimable petite ville. Il était alors en bas âge, mais il suppose qu'il a pu rencontrer Baudelaire dans les rues d'Honfleur, et que cette rencontre a pu avoir une influence mystérieuse sur cet enfant « porté dans les bras maternels » :

> Et peut-être avez-vous, passant que nul n'arrête,
> Qui sait? laissé votre regard tomber sur lui,
> Ainsi faisant éclore un destin de poète
> En l'enfant de jadis qui vous parle aujourd'hui.

C'est bien une idée de poète, en tout cas. Cette pièce est dédiée à Mme Lucie Delarue-Mardrus, elle aussi native d'Honfleur, qui a produit encore Albert Sorel, Alphonse Allais, le peintre Boudin. Quelle fécondité dans cet estuaire !

M. Henri de Régnier loue également, dans d'autres morceaux, Byron, Heredia, Judith Gautier, qui portait un beau nom, et autour de qui flottait comme un halo,

> Attestant que les Dieux vous ont faite divine,
> L'hommage de Wagner et de Victor Hugo.

J'ai signalé l'hommage à Banville. M. Henri de Régnier a le goût très sûr en poésie. Il n'admire que de grands ou de vrais poètes, sans partis pris ni ostracismes d'école. On connaît son culte pour Mallarmé. Ici il n'oublie pas Racine non plus, dans sa *Consolation à Ariane*, qui débute ainsi :

> Ariane, ma sœur, vous qui, d'amour blessée...

Il y a aussi dans ce volume des impressions de voyage, surtout sur cette Venise dont M. Henri de Régnier ne se rassasie pas et ne lasse point ses lecteurs, puis de Versailles, une autre de ses villes préférées, que ce nigaud de Musset trouvait ennuyeuse, en quoi il manquait aux principes libéralement compréhensifs de ce romantisme qu'il trahissait de toutes parts et de toutes façons. Vérone, Londres, la province, Paris même fournissent de fins croquis à M. Henri de Régnier. Et l'amour n'est pas oublié. A vrai dire, il arrive au poète de l'interpeller rudement, à la manière des anciens, comme « le plus fourbe et le plus dur des Dieux ». Pour consoler Ariane, il lui faisait remarquer que son aventure était des plus communes... Cependant, il s'attendrit parfois, souvent même, et se prend à célébrer

> ... Le plus secret et le plus doux prodige :
> Deux cœurs qu'enivre ensemble un amour partagé.

Mais ses *Sept Médailles amoureuses* s'inspirent surtout d'un érotisme assez vif et tout latin... Au total, un volume charmant et varié, où tous les amateurs de poésie trouveront de vifs plaisirs.

MADAME DE NOAILLES
ET MONSIEUR BENJAMIN (1)

On ne parlait ces jours derniers, sinon dans la presse, du moins dans les conversations, que du livre de M. René Renjamin : *Sous l'œil en fleur de madame de Noailles*. « Anna est exaspérée », disait l'une. « Désespérée », répondait l'autre. (On sait que toute maîtresse de maison soucieuse de tenir son rang doit connaître assez Mme de Noailles pour se permettre de l'appeler par son prénom.) Le bruit a même couru que, devant cette exaspération ou ce désespoir de son héroïne, l'auteur avait retiré son livre. Est-ce lui qui a fait courir ce bruit? Ou peut-être son éditeur? ou simplement tel ou tel libraire bien approvisionné? En tout cas, rien ne pouvait mieux servir la vente : les livres interdits ou supprimés pour un motif ou pour un autre sont toujours très lus. D'ailleurs M. René Benjamin a fait démentir, dans une interview, mais personne n'y a pris garde, et les commis de librairie continuent d'offrir ce volume aux fins clients comme un fruit défendu, ne circulant que sous le manteau. Ce qui est exact, c'est que Mme de Noailles

---

(1) René Benjamin : *Sous l'œil en fleur de Madame de Noailles*. Un volume.

avait promis pour cet ouvrage un portrait d'elle, dessiné par elle-même — un *autoritratto*, comme on dit en italien — et qu'elle le refusa quand elle eut pris connaissance du texte, en signe de désaveu. Aucun de ceux qui ont eu l'honneur de l'approcher ne s'en étonnera, — sauf peut-être M. Benjamin.

Car il n'est pas douteux que celui-ci a voulu porter aux nues Mme de Noailles, qu'il lui prodigue les expressions d'un enthousiasme éperdu et d'une amitié exaltée, tant pour sa personne que pour son œuvre. Certains estiment même qu'il manie un peu lourdement l'encensoir. « Amas d'épithètes, mauvaises louanges », a dit La Bruyère. Certes, il faut admirer Mme de Noailles, poète d'un magnifique lyrisme, et d'une intelligence la plus déliée, qui a tant contribué à maintenir le prestige de la poésie dans une époque où les antipoètes pullulent. Et pour la même raison, il faut l'aimer. Mais certaines maladresses gâtent les intentions les plus louables et les plus justes sentiments. Il ne suffit pas de vouloir faire des grâces, il faut encore être doué pour cela. Il y a là-dessus une fable de La Fontaine (IV, 5).

En essayant de s'instituer panégyriste et peintre flatteur, M. René Benjamin a forcé son talent. Comme l'a fort bien dit M. Maurice Martin du Gard, dans les *Nouvelles littéraires*, c'est un pamphlétaire, même malgré lui. Ses iniquités n'ont aucune importance, quand elles dénigrent dans leur rôle public des hommes exposés à la critique par leur profession, tels que ceux du corps enseignant, depuis la Sorbonne jusqu'à l'école primaire. Elles en ont d'autant moins que nul ne les prend au sérieux, et que son incompétence n'éclate pas moins que sa préméditation. C'est lorsqu'il ne le fait pas exprès qu'il devient dangereux. A-t-il volontairement

tourné en ridicule Antoine et sa troupe de cinéma? Je
crois plutôt qu'il a cru leur faire de bonne publicité, et
qu'il a mal compris l'irritation de ces artistes, carica-
turés en déshabillé sans qu'il les eût prévenus. D'ailleurs cet *Antoine déchaîné* reste pour les amateurs de
drôlerie son meilleur ouvrage. Mais quel écrivain inégal! Sur *Glozel*, où gisent pourtant des trésors de
comique néolithique et d'une authenticité certaine, il n'a
réussi qu'à faire bâiller...

Sous l'œil en fleur de madame de Noailles pique la
curiosité et bénéficie de l'attrait du sujet. Ce n'est donc
pas ennuyeux. Mais c'est pire. Quel genre singulier! On
a mis à la mode les biographies romancées : au moins
ne romançait-on jusqu'ici que celles de personnages
morts depuis longtemps et appartenant à l'histoire.
M. Benjamin nous présente non une biographie complète, mais plusieurs tranches biographiques d'une personne vivante, extraordinairement vivante, et il se permet de les romancer à perte de vue, voire de les
déformer, sans peut-être songer à mal, par cette invincible manie de pamphlet et de caricature qui constitue
sa faculté maîtresse.

Lorsqu'on parle d'une femme, même illustre, et qu'on
prétend introduire le lecteur dans son intimité, il convient d'y apporter un peu de discrétion et de respect,
même si l'on s'impose de rester strictement véridique,
ce qui n'est pas le cas. M. Benjamin prend d'étranges
privautés littéraires. Il montre Mme de Noailles en pantoufles et en robe de chambre, ou même couchée dans
son lit, et recevant à son chevet une foule de visiteurs,
son éditeur, son médecin, un entrepreneur de conférences, un jeune Chinois, et téléphonant entre temps à
M. Painlevé, à M. Bergson ou à M. Tristan Derême. Il

met en scène également ses deux caméristes, dont une Alsacienne qui dit : « Matame la gomdesse ». Et il mêle quelques détails vrais aux traits parasites de sa propre imagination satirique et luxuriante. Ainsi il se donne des apparences d'observateur fidèle et de mémorialiste ou reporter documenté, mais fallacieuses et d'autant plus nuisibles qu'elles risquent d'accréditer ses inventions personnelles auprès des lecteurs qui n'ont jamais rencontré Mme de Noailles.

Or, cette prêtresse des Muses se distingue bien dans ses entretiens par un jaillissement lyrique, égal à celui de ses poèmes, par une abondance, un éclat, une liberté, que M. Benjamin imite de son mieux, mais il grossit le trait, force la note et aboutit à une charge. C'est une espèce de sous-Courteline, ou de simple vaudevilliste. Passe encore pour des quiproquos facétieux et inoffensifs, comme lorsqu'il fait dire par Mme de Noailles, téléphonant à M. Painlevé, qui demande son concours pour une fête de bienfaisance : « Cher ami, comment vous refuserais-je, à vous qui m'avez fait aimer Pythagore? », et qu'un jeune journaliste, venu pour une enquête, croit que cette phrase s'adresse à lui, bien que Pythagore ne soit pas de ceux qu'il se souvienne d'avoir interviewés. Mais M. René Benjamin prête à sa prétendue idole, dont il fait sa victime, des hâbleries truculentes ou des propos virulents et agressifs, désobligeants pour ses interlocuteurs ou pour des absents dont certains sont de ses amis.

On conçoit que Mme de Noailles désavoue tout cela, qu'elle n'a pas dit, ou qu'elle a dit dans un autre sens et d'un autre ton. Car le ton fait la chanson, l'éclairage fait le tableau, et mille nuances rendent aimable dans le discours oral, tête à tête ou devant un auditoire privé,

ce qui paraîtrait dur ou excessif, mis par écrit et imprimé
sans ce riche et souple accompagnement. La lettre tue,
et l'esprit vivifie. On l'a bien vu dans le *Journal des Goncourt*, qui ont voulu et cru reproduire sténographique-
ment telles ou telles paroles d'un Renan ou d'un Taine,
mais en ont donné une impression fausse, parce qu'ils
n'ont pas compris ni rendu la couleur et l'atmosphère
qui en précisaient la signification ou la portée. Aussi
Renan, d'habitude si endurant, voire indifférent en ces
matières, a-t-il protesté, une fois, et crié à la trahison.
Encore les Goncourt, indiscrets, potiniers, et dont la
culture avait bien des limites, s'efforçaient-ils du moins
d'être exacts et l'étaient-ils dans la mesure de leurs
forces, par souci du document humain. Mais qu'il est
fâcheux de poser sans le savoir devant un écrivain qui
en tapinois vous épie non pas même pour une transcrip-
tion aussi littéralement fidèle que possible — et ce serait
déjà une infidélité, — mais qui avec un esprit foncièrement primaire de Gaudissart montmartrois prétend faire
œuvre originale, interpréter ou même « créer », comme
un grand portraitiste, et brode, embrouille, invente et
défigure sans merci! Un dîner chez Magny avec les Goncourt était de tout repos, en comparaison d'un dîner en
ville où l'amphitryon a imprudemment invité M. Benjamin.

Je n'étais pas à celui dont il donne un récit presque
aussi long et certainement plus romanesque — je veux
dire tenant plus de la fiction — que n'a fait Marcel
Proust d'une réunion analogue chez les Guermantes.
M. Benjamin y montre Mme de Noailles aussi déchaînée
que naguère son Antoine, et dans des directions plus
inquiétantes, rudoyant violemment un diplomate, un
général, un « penseur » réactionnaire, un grand avocat,

la femme d'icelui, et généralement tous les convives, au point que les maîtres de la maison auraient dû passer leur matinée du lendemain à expliquer ou excuser les choses et à panser les blessures d'amour-propre. Certes Mme de Noailles n'a pas coutume de dissimuler ses opinions, d'ailleurs notoires, et directement opposées à celles de M. Benjamin. Mais cette honorable franchise n'autorise pas à la travestir en Catarina shakspearienne ou en Madame Sans-Gêne d'une idéologie tonnante. Dans cette composition poussée au burlesque, M. Benjamin laisse transparaître l'homme de parti, qu'offusquent les idées de Mme de Noailles, et qui venge sournoisement les siennes. Ce n'est plus de la biographie, c'est de la polémique. Ce soi-disant « Ami de la poésie » — c'est ainsi qu'il se désigne — l'aime peut-être en effet, et pourtant n'en sera point aimé, parce qu'il lui préfère évidemment la politique. Mme de Noailles goûte la politique aussi, plus que je ne saurais faire, mais en seconde ligne, et demeure avant tout fille d'Apollon.

Je puis apporter mon témoignage sur une autre scène du livre de M. Benjamin, où il me « distribue » un rôle, et je me souviens effectivement de l'avoir aperçu une fois dans une maison amie, sans me douter qu'il prenait des notes *in petto*. Mais il en prenait peu, car il a presque tout fabriqué. Je glisse sur quelques traits qu'il souhaite empoisonnés, mais qui sont inopérants, du moins sur moi. Il ne me désespère, ni ne m'exaspère, et me laisse bien calme. Comme Louis-Philippe, je suis un vieux parapluie sur lequel il a beaucoup plu. Dans la critique aussi, il y a les risques du métier. Ce n'est pas terrible. Qu'importe d'avoir l'air « aigri et pesteux », ou de ressembler à un Turc, pour M. Benjamin? D'ailleurs il y a des Turcs très convenables, voire très sympathiques.

Et cet auteur apprend ainsi à des gens qui pouvaient l'ignorer que je n'ai pas toujours loué ses écrits.

Il est possible que Mme de Noailles fût en face de moi comme David devant Goliath, encore qu'il n'y eût pas de Philistin plus patent dans cette affaire que M. Benjamin lui-même. Mais j'ai une assez bonne mémoire et je puis affirmer que je n'ai tenu aucun des propos qu'il m'attribue généreusement. Je n'ai pas dit à Mme de Noailles, qui entonnait le péan pour Victor Hugo : « Je ne savais pas que vous l'aimassiez à ce point. » Je le savais au contraire, et tout le monde le sait (excepté peut-être M. Benjamin), puisqu'elle n'en a jamais fait mystère et l'a proclamé en toute occasion. Savourez aussi cet imparfait du subjonctif. Que voilà bien une plaisanterie de primaire ! Les analphabets ignorent l'existence de ce subjonctif : les primaires la connaissent, mais en rient, et croient que les partisans du bon langage en abusent à tout bout de champ... Et Mme de Noailles ayant cité Jean-Jacques Rousseau, je ne lui ai pas demandé : « L'avez-vous bien lu ? » Car Jean-Jacques n'est pas un de ces auteurs peu connus ou peu accessibles qu'une personne telle que Mme de Noailles puisse n'avoir pas lus, et bien lus, et c'est à peine si je me serais permis de poser cette question à une petite candidate au brevet simple. Je n'ai pas davantage dit, hors de la présence de Mme de Noailles : « Bien malheureux qu'elle noaillise ! » D'ailleurs, d'après les théories de M. Bergson, elle ne peut faire autre chose ; et qu'est-ce que cela veut dire ? Je n'ai entendu personne la comparer à un croissant de lune, et n'ai donc pu en rire. Tout cela est aussi vraisemblable que l'étonnement supposé de Mme de Noailles, qui aurait dit d'une duchesse présente à cette réception : « Elle ne répond en rien à l'idée romantique

que je me faisais des duchesses. » M. Benjamin pense-
t-il que Mme de Noailles n'en·avait jamais vu? Il s'en-
ferre lui-même, et les plus élémentaires principes de
la critique des textes ruinent à chaque instant sa crédibilité. Il en a si peu la notion que, s'il s'établissait franchement romancier, peut-être n'atteindrait-il pas à
celle-là même que M. Paul Bourget exige à bon droit
des romans. Dans son *Gaspard* (prix Goncourt) ne fai-
sait-il pas une gouape du poilu dont il voulait faire un
héros? Toujours la même vision déformante et avilis-
sante : c'est plus fort que lui.

MAURICE ROSTAND (1)

Morbidezza.

M. Maurice Rostand commence par se plaindre qu'on lui ait souvent dit : « Trop de romantisme! » Il s'en plaint, parce que c'était un reproche qu'on lui faisait. Mais il s'en flatte et s'en fait un titre d'honneur. Qu'est-ce que le romantisme? D'après lui, c'est un grand cri, des pleurs, du paroxysme, des élans, etc... Il cite Villon, Mathurin Régnier, Pascal, Jean-Jacques, Mlle de Lespinasse, André Chénier, Racine, Watteau :

Cœurs ravagés d'ennui qui repoussiez la vie...

Dites, n'étiez-vous pas de plus grands romantiques,
O vous qui souffriez d'un mal que rien n'explique,
Que tous les grands bavards de ce siècle dernier?

Et que le vieil Hugo! géant au vaste souffle
— (Cher Paul Souday, il faut que vous me pardonniez),
Avec son Panthéon, sa barbe et ses pantoufles...

Les définitions de mots sont libres, et l'on peut appeler Racine romantique, Hugo classique, si l'on y

---

(1) Maurice Rostand : *Morbidezza*, Poèmes. Un volume.

tient, mais il vaut mieux garder le vocabulaire courant, si l'on désire être compris. Émile Deschanel, à un point de vue un peu différent, avait eu déjà la fantaisie de vanter le romantisme des classiques, auquel on peut ajouter que le classicisme des romantiques ne le cède en rien. Il y a une part de nouveauté et une part de fixité dans toute œuvre de valeur. Les classiques ont donc innové aussi, en leur temps ; les romantiques ont obéi aussi, dans une large mesure, à des principes permanents. Tout change, et pourtant il y a un élément stable, des lois foncières de l'esprit.

Mais ce n'est pas de quoi M. Maurice Rostand s'inquiète. Pour lui, le romantisme, ce n'est que sensibilité, rêverie douloureuse, pathétisme, et suivant le titre même de son recueil, *morbidezza*... On songera peut-être au mot fameux et si mal interprété de Gœthe : « J'appelle classique ce qui est sain, et romantique ce qui est malade. » Gœthe visait le romantisme mystique et moyenâgeux à la Schlegel. Dans cet aphorisme, il se proclamait intellectualiste, humaniste et païen. Il n'en est pas moins romantique, et Hugo pareillement, au vrai sens du terme. Si M. Maurice Rostand n'aime que les maladies de l'âme, on conçoit qu'il goûte peu ces deux grands hommes. Ni l'auteur de *Werther*, ni celui de la *Tristesse d'Olympio*, n'ont ignoré l'amour, ni la mélancolie, mais il faut reconnaître qu'ils étaient fort bien portants. D'ailleurs Racine, Chénier, Mathurin Régnier, et même Villon, malgré ses écarts de conduite, n'avaient pas une si mauvaise santé. Peut-être portaient-ils des pantoufles au coin du feu. La barbe, qu'arboraient Socrate, Platon et les autres philosophes anciens, ne diminue pas le génie de Victor Hugo, qui n'a d'ailleurs laissé pousser la sienne que dans la seconde moitié de sa vie, sur l'ordre du médecin : voir son médaillon sous le péristyle du Théâtre-Français. Quant au Panthéon, il ne l'a pas demandé, et ce sépulcre assez glorieux ne modifie pas son œuvre, qui seule importe.

Il reste bien le chef de l'école, le plus grand et le plus complet représentant du romantisme, parce que ce n'est pas, mon cher Maurice Rostand, ce que vous semblez croire. Le romantisme a été, à la fin du dix-huitième siècle et au commencement du dix-neuvième, une révolution intellectuelle, esthétique, poétique et critique, dont nous vivons encore et dont les principaux résultats sont acquis. Renaissance de l'imagination et du lyrisme, découverte de la relativité humaine, de la couleur locale et historique, des diverses formes du beau, entière liberté de la pensée, abordant tous les grands sujets et repoussant toutes les restrictions dogmatiques, tels sont les caractères essentiels du romantisme, que Victor Hugo réalise tous avec une incomparable maîtrise.

« Un autre Gambetta! » dit M. Maurice Rostand. Plaisanterie que Gambetta lui-même eût jugée détestable. Et votre Musset n'est, devant Hugo, qu'un petit garçon. Vous trouvez qu'on lui marchande les honneurs?

> Toi, Musset, tu n'as rien, mais pourtant quelquefois,
> Un enfant qui te lit sent s'étrangler sa voix...

Comment! il n'a rien? Il a sa statue à deux pas du lieu où l'on ne voit que les têtes de Molière, Corneille, Racine et Hugo. Des générations d'universitaires, Nisard et combien d'autres, y compris Taine, l'ont prôné et préféré à l'auteur des *Contemplations*! Il a encore pour lui tous les poètes qui, désespérant d'atteindre à la perfection, invoquent ses défaillances de style comme excuses et se couvrent de son patronage.

Il a vécu, en s'épuisant,
Donnant son âme triste et belle,
Sans flatter aucune chapelle,
Sans vouloir aucun partisan.

Allons donc! Il a trahi les romantiques et flagorné les académistes. N'avez-vous donc pas lu *Dupuis et Cotonnet*, sans compter tant de vers significatifs? Il y a néanmoins de beaux moments dans ses poèmes, ses comédies sont charmantes, c'est entendu. Il eut aussi du génie, mais beaucoup moins que Victor Hugo, et même que Lamartine.

M. Maurice Rostand insiste et fait campagne pour la poésie spontanée et purement sensible, à la Musset. Il dénonce le retour de Cathos, de Voiture (qui n'est pas si méprisable), et la poésie savante :

Ah! si la poésie, éternelle inquiète,
N'était qu'une façon de disposer les mots,
Mais tous les professeurs seraient de grands poètes...

Et nous savons pourtant qu'une larme de Dante
En roulant sur sa joue a roulé plus longtemps.

Personne, excepté M. l'abbé Bremond, ne fait consister la poésie uniquement dans les mots. Encore M. Bremond croit-il qu'il y passe un fluide mystique. Tout le monde sait qu'un professeur est maître de la théorie, non de la pratique, et que pour disposer poétiquement les mots, il faut un don spécial. Il y faut aussi de la pensée et du savoir. Est-ce que Dante s'est borné à verser des larmes? Il n'y eut jamais poésie plus savante...
M. Maurice Rostand veut bien me mettre en cause pour la seconde fois et prendre contre moi la défense du poète selon ses vues à lui :

Tu te crois un poète! O mon Dieu! je souris.
Pour quelques cris perdus dont ta douleur s'enchante!
Mon pauvre enfant, Souday n'aime que Valéry.
Un poète? Tu n'es qu'un malade qui chante!

S'il n'est que cela, il a tort. Chanter ne suffit pas. Les ivrognes chantent. Il faut chanter de belles choses, et avec art. Mon admiration pour Valéry, qui personnifie aujourd'hui la haute poésie et la pure raison, ne me rend point exclusif. Elle ne m'empêche même pas, malgré bien des divergences, d'aimer les poèmes de M. Maurice Rostand. Comme son cher Musset, il produit trop vite et il se néglige trop souvent, mais lui aussi il est doué : c'est un poète. S'il énonce des théories discutables sur la poésie, il en a la passion. Il proclame que c'est sa raison de vivre :

O mon cher travail, ma seule morphine...
Si je n'écrivais pas, je me serais tué.

Peut-être son lot sera-t-il celui de tel aspirant à la gloire, si capricieuse qu'il

L'espère d'un chef-d'œuvre et l'obtient d'un soupir.

Mais il y a bien autre chose qu'un « Art poétique » épars, dans cette *Morbidezza*. L'auteur y traite un grave sujet, qui n'intéresse pas seulement les lettrés ou les esthètes, mais tous les hommes, ou qui du moins les intéresserait s'ils y pensaient. Et sauf la partie épisodique que j'ai signalée, le livre de M. Maurice Rostand se distingue par une remarquable unité. Ce n'est pas du tout un recueil hétéroclite et factice. Si la mode n'était pas aux morceaux courts et détachés, depuis le décret d'Edgar Poe qui les a déclarés seuls valables, M. Maurice Rostand aurait pu les faire tous entrer dans une vaste composition philosophico-symbolique comme Lamartine *(la Chute d'un ange)* et Victor Hugo *(la Fin de Satan, Dieu)* en ont encore entrepris. Et par une singularité frappante, alors que M. Maurice Rostand se range au parti de la sensitivité pure et simple et du ramage d'oiseaux, beaucoup de ses meilleurs vers ont un tour de quasi-dictatisme gnomique et sont frappés en médailles comme dans Corneille ou Voltaire. Ce soi-disant ultra-romantique serait-il un classique qui s'ignore? Il est vrai que son ami Musset a écrit aussi la *Lettre à Lamartine* et l'*Espoir en Dieu*. Peut-être M. Maurice Rostand finira-t-il par ressusciter l'épître. D'après lui,

On n'a jamais aimé la poésie en France.

Mais si! On a beaucoup aimé celle-là, et on l'aimera probablement toujours. Elle a, d'ailleurs, son intérêt.

Donc, c'est ici une longue protestation contre la mort, le néant et l'athéisme, une incessante aspiration à Dieu et à l'immortalité de l'âme. On a gardé le souvenir d'une leçon de Caro, à la Sorbonne, qui se terminait par un beau mouvement d'éloquence : « Laissez-moi Dieu! Laissez-moi Dieu! » M. Maurice Rostand le reprend à son compte. Du reste, on ne tient pas du tout à leur prendre leur Dieu. On le leur laisse très volontiers. Et l'on n'empêche pas du tout Maurice Rostand, ni même Caro, d'être immortels autrement que dans leurs écrits. Je ne comprends pas ces nobles indignations, renouvelées de Musset encore (Dors-tu content, Voltaire?... d'ailleurs Voltaire était déiste), contre tels ou tels penseurs dont les vues ne semblent pas consolantes. Il ne s'agit pas de cela, mais de savoir si elles sont solides. La science et la philosophie n'ont pas pour objet de calmer les nerfs ou

les vapeurs des gens sensibles, mais de rechercher et
d'établir la vérité. Libre à vous d'écarter les théories qui
vous déplaisent, mais il faudrait les réfuter par des faits
ou des raisonnements, et il ne suffit pas pour les détruire
de crier qu'elles vous affligent. Du reste, sur leur qualité
vénéneuse ou balsamique, les avis sont très partagés.
Epicure est un bienfaiteur de l'humanité, d'après
Lucrèce, et beaucoup de grands esprits ont pensé de
même, jusques et y compris Anatole France. Nombre de
sages ont dû la sérénité à ces perspectives, dont M. Maurice Rostand se désespère. Rappelez-vous Stendhal
disant avec un sourire, après une première attaque qui
en présageait une autre : « Je viens de me colleter avec
le néant », et ajoutant : « Il n'y a pas de ridicule à mourir dans la rue si on ne le fait pas exprès. » Songez,
d'autre part, aux effroyables transes du grand croyant
Pascal. L'au-delà n'est-il pas angoissant pour qui croit
à un Dieu peut-être irrité? La vie future ne serait pas
nécessairement une partie de plaisir. M. Maurice Rostand oublie la possibilité de l'enfer. Il insiste sur l'horreur des séparations définitives. Mais pour les êtres chers
qu'on a perdus, on peut préférer un sûr repos à des
chances terrifiantes. Quel enjeu! Lisez Pascal, vous
dis-je!

Au surplus, est-ce bien surtout de se retrouver là-haut
en famille qu'il s'agit dans la doctrine orthodoxe? Non,
mais plutôt de s'absorber dans la vision béatifique.
M. Maurice Rostand ne tarit pas sur son amour des
créatures, au point qu'il accuse presque tout le monde
de supporter la vie et la mort par sécheresse et indifférence. Mais cet amour-là est nettement blâmé par tous
les sermonnaires et moralistes chrétiens, qui ordonnent,
même ici-bas, de ne s'attacher qu'à Dieu. M. Maurice

Rostand, malgré ses illusions, paraît aussi loin du christianisme que de l'intellectualisme, qui conseille la contemplation désintéressée des idées impersonnelles, objectives et durables. Moyennant quoi, nous augmentons ce qu'il y a en nous d'éternel, suivant Spinoza. De toutes façons, aucun de nous ne périt tout entier. La conscience égotiste, le sentiment du moi, n'a peut-être pas l'importance que lui attribue M. Maurice Rostand, qui en réclame la pérennité à tout prix. En tout cas, ce n'est pas grâce à « l'Ange du suicide » ni par la schopenhauerienne « grève des vivants » que nous assurerons notre passage aux Iles Fortunées. Ce n'est pas non plus en suppliant Dieu d'exister, comme le fait M. Maurice Rostand, en une « Prière » qui n'est que la plus touchante des pétitions... de principe.

Un dernier mot. M. Maurice Rostand s'imagine que la vie n'est supportable que

> Si l'on ne pense à rien et si l'on n'aime rien.

Et il se flatte d'être un des très peu nombreux qui ont un cœur.

> Jamais le cœur humain n'a tenu moins de place.

Je crois au contraire la vie extrêmement intéressante malgré tout pour qui l'emploie à penser et la considère comme un « moyen de connaissance » (Nietzsche). Quant à cet amour éperdu des créatures, concentré sur une seule, en un mot quant à l'amour proprement dit, je crois que si la religion a fait beaucoup pour lui en en faisant un péché (Anatole France), la mort fait au moins autant en le rendant si précaire et par là même infiniment précieux. Et certains vers de M. Maurice Rostand indiquent qu'il s'en est douté. En quoi il se contredit un peu, mais c'est permis aux poètes...

STENDHAL ET VALÉRY

Je ne me lasse point de Stendhal, et je ne me lasserai jamais d'en parler. On ne dira pas non plus qu'il se démode. Que d'études d'ensemble ou de détail sur sa vie et ses œuvres! Et sans compter les révélations d'ouvrages jusqu'ici inédits comme *Une position sociale* et le *Journal de voyage* de 1838, que de réimpressions! J'en aperçois pour ces tout derniers temps trois du *Rouge et Noir*, quatre de *Racine et Shakespeare*! Et voici, en cours de publication, deux éditions des œuvres complètes : la magnifique et monumentale édition Champion, que tous les stendhaliens ont besoin d'avoir dans leur bibliothèque; la charmante et si maniable édition Martineau, que ce format de poche recommande aux plus pratiquants d'entre eux. Nous avons longtemps vécu avec l'édition Lévy, et nous n'en dirons pas de mal. Si elle manquait un peu de parure, elle compensait et compense toujours cette modestie par le bon marché. Mais louange et honneur à Édouard Champion et à Henri Martineau, qui, sans tomber dans des excès de luxe et

de prix pour bibliophiles à dollars, servent si bien le
maître et ses fidèles

J'ai toujours adoré Stendhal, depuis que je l'ai découvert, dans ma première jeunesse, grâce à Taine et à
Paul Bourget, dont les études si admiratives sur l'auteur
de la *Chartreuse* restent un de leurs titres à mon respect
et à ma gratitude. Qu'on ne dise pas que la critique ne
sert à rien ! Mon beylisme invétéré me fit accueillir avec
joie la grande édition enfin intégrale de *Lucien Leuwen*,
que je ne connaissais, comme tout le monde, que par
Romain Colomb (incomplet), puis par Jean de Mitty
(inexact), et, je l'avoue, sans aucune inquiétude, la préface de Paul Valéry. Non pas que je m'attendisse à un
éloge selon mon cœur, et les bruits avant-coureurs
étaient des plus pessimistes. Pressé par divers travaux,
je n'avais pas encore pu lire cette préface que je la voyais
déjà combattue avec indignation par un confrère, qui
prenait violemment la défense de Stendhal. Celui-ci ne
lui est certainement pas plus cher qu'à moi, et Valéry
le lui est peut-être moins. N'allais-je pas me sentir
déchiré? Cependant je restais assez calme. J'ai enfin
lu, voire relu, cette terrible préface, et je le suis
encore.

D'abord on exagérait beaucoup, comme pour le fameux
discours de réception, après lequel une dame me disait,
dans la cour de l'Institut : « Comment allez-vous faire,
vous qui les aimez tant tous les deux? » Contrairement
à la légende, Valéry n'avait pas « éreinté » son « illustre
prédécesseur ». Il laissait cela aux fanatiques, aux tar-
tuffes et aux illettrés. Il lui avait rendu des hommages
décents, et même, par endroits, chaleureux. C'est un
préjugé bien digne de notre époque intuitionniste et bel-
phégorienne que d'exiger des apothéoses sans nuances

et de considérer toute réserve, toute discussion, comme un « éreintement ».

Pour Stendhal, Valéry a nombre de mots très sympathiques et très flatteurs. Il commence par dire qu'il a gardé un « délicieux souvenir » de *Lucien Leuwen*, qu'il découvrit il y a trente ans dans l'édition Jean de Mitty, et qu'il « ne renie pas son plaisir de jadis ». En sortant de chez Mallarmé, il lui arrivait de descendre la rue de Rome en compagnie de Mitty, qui y fréquentait également, et de deviser avec lui sur Stendhal ou Napoléon. « En ce temps-là, dit-il, je lisais passionnément la *Vie d'Henri Brulard* et les *Souvenirs d'égotisme*, que je préférais aux romans célèbres, au *Rouge*, et même à la *Chartreuse*. Les intrigues, les événements ne m'importaient pas... » A Stendhal non plus, qui juge le simple roman d'aventures bon pour les épiciers et les femmes de chambre. « Je ne m'intéressais, continue Valéry, qu'au système vivant auquel tout événement se rapporte : l'organisation et les réactions de quelque homme ; en fait d'*intrigue*, son intrigue intérieure... » C'est bien l'avis de Stendhal, et c'est ce qu'il a voulu mettre, c'est ce qu'il a mis, dans ces deux grands romans, qui restent, je crois, ses chefs-d'œuvre, malgré l'intérêt passionnant en effet de ses journaux intimes.

Valéry ajoute qu'il n'avait jusque-là rien lu sur l'amour qui ne l'eût ennuyé, mais qu'il fut séduit, dans *Leuwen*, par « la délicatesse extraordinaire du dessin de la figure de Mme de Chasteller, l'espèce noble et profonde du sentiment chez les héros », etc. Cependant, Valéry se déclare un lecteur impassible. Il s'étonnait d'être « touché ». Car il ne souffre pas de ne plus distinguer ses affections propres de celles que communique l'artifice d'un auteur. « Je vois la plume et celui qui la tient. Je n'ai pas souci, je n'ai pas besoin de ses émotions. Je ne lui demande que de m'instruire de ses moyens. Mais *Lucien Leuwen* opérait en moi le miracle d'une confusion que j'abhorre. » Pourquoi? On peut la taxer de bovarysme, mais M. Jules de Gaultier a démontré philosophiquement l'importance vitale de ce phénomène. En nous bornant à la littérature, je crois bon et délicieux pour tout le monde de se laisser gagner par l'émotion du poète ou du romancier, de s'identifier même en imagination à leurs personnages ou à eux-mêmes.

On a ensuite tout le temps de se reprendre, d'examiner, de scruter et de juger. Je crois même qu'on ne s'instruit pleinement et qu'on ne juge en connaissance de cause qu'après avoir passé par cet état émotif ou imaginatif, qui est la base de l'enquête ou de l'étude critique. A la rigueur, un expert peut apprécier d'un coup d'œil et de sang-froid; ainsi il abrège, mais c'est moins agréable, et peut-être moins sûr. Ce qui est puéril et vain, c'est la sensibilité instinctive de Margot qui pleure à n'importe quel mélodrame et se donne toute à ce plaisir rudimentaire, sans désirer ni concevoir rien de plus. Ce qui est vrai aussi, c'est que plus le lecteur (ou le spectateur) est affiné, moins ce plaisir-là lui suffit, et qu'il devient même incapable de le goûter dans de trop mauvaises conditions esthétiques. Il lui faut absolument de la pensée et du style. Pour cette raison, Dumas père, dont on s'amusait étant jeune, ne se peut plus guère relire, dans l'âge mûr, et d'innombrables romans nouveaux, qui ont du succès, paraissent tout de suite illisibles. En passant à la limite géométrique, on comprend qu'ils puissent l'être tous pour un Valéry. Mais quel triomphe pour un Stendhal d'avoir tellement séduit, par une exception presque unique et vraiment par « miracle », ce prince des intellectuels!

Rien ne pourra détruire ni amoindrir la portée d'un pareil témoignage. Mais l'altière vertu de Valéry semble se reprocher cette faiblesse et en garder rancune à son irrésistible vainqueur. Entre Stendhal et lui, il y a des incompatibilités d'humeur ou de principe. Aussi va-t-il longuement batailler.

Il commence par cette taquinerie, de trouver chez Stendhal du vaudeville et de l'opérette. J'en trouve aussi. Mais savez-vous qui est l'inventeur de l'opérette, d'après J.-J. Weiss? Homère, tout simplement. Il y en a de tout ordre. Valéry lui-même nomme à ce propos (avec admiration) les romans de Voltaire. Donc, rien de grave. Puis, coup de patte aux beylistes. « Une sorte d'idolâtrie naïve et naïvement mystérieuse vénère le nom et les reliques de ce briseur d'idoles. » Peut-être, chez certains, mais je préfère la naïveté du bon Ad. Paupe, par exemple, au ton cavalier de quelques soi-disant stendhaliens, qui le prennent de haut. S'il a brisé des idoles, comment ne pas lui donner raison? Faut-il les relever pour se démontrer indépendant, et, pour s'affranchir, restaurer un despotisme? Il n'y a pas de liberté contre la liberté. Rien de « mystique » là-dedans. C'est une équation.

Une « mystique de la passion » ne m'apparaît pas non plus chez Stendhal. La passion est pour lui un fait, très réel, très positif, malheureusement très rare, mais donnant ici-bas à ceux qui en sont capables le plus grand bonheur possible. Il y a des risques : il faut savoir les affronter. La passion est une preuve d'énergie. « Ce sceptique croyait à l'amour. » Sans doute, comme à un phénomène constaté, dans la mesure de l'expérience et sans hypothèse transcendantale. Rien que de purement humain ! « ... Il s'assurait par soi-même que la véritable valeur peut être séparée des vanités... » Certes ! « Tout écrivain se récompense comme il le peut de quelque injure du sort. » Le sort a été assez injuste pour Stendhal, mais il méprisait bien les hommes qui n'existent que par leur situation. S'il a pu désirer d'en obtenir une, ce n'était pas pour les avantages matériels, mais pour des bénéfices plus nobles et plus exquis. De même on ne comprend rien à son Julien Sorel, si on le tient pour un arriviste. Il se moque bien de l'argent et des places ! Il ne veut que causer ou aimer sur le pied d'égalité dans la société polie, c'est-à-dire dans les conditions où la conversation et l'amour atteignent leur *optimum*. Stendhal et ses héros favoris ne visent jamais qu'aux plaisirs les plus raffinés de l'esprit et du cœur. L'ambition vulgaire et infatuée leur paraît bouffonne. Le côté dit pratique de la vie leur échappe, ou n'est pour eux tout au plus qu'un moyen.

D'où l'opposition entre Balzac et Stendhal, que Valéry définit très exactement, mais sans en indiquer les raisons premières. Oui, pour Stendhal, Napoléon est « un héros, un modèle d'énergie, d'imagination, de volonté, une grande âme pourvue d'un intellect prodigieusement net, un amant de la grandeur idéale », tandis que « Balzac voit l'organisateur et l'Empire, le Code civil, la Révolution accomplie, consolidée, maîtrisée, la société rétablie », etc. Qu'est-ce à dire, sinon qu'il faut reconnaître en Balzac un docteur ès sciences sociales, un praticien, et en Stendhal un poète ? Je consens que Balzac soit peut-être encore plus grand romancier, mais je préfère Stendhal. Balzac s'enfonce trop dans la matière et ses histoires de clerc d'huissier côtoient parfois l'ennui,

par exemple avec *César Birotteau*; ses ailes portent du
plomb, notamment avec *Louis Lambert* et le *Lys dans la
vallée*. A Stendhal nous devons le bienfait d'une conception de vie poétique et romanesque, en toute aisance
et clairvoyance, sans ombre de fadeur ni de lourdise.
Il est vrai que ce qu'il dédaigne est nécessaire, mais ce
qu'il estime uniquement n'appartiendra et n'agréera
jamais qu'au petit nombre, *to the happy few*. Nulle affectation dans cette formule. C'est encore un simple fait
d'observation. La majorité s'intéresse aux affaires, à
l'argent, à l'ordre social, à tout ce qu'on appelle le
solide, et tant mieux! L'abeille qui butine a besoin du
pépiniériste. La fleur et le miel sont cependant la meilleure part. Un Caliban génial, c'est Balzac; un Caliban
industrieux, utile, bien dressé, c'est le grand nombre.
Mais Stendhal est un Ariel.

Cela explique son cosmopolitisme, qui ne l'empêche
pas d'être patriote, et auquel Valéry ne voit point de
mal, raillant même fort spirituellement le culte des loca-
lités et des ancêtres, « le besoin plus ou moins profond
de racines plus ou moins réelles, et la nostalgie d'un état
quasi-végétal que ceux qui l'ont subi n'ont pas toujours
excessivement goûté ». Quant aux petites manies de
Stendhal, à ses cent vingt-neuf pseudonymes comptés
par Paul Léautaud, à sa cryptographie innocente, qui
n'eût pas trompé le plus novice policier, ce sont les
jeux d'une fantaisie qui s'ébroue. Aucune importance.
Une signification claire : le pied de nez aux conventions
et aux puissances établies.

Et voici la grande offensive de Valéry. Ce Stendhal
prise au-dessus de tout le naturel et la sincérité? Cela
n'existe pas. Cela est impossible. On veut être soi,
c'est-à-dire unique? Alors on ne peut rechercher sans

contradiction la gloire littéraire, qu'on n'achète qu'en se faisant semblable pour plaire et en se transformant en une sorte d'émanation du public qu'il s'agit de conquérir. Tout homme connu est un caméléon. « Les grands hommes font sourire certains hommes incommensurables. » Voyez M. Teste.

Bon ! Mais M. Teste, c'est encore une « limite ». Dans la réalité courante, il n'y en a pas moins des écrivains qui font toutes les concessions pour gagner la foule, d'autres qui n'en font aucune et ne servent que leur idéal qui est la plus pure essence de leur personnalité. Or, à cette dernière catégorie appartiennent également, quoique par des méthodes très diverses, Stendhal et Valéry. La divergence importune plus Valéry que le trait commun ne l'apprivoise. Il prodigue les flèches hostiles et acérées. Ce Stendhal soi-disant sincère joue la comédie de la sincérité et le rôle de lui-même. D'abord il emprunte à Rousseau l'idée de nature. Mais la croyance à un moi naturel dont la culture serait l'ennemie, c'est une convention, puisque la nature est variable, l'amour même est appris, etc.

Je réponds que déjà la nature de Rousseau est un mythe, et que le naturel de Stendhal en diffère beaucoup. Car Rousseau combat en effet jusqu'à un point la culture, mais Stendhal l'exalte. Celui-ci raffole de sociabilité, d'urbanité, d'esprit délicat et demande même qu'on instruise les femmes, par souci de l'amour. Son naturel est relatif à des sentiments ultra-civilisés, dont il réclame l'expression vive et directe, sans hypocrisie ni philistinisme prudhommesque. Il n'est l'adversaire que de la sottise, de l'emphase, de la bassesse, de la sécheresse, de toutes les choses ennuyeuses, médiocres et banales.

En littérature, insiste Valéry, le vrai n'est même pas concevable, puisque tout travail littéraire implique l'effort et l'artifice. La volonté même d'être sincère est donc un principe de falsification... Oui, en un sens, mais trop subtil pour réfuter pertinemment Stendhal, qui ne s'exprime pas en métaphysicien. Celui-ci a lui-même parlé d'idéaliser pour faire plus ressemblant. Il n'ignore pas l'artifice, et s'impose l'effort, mais pour donner l'impression de vérité et de simplicité, comme Boileau avait entraîné Racine à faire difficilement des vers faciles. C'est une théorie qui, dans son domaine, se tient très bien.

Ce qu'il faut accorder, c'est qu'elle n'est pas la seule, et que Stendhal a trop dogmatisé en ce point. Ne va-t-il pas accuser Chateaubriand et Hugo de charlatanisme? Ah! non. Je conviens que ce n'était pas tolérable et que cela criait vengeance. Les artistes conscients et volontaires ont exercé des représailles. Hugo, Flaubert et autres se sont défendus en dénigrant Stendhal.

Mais le critique objectif et impartial conclut que les deux camps ont à la fois raison et tort. Le beau style et le style vrai sont également légitimes. D'ailleurs le beau style est vrai à sa manière et le style vrai peut avoir sa beauté. Stendhal d'une part, Hugo, Flaubert, Valéry de l'autre, sont trop exclusifs dans leur antagonisme, mais nous ont donné des merveilles, toutes précieuses, quoique de genres différents. Et les querelles d'école ont leur intérêt, mais avant tout les chefs-d'œuvre!

Stendhal entreprit d'écrire *Lucien Leuwen* en mai 1834, et y travailla jusqu'en septembre 1835, étant consul à Civita-Vecchia, puis le laissa inachevé. Un livre contenant tant de traits satiriques contre le gouvernement n'était pas immédiatement publiable. Il attendit la chute du régime, ou sa propre mise à la retraite. La mort le surprit en 1842, sans qu'il eût pu mettre la dernière main à ce grand roman qui, conçu entre *le Rouge et le Noir* (1830) et la *Chartreuse de Parme* (1839), eût été comparable à ces deux chefs-d'œuvre. Stendhal y tenait si bien qu'il avait rédigé plusieurs dispositions testamentaires, léguant le manuscrit à sa sœur Pauline, ou, « si elle était devenue dévote », à Romain Colomb ou à un autre de ses amis, exprimant, en outre, le désir qu'un homme de goût corrigeât le style, supprimât les redites, mais respectât « les extravagances ». Entendez les audaces. « Le siècle est si adonné à la platitude que ce qui nous semble extravagance en 35 sera à peine suffisant pour amuser en 1890. » Il se méfiait, pour le fond, d'« un diable d'éditeur eunuque », et pour le style d'un partisan de l'affectation à la mode. « Ne pas demander les soins de MM. Jules Janin, Balzac, mais, par exemple, prier M. Ph. Chasles... » Stendhal détestait aussi le style académique (Villemain, Saint-Marc-Girardin, l'abbé Delille....) Mérimée est également désigné comme correcteur possible dans l'avant-propos de M. Henry Debraye, mais non dans les testaments qu'il reproduit à la fin du quatrième volume. On sait que Stendhal a reproché à « Clara » de tomber parfois dans un style « un peu portier ».

Les dix-huit premiers chapitres de *Lucien Leuwen* ont été édités en 1855 par Romain Colomb, sous ce titre : *le Chasseur vert* (dans le volume des *Nouvelles inédites*, chez Michel Lévy). Il en possédait en effet un texte qu'on pouvait considérer comme presque définitif, dicté par Stendhal, et assez différent du premier jet autographe

qui nous est resté. Mais une partie de cette copie dictée
est perdue. A en juger par ce qui en subsiste, Romain
Colomb, sur qui je partage la bonne opinion de M. Martineau, semble s'être acquitté assez honnêtement de sa
tâche. Dans les nombreuses notes de l'édition Champion,
M. Henry Debraye ne relève que deux « extravagances »
supprimées par Romain Colomb. A propos d'un vieux
général, sur la tête duquel « on entrevoyait un nuage
de fausseté », Stendhal avait écrit : « On voyait que
l'Empire et sa servilité avaient passé par là ». On sait
que le jacobin Henry Beyle, enthousiaste des armées
de la République et du Bonaparte de la campagne d'Italie, admira toujours le génie de Napoléon, mais ne lui
pardonna jamais de s'être fait empereur et despote. On
conçoit jusqu'à un certain point que le pauvre Colomb
ait jugé cette phrase dangereuse en 1855, à cause de la
censure impériale. Plus loin, Lucien Leuwen se disait :
« Qu'est-ce qu'on estime dans le monde que j'ai entrevu ?
L'homme qui a réuni quelques millions, ou qui achète
un journal et se fait prôner pendant huit ou dix ans de
suite. N'est-ce pas là le mérite de M. de Chateaubriand ? »
Comme Chateaubriand était mort en 1848, il n'y avait
plus le moindre risque de représailles à publier cela en
1855. L'excellent Colomb trouva que c'était trop injuste.
Il n'avait pas tout à fait tort. Stendhal, qui met plusieurs
fois en note : « C'est un républicain qui parle », pour
expliquer certaines vivacités de Lucien Leuwen, aurait
pu inscrire aussi cette injustice au compte de son héros.
Cependant, il a lui-même toujours détesté Chateaubriand, par raison d'école, et s'est bien souvent permis
sur différents sujets des boutades volontairement hyper-
boliques, qu'il ne faut pas prendre à la lettre.

Romain Colomb avait estimé que la suite du roman

n'était qu'une ébauche trop imparfaite pour être soumise au public. Il ne pouvait savoir que la gloire de Stendhal grandirait prodigieusement et que tout de lui nous intéresserait, même de simples brouillons. Il y avait, d'ailleurs, beaucoup mieux que cela, dans le manuscrit de *Lucien Leuwen*.

Jean de Mitty conserve le mérite d'avoir été le premier à le sentir. Il copia *Lucien Leuwen* à la bibliothèque de Grenoble et le publia en 1894 chez Dentu. Comme Valéry, qui plaide en sa faveur, j'ai connu Mitty, et je puis garantir sa ferveur stendhalienne. C'était un lettré et un bon écrivain. Je trouve M. Henri Debraye beaucoup trop dur. Il est vrai que Mitty prit de fortes libertés, et que son texte n'est ni scrupuleusement exact, ni même tout à fait complet. Il a coupé notamment trois chapitres de la seconde partie (LV, LVI, LVII), qui n'étaient qu'épisodiques, mais utiles, surtout les deux derniers, où Lucien se relevait à ses propres yeux en usant de son pouvoir comme secrétaire du ministre pour accomplir sournoisement quelques bonnes actions. Mais Mitty, en abrégeant et retouchant un peu, a certainement cru servir Beyle et remplir le rôle pour lequel celui-ci avait pensé à Philarète Chasles. Mitty aurait souhaité un succès de librairie, et s'adressait aux lecteurs de romans du type ordinaire, non, comme M. Henri Debraye, aux membres de l'idéal Stendhal-Club, qui veulent tout voir et tout savoir de leur maître et de ses originaux. En somme, toute critiquable qu'elle est, l'édition Mitty a fait plaisir et rendu service en son temps. M. Debraye va jusqu'à la traiter d'«adaptation », mais il ajoute « intelligente et habile ». Eh! c'est beaucoup.

Il va de soi que je préfère l'édition critique et vrai-

ment intégrale de M. Debraye, avec ses notes et ses
variantes. Enfin, nous n'ignorons plus rien de *Lucien
Leuwen*. M. Debraye a d'abord reproduit le *Chasseur vert*,
puis donné tout le reste, en reprenant même le texte
primitif et autographe des dix-huit premiers chapitres
tel qu'il était avant la dictée, de sorte que si l'on veut
simplement suivre le fil du récit sans comparer les deux
versions, on peut sauter les deux cent trente-cinq premières pages du second volume.

Vous vous rappelez que Lucien Leuwen, renvoyé de
l'École polytechnique pour avoir pris part à une mani-
festation républicaine, est nommé sous-lieutenant de
lanciers à Nancy par l'influence de son père, riche banquier parisien. La banque avait bien droit à son âge d'or,
qui valait mieux financièrement que celui du papier.
Elle l'obtint sous la monarchie de Juillet. M. Leuwen
est charmant. Il déclare que c'est impoli de parler de
choses sérieuses à un pauvre homme de soixante-cinq
ans. Il ne craint que deux choses au monde : les
ennuyeux et l'air humide. Chicaner le gouvernement?
Non! Il faudrait se fâcher, blâmer, être triste. M. Leuwen s'occupait tout juste de ses affaires, et davantage
de ses plaisirs. On le voyait moins à la Bourse qu'au
foyer de la danse. C'est un précurseur des aimables
sceptiques à la Capus ou comme le Parisien de Gondi-
net, qui n'exprimait jamais aucune opinion sur personne,
ni sur rien, trouvant que c'était inutile. Le sérieux de
son fils l'inquiète. J'ai bien peur, dit-il à sa femme, que
ce ne soit qu'un plat homme de mérite.

De ce père, Lucien tient son goût pour les raffinements
d'une ancienne civilisation. Vivre sans conversation
piquante, est-ce mener une vie heureuse? Sincère admirateur de la Révolution, il se demande s'il n'aimerait

pourtant pas mieux les distractions d'une cour corrom-
pue que l'ennui d'une démocratie vertueuse et puritaine.
Stendhal était ainsi. Lucien, ne pouvant se résigner à la
solitude ou à l'estaminet, manœuvre adroitement pour
pénétrer dans la société aristocratique de Nancy, qui
exclut les fonctionnaires et les officiers de l'usurpateur
Louis-Philippe. Il est bien forcé de feindre des sentiments qu'il n'a pas. Eh quoi? dira-t-on, ce personnage
sympathique est donc un hypocrite? Pas plus que Julien
Sorel, ni que le Don Juan de Molière. Toute la responsabilité de cette comédie incombe aux sots qui la rendent obligatoire et dont on se moque *in petto* en les
mystifiant, sans leur demander autre chose que quelques
soirées agréables, ni faire tort à personne. Rien de commun avec l'hypocrisie d'un escroc comme Tartuffe ou
celle des exploiteurs politiques de la foi populaire, tant
détestés de l'anticlérical Henri Beyle. Je note qu'enten-
dant les ultras de Nancy lui expliquer qu'il n'y a de
salut pour l'ordre social que dans la domination de
l'Église, Lucien se garde de les contredire, mais se rappelle que, d'après son père, c'est la haine pour les
prêtres qui a fait tomber Charles X. Tel est aussi l'avis
de M. de La Gorce et de M. Louis Bertrand, qui ne s'en
est pas caché dans un article du *Figaro*. Il est vrai que
l'antique alliance du trône et de l'autel semblant désormais rompue, chacun des deux partis s'empresse de
déclarer qu'il était dupe.

Après cette première partie consacrée aux ridicules
de la société provinciale, encadrant les chastes amours
de Lucien et de l'adorable Mme de Chasteller, que l'infâme docteur Du Poirier fait passer pour coupable en
jouant un vaudeville de faux accouchement clandestin,
l'amoureux naïf et désespéré revient à Paris, où son

père le donne pour chef de cabinet à M. de Vaize, ministre de l'Intérieur, et nous avons une plaisante étude de mœurs politiques. Ici encore les pharisiens pourraient affecter quelque étonnement. M. Leuwen a prévenu Lucien. Pour réussir dans ce domaine, il faut lâcher les scrupules; l'art de gouverner implique le mensonge et la friponnerie. Ce spirituel cynique dit à son fils : Sois un coquin! Il ajoute qu'il sied de traiter toujours un ministre comme un imbécile, parce que celui-ci n'a pas le temps de penser. Et Lucien, qui n'a même pas l'excuse de la nécessité, accepte ce rôle, lui qui avait des aspirations héroïques et se proclamait indifférent à tout, excepté à sa propre estime!

Oui, d'abord par déférence pour son père, tout en le trouvant bien tyrannique, puis par découragement et dégoût de tout après sa déception sentimentale qu'a machinée le Diafoirus de Nancy, enfin par le même appétit de sociabilité qui l'avait poussé dans les salons bien pensants où il crut rencontrer le bonheur en la personne de la légitimiste M\ume de Chasteller. Dans ceux du monde orléaniste à Paris, il pourra observer, causer, connaître des types curieux, des hommes célèbres, de jolies femmes. Il s'assure un fauteuil d'orchestre et un coupe-file. Ce n'est pas sa faute si certaines compromissions s'imposent à qui veut voir de près la comédie humaine et ne pas trop s'ennuyer. Rien ne rend méchant comme le malheur et l'ennui : voyez les prudes! Lucien ne tombera jamais dans la méchanceté. Il stipule qu'il ne trempera dans aucun crime ni dans aucune opération sanglante. Et il garde son idéal. Heureux qui déraisonne par amour! Heureux qui a une passion! La vieillesse n'est que l'absence d'illusion et le renoncement à cette bienfaisante folie.

Lucien est donc mêlé à diverses intrigues policières
(l'affaire Kortis) ou électorales, racontées d'une façon
impayable. Il est mal récompensé de ses peines.
M. Leuwen père, qui a eu la fantaisie de devenir député,
se venge de ce mauvais procédé en renversant le
ministère. Oncques ne vit-on comptes rendus parlemen-
taires aussi gais que ceux de Stendhal. Entre tant, le
machiavélique M. Leuwen a promis à la belle Mme Grandet de faire son mari ministre à condition qu'elle fût la
maîtresse de Lucien. Mais il commet la gaffe de découvrir ce pot au rose à Lucien, qui s'était cru aimé pour
lui-même. Le jeune homme quitte Mme Grandet, qui
d'intrigante se mue en amoureuse sincère et désolée.
Drame poignant! Mais M. Leuwen meurt, à peu près
ruiné, et Lucien est nommé secrétaire d'ambassade à
Rome.

Il devait y avoir une troisième partie, qui nous eût
introduits dans la société romaine, papaline et cosmopolite, que Stendhal connaissait si bien. C'est dommage
qu'il ait renoncé à ce développement, craignant d'être
trop long. Il avait commencé en 1832 un roman intitulé
Une position sociale qu'il pensa un instant utiliser pour
cette fin de *Lucien Leuwen*. On y assiste en effet au flirt
d'un secrétaire d'ambassade, alors nommé Roizand,
avec l'ambassadrice, duchesse de Vaussay, femme au
cœur tendre et noble, mais dominée par de fortes convictions religieuses et la peur de l'enfer. Elle a pu avoir
des amants. On l'aura enlevée, elle ne se sera pas donnée. De même que le Misanthrope de Molière hait les
hommes pour les avoir trop aimés, la dévotion de
Mme de Vaussay est à base d'amour, et non de haine
comme c'est, d'après Stendhal, le cas le plus fréquent.
Ici un passage admirable : « De temps en temps, par

un reste d'instinct qui perçait à travers son enivrement, Roizand voulait ramener la conversation au tour scintillant de vérité, mais glacé, de deux intelligences célestes, mais, comme telles, dépourvues de sensibilité. Tels deux anges qui, voyant tout par la position élevée où ils sont placés près de l'Être suprème, mais étrangers à la haine comme à l'amour, sentiments qui viennent également de la faiblesse, auraient raisonné entre eux sur quelqu'une des actions sublimes de leur Dieu. » Voilà un intellectualisme à satisfaire Valéry! D'autre part, on lisait dans le *Chasseur vert* : « Dans la simplicité noble du ton qu'il osa prendre spontanément avec M_me de Chasteller, Lucien sut faire apparaître, sans se permettre assurément rien qui pût choquer la délicatesse la plus scrupuleuse, cette nuance de familiarité délicate qui convient à deux âmes de même portée, lorsqu'elles se rencontrent et se reconnaissent au milieu des masques de cet ignoble bal masqué qu'on appelle le monde. Ainsi des anges se parleraient qui, partis du ciel pour quelque mission, se rencontreraient par hasard ici-bas. » Notez que ce sacripant de Stendhal ne croyait ni à Dieu ni à diable, ni à d'autres anges que les femmes aimées et ainsi nommées par métaphore. Et convenez donc qu'il avait un certain sens du symbole.

Que fût-il advenu de Roizand ou de Lucien Leuwen à Rome? Certaine note de Stendhal indique que l'ambassadrice aurait peut-être cédé. Il semble pourtant que soit par précaution, soit par remords, elle aurait fait rappeler à Paris l'entreprenant secrétaire. De toute façon, à la fin de cette troisième partie, ou de la seconde lorsqu'il ne dut plus y en avoir que deux, il était décidé que Lucien Leuwen, qui à travers ses aventures n'avait jamais oublié M_me de Chasteller, la retrouverait à Fontainebleau, qu'il y aurait réconciliation et finalement mariage. Et voici encore une belle idée. Lucien l'aimait tant qu'il lui pardonnait et lui offrait de l'épouser, la croyant encore coupable. Et ce n'est qu'après avoir obtenu cette preuve d'amour qu'elle démontrait son innocence, calomniée par l'odieuse bouffonnerie obstétricale du docteur et jésuite Du Poirier. Cet épicurien de Stendhal avait le sentiment de la grandeur et l'âme chevaleresque. D'ailleurs, il adorait profondément Corneille.

Relisez *Lucien Leuwen* dans l'édition Debraye. C'est inachevé. Ce n'est qu'ébauché en certains endroits. Mais, suivant son expression, Stendhal avait couvert la toile. C'est toujours délicieux, souvent très beau.

Et lisez le *Journal de voyage* de 1838, resté jusqu'ici inédit, que vient de nous offrir M. Louis Royer. C'est une suite aux *Mémoires d'un touriste*, que Stendhal attribuait à un marchand de fer, ancien commis-voyageur, comme Taine imputera ses *Notes sur Paris* à M. Graindorge. Mais il n'y a rien de Gaudissart chez Stendhal lui-même, qui est bien l'esprit le moins vulgaire, le plus fin, en même temps que le plus libre et le plus exempt de préjugés ou de prudhommisme. Peu nous chaut qu'il se soit documenté sur l'architecture chez Mérimée ou Millin. C'est son esprit toujours si personnel et incoercible qui nous importe. A Bordeaux, en 1838, comme il vénère Montaigne et Montesquieu, dont M. François Mauriac ne parlera même pas dans un livre sur sa ville natale! Le grand père Gagnon avait révélé au jeune Beyle les joies de la lecture, que nos contemporains, ne lisant qu'eux-mêmes sans doute, ne soupçonnent plus. « Bonheur d'avoir pour métier sa passion. État de Dominique. » A Toulouse, il constate que la bonne compagnie approuve encore la condamnation de Calas, et

qu'on a rangé parmi les Illustres un obscur conseiller
qui a eu le mérite de faire brûler vif « l'athée Vanini ».
En revanche, le grand mathématicien Fermat, n'ayant
fait brûler personne, a dû attendre cent ans cet honneur.
« Hélas! je vais passer pour un homme méchant, toujours
par suite du même vice : le sot amour pour la vérité,
qui fait tant d'ennemis. » Stendhal avait fait de la critique...

Sans penser précisément du mal de la *Vie de Stendhal*
de M. Paul Hazard, je dois pourtant avertir que c'est un
ouvrage superficiel, au-dessous du sujet, et gâté, çà et
là, par des pointes d'ironie intempestive. M. Paul Hazard
n'a pas les ridicules de l'ineffable Stryienski, mais il en
tient un peu.

H. DE BALZAC

La Vieille Fille.

Voici une nouvelle édition fort élégante de la *Vieille Fille*, de Balzac, avec une intéressante préface de M. Léon Pierre-Quint.

Le texte a été établi d'après un exemplaire où Balzac avait fait des corrections manuscrites, et qui se trouve dans le fonds Lovenjoul à Chantilly. On sait qu'il n'est pas facile de pénétrer dans cette chasse gardée des membres de l'Institut. On se réjouit de cette exception. A vrai dire le détail du style n'est pas ce qui importe le plus chez Balzac. Mais enfin cela vaut mieux. Je m'étonne un peu de ces quelques lignes du nouvel éditeur, s'excusant d'avoir respecté certains tours particuliers — comme si cela n'allait pas de soi — et donnant cet exemple inattendu : « C'est volontairement et non par erreur que nous avons imprimé *au service de Russie* ». Je le pense bien ! Balzac se piquait d'être, avec Hugo et Gautier, un des trois hommes qui savaient le mieux la langue. En tout cas il vivait en un temps où elle n'était pas généralement ignorée des écrivains à la mode. *Au*

8

service de Russie était la forme universellement adoptée à la bonne époque, pour tout militaire servant dans une armée qui n'était pas celle de son pays natal. Maurice de Saxe fut général au service *de* France, le père de Benjamin Constant, colonel au service *de* Hollande, etc. *Au service de la...* est une platitude moderne.

Nous sommes dans la ville d'Alençon, au début du règne de Louis XVIII. La première partie, *la Chaste Suzanne et ses deux vieillards*, est un peu étrange et n'a pas de rapports très étroits avec ce qui suit. Cette chaste Suzanne est une jolie blanchisseuse, qui a de l'ambition et décide d'aller jeter son bonnet par-dessus les moulins de Paris. Il lui faut une première mise de fonds, pour le voyage et la toilette. Elle va en demander successivement à deux vieillards, qui ne sont pas si décrépits, étant de simples quinquagénaires, le chevalier de Valois et M. Du Bousquier. A chacun d'eux, elle se déclare enceinte de ses œuvres. C'est un mensonge. Ils ont tous deux de bonnes raisons de se croire innocents de cette prétendue paternité. Mais ils ont pris avec cette ingénue quelques privautés compromettantes. Le chevalier de Valois, qui est pauvre, se borne à un menu cadeau. M. Du Bousquier, étant riche (2.500 francs de rentes), lâche 600 francs. Tous deux exigent une absolue discrétion. Ils ont besoin de ne point passer pour mauvais sujets, étant l'un et l'autre candidats à la main de M¹¹ᵉ Cormon. Suzanne disparaît et ne servira plus à rien. Nous arrivons à la seconde partie et au sujet.

La vieille fille, c'est M¹¹ᵉ Cormon, une des plus opulentes héritières du département (18.000 francs de rentes en terres), et âgée de quarante-deux ans en 1815. Sans être précisément jolie, elle avait de la fraîcheur : elle en a encore, bien qu'un peu empâtée. Elle est d'une excel-

lente famille, sur les confins de la haute bourgeoisie et
de la noblesse. Elle a un salon influent, que l'aristocra-
tie ne dédaigne pas. Avec sa fortune énorme, ou réputée telle en cet âge d'or, comment ne s'est-elle pas
mariée? Elle désirait un gentilhomme et, sous la Révolution, elle a craint le tribunal révolutionnaire. Sous
Napoléon, elle ne voulait pas d'un officier qui l'aurait
laissée seule. Soupçonneuse et fière, elle tenait à n'être
pas épousée pour sa dot. Enfin, elle était fort pieuse,
ignorante comme une carpe, et médiocrement intelligente. Les gens du pays la disaient un peu « bestiole ».
Balzac n'hésite pas à écrire : « Ayons le courage de faire
une observation cruelle par un temps où la religion n'est
plus considérée que comme un moyen par ceux-ci,
comme une poésie par ceux-là. La dévotion cause une
ophtalmie morale... En un mot, les dévotes sont stupides sur beaucoup de points. » Et il note que le noble
chevalier de Valois, voltairien comme nombre de
ci-devant, prétendait « qu'il est extrêmement difficile
de décider si les personnes stupides deviennent naturellement dévotes, ou si la dévotion a pour effet de rendre
stupides les filles d'esprit ».

Ce voltairianisme un peu facile semble amuser beaucoup Balzac, et ne le scandaliser aucunement. C'est
pourtant lui qui se vantera d'avoir écrit la *Comédie
humaine* à la lumière de ces deux vérités éternelles : la
religion et la monarchie. M. Léon Pierre-Quint voit là,
non sans raison, une petite difficulté. Il l'explique par
ce fait, qui me paraît incontestable, que Balzac est un
romancier né, chez qui le romancier l'emporte sur le
penseur. Aussi est-il « l'esclave de la réalité... Une fois
qu'il a constaté la foi religieuse de son héroïne, il en
étudie les conséquences, objectivement, même si elles

sont contraires à ses idées politiques et philosophiques...
Le plaisir de voir les choses telles qu'elles sont et la force
de la curiosité l'emportent sur ses passions intellectuelles... »

Rien de plus juste, sous cette réserve, que la curiosité du réel, l'objectivité, la volonté de voir clair dans ce
qui est, me paraît une passion intellectuelle au premier
chef, la plus intellectuelle ou même la seule de cet ordre
entre celles qui ont dominé et tiraillé Balzac. Ses passions ou idées politiques et philosophiques appartenaient à une tout autre sphère, et ne s'inspiraient certes
pas des purs intérêts de l'esprit. Il n'était même pas de
ceux qui, suivant son expression, ne considéraient plus
la religion que comme une poésie. Le plus illustre de
ceux-là, c'était Chateaubriand. Balzac s'est implicitement désigné lui-même parmi ceux qui ne la considéraient que comme un moyen : entendez un moyen de
réaction et de conservation sociale. Ce pragmatisme, ce
catholicisme d'État, qui a brillamment fleuri par la suite,
et qui s'accommode d'un parfait scepticisme ou d'un
athéisme radical, mais ésotérique, reconnaît en Balzac
un de ses premiers maîtres. M. Paul Bourget en a beaucoup joué dans ses romans de propagande et en a toujours su gré à Balzac, tout en étant devenu pour sa part
un croyant complet. Mais Balzac n'était pas croyant;
il n'était complet que comme réactionnaire et membre
du grand parti de l'ordre à tout prix.

Je suis partisan de l'ordre, et j'admets que le main-
tien d'une société régulière est indispensable même au
progrès de l'esprit, que l'anarchie noierait dans une
débâcle totale. Mais d'abord la liberté, dont Balzac ne
tenait pas compte dans son système politique, me semble
également nécessaire. Ensuite et surtout, il n'y a de

pleinement intellectuel que l'unique souci et le respect absolu de la vérité. Un intellectualiste doit la concilier avec le salut public, et non point la lui sacrifier comme à un Moloch. Balzac et son école ne résolvent pas le problème, puisqu'ils en suppriment une des deux données fondamentales. Enfin, tout en m'accordant au fond avec M. Léon Pierre-Quint, je déplore sa terminologie. Il est trop aisé, mais singulièrement nuisible, de dénigrer l'intelligence en la définissant d'une façon arbitraire, qui peut aller, comme on le voit ici, jusqu'à la négation et au contrepied du vrai sens. Ce sophisme de vocabulaire est éminemment bergsonien, je suis obligé de le dire, et n'en vaut pas mieux pour cela.

Mlle Cormon, dévorée du désir de se marier, avait donc le choix, au moment où Balzac prend son récit, entre trois prétendants : d'abord le chevalier de Valois, gentilhomme décavé, mais spirituel et fin, à qui elle reproche secrètement et naïvement son aspect de gringalet (car l'innocence n'empêche pas l'instinct, et avec sa manière un peu lourde de mettre les points sur les *i*, Balzac signale qu'une épouse chrétienne a besoin d'un mari robuste, précisément parce que ses principes religieux lui défendent de le tromper); secondement, M. Du Bousquier, un peu plus jeune et taillé en hercule, qui semble offrir toutes garanties, mais que disqualifie ce vice rédhibitoire d'être un ancien jacobin (aussi la vieille fille l'a-t-elle refusé, malgré sa femme de chambre Josette qui lui disait : « Comment, républicain ? Il n'aimait pas tant que cela la République, puisqu'il la volait. » O candeur! Du Bousquier, fournisseur des armées, a été en effet disgracié comme concussionnaire par le premier consul); troisièmement, le jeune Athanase Granson, vingt-trois ans, écrivain de génie en espé-

rance, pour l'instant sans le sou, et qui néanmoins
n'aime pas cette demoiselle de vingt ans plus âgée que
lui pour son-argent, mais pour elle-même. Un amour
si disproportionné nous parait plus bizarre qu'à Balzac,
qui sans doute se souvenait de sa *dilecta* : mais il ne
l'avait pas épousée. Cet Athanase ferait peut-être un
personnage des plus curieux, si le romancier en avait
mieux analysé le caractère, mais il le traite sommaire-
ment, et lorsque ce jeune original se jette de désespoir à la rivière, Mlle Cormon ne s'étant même pas
aperçue qu'il l'aimait, ce suicide nous surprend sans nous
émouvoir beaucoup plus qu'un fait divers quelconque.

Mlle Cormon croit avoir découvert le parti rêvé et s'em-
balle follement lorsque arrive le vicomte de Troisville,
celui qui avait été au service *de* Russie. Patatras! Ce
noble émigré est marié à une princesse russe depuis
seize ans. En l'apprenant, Mlle Cormon se trouve mal.
Pour échapper au ridicule, il lui faut absolument faire
une fin. Par un hasard fâcheux, le chevalier de Valois
arrive quelques minutes trop tard pour formuler sa
demande officielle, quand celle de M. Du Bousquier vient
d'être agréée. Le succès, après l'incident Troisville, était
à celui qui se présenterait le premier. C'est ainsi que
toute une destinée peut dépendre d'une montre qui
retarde ou d'un fiacre trop lent.

M. Du Bousquier sera un mari de qualité imparfaite :
un tyran domestique, qui dépossède sa femme de l'autorité dont elle avait la délicieuse habitude. C'est d'après
Balzac, un plaisir pour tout le monde, même pour les
hommes supérieurs : c'est toute la vie des êtres bornés.
Le second point est sans doute exact : d'où la surabon-
dance des mesdames Jordonne, et l'ardeur de tant de
suffragettes. Je doute que Balzac eût été grand partisan

du vote des femmes, et qu'il eût compté dessus pour élever la moyenne intellectuelle du corps électoral. Avec ou sans dévotion, il est certain que si aucune femme n'a eu de génie jusqu'à présent, et s'il ne manque pas cependant d'hommes assez stupides, le record de la bêtise a été établi par d'innombrables portières siégeant à tous les étages, dont quelques-unes peuvent même s'habiller rue de la Paix. Mais la première partie de ce même aphorisme donne des doutes sur l'intellectualisme de Balzac et rend compte de sa manie politique. L'homme de pensée ne tient aucunement à exercer aucune autorité pratique et même cela l'assommerait. Il ne souhaite tout au plus qu'une certaine influence de ses idées sur les esprits capables de les comprendre.

Pendant deux ans, la nouvelle Mme Du Bousquier est amoureuse et heureuse. Puis elle se désole de n'avoir pas d'enfant, et en tirant habilement les vers du nez à cette « bestiote », des commères découvrent que c'est la faute de M. Du Bousquier, simple Hercule en peinture. La pauvre Mme Du Bousquier, après plusieurs années de mariage, mourra vierge ou au moins demi-vierge. Balzac ne précise guère, et ce n'était pas commode, du moins en termes honnêtes. On n'est même pas tout à fait sûr de ce qu'il a voulu insinuer. Dans sa pénétrante et ingénieuse préface, où il constate aussi cette obscurité, M. Léon Pierre-Quint le félicite néanmoins d'avoir effleuré la psychologie sexuelle, avant Freud et Proust. Oui, mais même avec la licence actuelle, qui n'eût pas été tolérée au temps de Balzac, c'est un domaine bien limité et monotone, dont on a vite fait le tour. Et Proust a beaucoup de talent, mais le comparer comme le fait M. Léon Pierre-Quint, à Sophocle, à Spinoza et à Gœthe, me paraît une hyperbole un peu forte.

Au total, cette *Vieille Fille* se lit, ou se relit, sans ennuyer un instant et en ne choquant que de place en place (par exemple dans les descriptions dégoûtantes de la déchéance du chevalier). Mais ce n'est ni un des plus grands romans de Balzac dans aucun sens du terme, ni un des plus beaux. A tous égards, et même matériellement, c'est un peu court.

LE CENTENAIRE DE TAINE

J'ai lu Taine, au lycée, avec passion, avec délices. C'est lui qui m'a initié à la haute vie intellectuelle, à l'ivresse de la pensée libre. Tout autre enseignement me parut alors conventionnel et pédant. Enfin, je découvrais un homme qui n'aimait que le vrai : *veritatem unice dilexit*, comme il le fera graver sur sa tombe. Et quelle largeur de vues! quel mépris des préjugés! quel intrépide élan vers toutes les formes du beau! quelle imagination! quelle puissance constructive! quelle confiance en l'esprit humain! Il était philosophe et artiste, logicien et poète. Il contentait pleinement l'ardeur à tout connaître, à tout comprendre, à sentir et admirer tout ce qui en est digne. Sa pensée était la révélation lumineuse où aspirait obscurément l'instinct juvénile, la belle et imposante Marraine pour Chérubins de lettres, l'apparition de la Pallas moderne, une théophanie rationnelle. J'ai adoré Taine, je l'aime toujours, au point d'être personnellement blessé des attaques contre lui, et, par exemple, de n'avoir pu lire sans une espèce d'horreur l'article de mon excellent confrère Albert Thibaudet, à propos du centenaire, dans la *Revue de Paris*.

Même à présent que je ne suis plus sous le coup de foudre, mais désenvoûté, et que je relis Taine de sang-froid, je persiste à le considérer d'abord comme le premier critique du dix-neuvième siècle. Il y a Sainte-Beuve, dont il faisait lui-même le plus grand cas, et qu'il saluait comme un de ses maîtres. Oui, mais Taine garde sur Sainte-Beuve divers avantages. D'abord, celui de l'amplitude et de la diversité. Il est critique littéraire, philosophique, artistique, embrassant toutes les littératures, toutes les idées, tous les arts, tandis que Sainte-Beuve ne parle d'art qu'incidemment, néglige la philosophie, se cantonne d'ordinaire dans la littérature des trois ou quatre derniers siècles français, et avec quelles bévues ou iniquités concernant le sien! Le lundiste a dénigré et rabaissé Balzac et Stendhal. C'est Taine qui a célébré et imposé ces deux grands écrivains, à une époque où ils étaient méconnus, et l'un des deux généralement inconnu.

Dans *Chateaubriand et son groupe littéraire*, Sainte-Beuve déclare fort imprudemment que le grand critique n'est pas celui qui ne sait bien parler que de Racine ou de Bossuet, mais celui qui discerne la vraie valeur de ses contemporains. Il s'est condamné lui-même ce jour-là, et sa propre maxime oblige à lui préférer Taine. Celui-ci a rendu aussi toute justice à Michelet, que Sainte-Beuve détestait, et à Flaubert, que le lundiste n'estimait qu'avec des réserves. « Le plus beau roman qu'on ait vu depuis Balzac » : c'est Taine qui porte ce jugement sur *Madame Bovary*. Il chapitre son camarade Weiss, qui goûtait peu Renan, et lui annonce de très bonne heure que ce sera un des grands hommes du siècle. Sur

Stendhal, il ne tarit pas, et en dehors de l'article recueilli dans les *Essais*, il le porte aux nues en toute occasion, comme le plus grand psychologue de son temps (et de tous les temps), etc. Vers sa trentième année, il avoue qu'il a lu la *Chartreuse* et le *Rouge* soixante ou quatre-vingts fois (je note que, comme tous les vrais stendha-liens, il est chartreusiste); et il relira ces deux chefs-d'œuvre tous les ans, ainsi que le *Chasseur vert* (Lucien Leuwen) et les *Chroniques*. C'est bien Taine qui a classé Balzac, lancé Stendhal et fondé le beylisme, à une époque où l'opinion universitaire et académique les niait ou les ignorait. Il exalte Saint-Simon, fort suspect; Byron, si mal vu; Gœthe, encore tout près de lui et fort discuté, que Dumas fils et Barbey d'Aurevilly mettront plus bas que terre. Et Shakspeare Il est entendu que les roman-tiques le prônaient depuis 1830 environ, mais la partie n'était pas gagnée auprès de tout le monde, à tel point que Sainte-Beuve lui-même le déclare « non pas préci-sément surfait », mais quelque chose d'approchant, dans son étude sur l'*Histoire de la littérature anglaise* de Taine. (*Nouveaux Lundis*, VIII.)

Et cela nous rappelle que Taine est essentiellement un critique romantique. Il est vrai, je suis contraint de l'avouer, qu'il n'aimait pas Victor Hugo. Je m'en afflige, mais les meilleurs critiques participent de la faiblesse humaine, et c'est la seule grave erreur de Taine. Au surplus, je me l'explique mal. Comment n'a-t-il pas vu ce qu'il y a d'essentiellement français et latin chez Vic-tor Hugo, aussi national que La Fontaine à qui il en fait un si grand éloge, et bien de la même race, n'en étant séparé que par le « moment »? Dans la *Philoso-phie de l'art*, il définira ce moment comme favorable à la poésie lyrique et philosophique, qui n'existait pas sous l'ancien régime. Dans le même ouvrage et aussi dans la préface à la *Littérature anglaise*, il louera les principales conquêtes romantiques, la renaissance de l'imagination et l'aptitude à goûter des types de beauté très différents. Bref, il donne les plus solides raisons d'admirer Hugo, au moins comme le plus grand poète et le plus représentatif du romantisme français. Il ira s'enticher de Musset, comme un simple Nisard ! Cela prouve que les plus fermes esprits n'échappent pas complètement aux influences scolaires. C'est l'Université d'alors qui sur ce point — et sur ce point seulement, ou peu s'en faut — a fourvoyé Taine.

Je le crois au moins égal et peut-être supérieur à Sainte-Beuve (d'ailleurs responsable autant que Nisard des préventions contre Hugo), même comme critique du passé et historien des lettres. M. Thibaudet écrit : « Comparez l'*Histoire de la littérature anglaise* à *Port-Royal*... Autant Sainte-Beuve a découragé ses successeurs, autant Taine a encouragé les siens. » Quel drôle d'argument ! *Port-Royal*, œuvre certes des plus remarquables, ne traitait qu'un sujet assez mince et pouvait l'épuiser. Mais la littérature anglaise ! C'est énorme et inépuisable. Le succès consiste alors, justement, à exciter l'intérêt et à susciter d'autres travaux. Observez, du reste, que si l'on ne se risque guère à parler après Sainte-Beuve de la mère Angélique ou même de Saint-Cyran, le seul grand sujet inclus dans cette étroite enceinte, à savoir Pascal, n'a pas cessé d'inspirer de nombreuses études, parfois même aussi importantes et vraiment capitales, comme celle de Valéry.

Comment Thibaudet peut-il assimiler Taine, cherchant une définition de l'esprit anglais, à Nisard, que celle de l'esprit français préoccupe avant tout ? Thibaudel oublie que Nisard dogmatise, et que Taine a positivement exclu, par le précepte et par l'exemplé, la critique de cette espèce. « La nôtre est moderne, et diffère de l'ancienne en ce qu'elle est historique et non dogmatique, c'est-à-dire en ce qu'elle n'impose pas de préceptes, mais constate des lois... » (*Philosophie de l'art*, I, 1.) Nisard opérait *a priori*, Taine *a posteriori*. Nisard se rattachait aux Bouhours, aux Batteux et aux d'Aubignac, Taine les repoussait aussi vertement que l'avaient fait tous les romantiques, poètes ou philologues. Taine, c'est exactement l'anti-Nisard. Remarquons que Victor Hugo, si dur pour Nisard, n'a pas rudoyé Taine. Ils avaient trop de principes communs, non seulement en littérature, mais en politique. Taine écrivait de Nevers, à sa sœur Virginie, le 18 décembre 1851 : « Quoique tu ne lises pas la politique, tu sais que M. Bonaparte, violant son serment, a confisqué les libertés publiques et fait tuer ceux qui défendaient la loi. » Le recteur (un prêtre) l'invita, ainsi que tous les fonctionnaires, à signer une circulaire approuvant le coup du 2 décembre. « J'ai refusé, écrit Taine. Je n'ai pas voulu commencer ma carrière de professeur par une lâcheté et un mensonge. Chargé d'enseigner le respect de la loi, la fidélité aux serments, le culte du Droit éternel, j'aurais eu honte d'approuver un parjure, une usurpation, des assassinats. » Voilà qui ne déparerait pas *Napoléon le Petit* ou l'*Histoire d'un crime*.

D'autre part, favorable au moins théoriquement au romantisme, Taine a pu mettre Musset au-dessus de Victor Hugo, en quoi il se trompait, mais n'a pas attaqué ce dernier publiquement. Ces petits accès d'hugophobie ne sont apparus que dans sa *Correspondance* posthume et dans le *Journal des Goncourt*. Je ne les

soupçonnais pas lors de ma première ferveur tainienne,
et Hugo a pu les ignorer. Tant mieux ! Il faut toujours
déplorer les zizanies entre esprits faits pour s'entendre.
Enfin, n'oublions pas que Taine était, dans une certaine
mesure, un « créateur », ce qui aurait pu nuire davantage à sa critique, et contribue à expliquer son incompréhension d'Hugo. Prosateur-né, bien qu'il ait composé
par jeu quelques sonnets dans la manière de Heredia,
il n'avait pas naturellement le sens ni le culte du vers,
au moins du vers français. Et c'est pourquoi il décer-
nait la suprématie à la poésie anglaise, fort belle sans
doute, mais que la nôtre égale pour qui la possède à
fond. La différence du vers à la prose frappe toujours
moins dans une langue étrangère, si bien qu'on la
sache. Alors on l'accorde facilement et de confiance,
tandis que dans sa propre langue, où l'on ne s'en rapporte qu'à soi-même, il arrive qu'on ne sente pas pleinement cette différence et qu'on ne s'en soucie guère.
Taine ne rendait pas non plus toute justice à Boileau,
que Victor Hugo et Flaubert estimaient tant. Il raconte
qu'on ne lui enseigna que le maniement des idées, et
qu'il ne reçut pas l'éducation des sens. Il se la donna lui-
même, remarquablement, pour les arts plastiques et la
musique (il jouait au piano les sonates de Beethoven).
En poésie, il faut un sens encore plus subtil,

>   Et la perfection est chose plus celée,

comme a dit Moréas. Taine a pourtant bien compris
La Fontaine et, dans son livre sur le fabuliste, bien
défini la poésie, qui « nous fait sentir nos pensées, et
penser nos sensations ». Mais il avait le sentiment plus
que l'oreille poétique, et il fut déconcerté par Hugo
comme tel amateur de Mozart par Wagner.

En art rien ne remplace complètement l'impression directe, mais il n'en résulte pas que les théories ne servent à rien, lorsqu'elles sont fondées sur les faits, comme celles de Taine. Dans sa *Philosophie de l'art*, un de ses meilleurs ouvrages, et des plus vivants, des plus salutaires, il y a deux parties théoriques de tout premier ordre : au début, la définition des arts, la démonstration de leur unité et de leur analogie en profondeur avec la science ; à la fin, l'exposé du vrai critérium qui permet de juger et de classer objectivement les œuvres, d'après la convergence des effets, l'importance et la bienfaisance du caractère. Plus on y réfléchit, plus on se convainc que c'est la vérité même. Dans la fameuse controverse sur la critique, Brunetière usait de mauvais arguments, mais Jules Lemaître et Anatole France soutenaient bien à tort le pur impressionnisme, qui ne résiste pas à ceux de Taine. Chez celui-ci, nulle étroitesse, pas de moralisme mesquin, aucun parti pris. La « bienfaisance » s'obtient aussi, il le note lui-même, par effet inverse, en quelque sorte, comme dans la haute comédie et là polémique, par exemple dans *Tartuffe*, les *Provinciales* ou *Candide*. Certainement la plus belle œuvre, c'est à la fois la plus parfaite d'exécution, la plus chargée de pensée, la plus saine et la plus noble. On conçoit que Taine ne soit pas trop à la mode aujourd'hui, où la plupart des jeunes dédaignent l'élément intellectuel, cultivent le morbide ou le bas, non moins que l'insignifiant, et ne savent même plus leur métier. D'ailleurs, toute classification, toute hiérarchie importune les auteurs qui aspirent tous au premier rang, et les lecteurs qui n'admettent d'autre règle que leur plaisir. Ceux-ci veulent savourer Georges Ohnet et ses pareils, mais avec bonne conscience, et sans qu'on prenne leur dire que cela ne vaut pas du Balzac. Tout conspire contre la culture, dont Taine fut un des derniers grands serviteurs.

Que de colères contre sa théorie de la race, du milieu et du moment! Elle n'en reste pas moins exacte. On lui a objecté qu'elle n'expliquait pas tout. Elle n'y a jamais visé. Comme il l'écrivait à Sainte-Beuve, il ne prétendait pas « déduire l'individu ». Autrement dit, la race, le milieu et le moment n'expliquent pas la naissance d'un homme appelé Shakspeare ou Racine, qui aurait pu ne point naître, ou mourir en bas âge, et dont le génie individuel dépend de causes probablement physiologiques, mais encore inconnues, comme la beauté du visage et du corps. Ce que Taine explique, c'est le tour et le développement de ce génie sous diverses influences que toute sa force et son originalité ne le dispenseront pas de subir, au moins pour une large part. Un Hugo et un Racine, un Sophocle et un Shakspeare ne sont pas strictement interchangeables. Tout dans leurs œuvres ne dépend pas exclusivement du moment, du milieu et de la race; mais beaucoup de choses en dépendent; et chacun, né dans un autre pays et un autre temps, se fût développé tout autrement et sensiblement adapté à cet autre milieu. Entre une charmille de Versailles, une tragédie de Racine, la monarchie de Louis XIV et le reste, il existe des affinités certaines, qui ne sont pas le simple effet du hasard, mais résultent de conditions que doit démêler l'historien. Holà! s'écriait déjà Paradol, c'est introduire l'esprit scientifique dans la littérature! Où est le mal? N'est-il pas toujours bon de comprendre et de s'instruire? En quoi cela empêche-t-il de discerner esthétiquement le beau et d'en jouir? Au contraire, cela y aide.

Mais tant d'amateurs redoutent toute recherche, tout

effort d'attention, et prétendent flâner dans la littérature comme dans un parc, ou déguster les œuvres comme des pâtisseries! Cet homme à thèses nous ennuie! J'ai vu tout récemment ce grief dans un journal. Nous autres, gens de qualité, nous savons tout et jugeons de tout sans avoir rien appris! L'éternelle frivolité condamnera toujours Taine.

Il a contre lui d'autres préjugés. Quel scandale, lorsqu'il écrivit dans la préface de la *Littérature anglaise* : « Le vice et la vertu sont des produits comme le vitriol et le sucre. » On cria au matérialisme, ce qui était inepte. Taine ne ravale pas la vertu et le vice au niveau du sucre et du vitriol, et ne professe pas qu'ils sont produits par les mêmes causes. Il considère seulement que les uns et les autres ont des causes, mais très différentes, et chimiques pour les produits matériels, psychologiques pour les phénomènes moraux, qui sont donc aussi des produits en ce sens seulement qu'ils ne tombent pas du ciel tout faits. C'est du déterminisme! Oui, il en faut convenir, en ajoutant que cette doctrine a été adoptée par nombre de grands philosophes fort moraux, depuis les stoïciens jusqu'à Spinoza, Leibnitz et Stuart Mill. Taine se défend fort bien en divers endroits, notamment dans sa lettre à M. Paul Bourget sur le *Disciple*. Pour être conditionnés, déterminés, nos actes n'en ont pas moins une valeur morale, comme les ouvrages littéraires ont une valeur esthétique. C'est même grâce à ce déterminisme que nous pouvons agir sur les hommes et sur nous-mêmes, dans un sens de moralité et de progrès. Et sans déterminisme, il n'y a point de science. Mais les vitalistes firent voir à Claude Bernard qu'ils n'acceptaient pas une science de la vie, et les gens bien pensants, à Taine, qu'ils ne voulaient pas d'une science de l'esprit. Pour un motif ou pour un autre, la science est toujours mal venue.

Pendant presque toute son existence, Taine sentit terriblement le fagot. Dupanloup et consorts le poursuivirent et s'efforcèrent charitablement d'entraver sa carrière. Bien entendu, il n'en avait cure, ne dissimulait point ses opinions spinozistes et voltairiennes, ni dans ses écrits, ni à son foyer, conseillant même à sa fille la lecture de Renan et d'Ernest Havet. Et il ne varia jamais, puisqu'il maintint jusque dans la seconde partie du *Régime moderne* l'antinomie irréductible de la science et du dogme.

Son scientisme est incontestable. Il ne s'ensuit pas que sa philosophie soit morte et définitivement remplacée par le bergsonisme, comme l'affirme M. Thibaudet. A entendre mon très bergsonien confrère, on dirait que le dernier qui ouvre la bouche a nécessairement raison. Bergson a succédé chronologiquement à Taine, je dois le lui accorder. Et Bergson est beaucoup plus en vogue aujourd'hui, j'y consens encore. Mais qu'est-ce que cela prouve? D'autres prendront ou ont déjà pris la parole après Bergson. Voilà déjà quelque temps que Fouillée le combattait et annonçait une renaissance de l'intellectualisme, c'est-à-dire à proprement parler de la philosophie. Celle de Taine, qui concilie Hegel avec Condillac, est originale, si l'on ne refuse pas cette épithète à Leibnitz, qui réconciliait Aristote avec Descartes. Celle de Bergson l'est aussi, mais c'est plutôt une antiphilosophie, une gnose laïcisée, un nouveau mysticisme, dont on trouverait d'ailleurs les sources chez les Alexandrins et les romantiques allemands. Thibaudet exclut Taine de la lignée des grands philosophes, commençant à Platon, à laquelle il rattache Bergson. Mais Fouillée disait à ce dernier : *Amicus Anti-Plato, sed magis…* Observons pour finir que Taine réduit le principe de raison suffisante au principe d'identité, tendant ainsi la main à l'auteur d'*Identité et Réalité*, M. Émile Meyerson, venu après l'ère bergsonienne et qui, tout en admettant qu'il y a de l'irrationnel dans le monde, n'en est pas moins franchement rationaliste.

*
* *

Taine historien.

Les *Origines de la France contemporaine* forment six énormes volumes in-8° (ou douze volumes dans l'édition in-16) et ont exclusivement absorbé Taine depuis la guerre de 1870 jusqu'à sa mort, c'est-à-dire pendant plus de vingt ans, et encore ce monument reste-t-il inachevé. L'histoire a donc rempli la moitié de sa carrière. Cependant, sans la moindre intention d'irrévérence pour un maître que j'admire et que je révère, je me demande si Taine a été un historien.

C'était avant tout un critique et un philosophe. Même pour les esprits de taille moyenne, mais qui ont le goût de la philosophie et des lettres, l'histoire proprement dite semble une discipline subalterne et un peu rebutante. Des quatre agrégations, si j'étais entré dans l'Université, je ne sais laquelle j'aurais choisie, mais je sais bien celle dont je n'aurais voulu sous aucun prétexte et à aucun prix : c'était celle d'histoire. Si l'on me permet un chétif souvenir personnel, c'est l'interrogation orale d'histoire qui m'a fait refuser à l'École normale, par Gabriel Monod, à qui je n'en veux certes pas, et qui me donna

très justement une mauvaise note. Mais je n'en rougis-
sais pas non plus, tandis que j'eusse été honteux de
paraître ignorant à Tournier ou à Boissier, à Brunetière
ou à Ollé-Laprune. Pour les écoliers, l'instruction historique ne relève que de la mémoire et de la patience à
s'endormir sur des manuels.

A plus forte raison pour un grand esprit, quoi de plus
aride et de plus médiocre? Il faut ingérer des tonnes de
documents, pâlir interminablement sur des papiers d'archives, et je ne peux penser sans pitié à un Taine usant
son précieux temps et ses pauvres yeux sur cette paperasse, parmi cette poussière. Et pour quel résultat? Au
moins les philologues qui scrutent les vieux manuscrits
ont-ils le plaisir d'étudier des chefs-d'œuvre et de les
servir. C'est intéressant d'établir une bonne édition critique d'Homère ou de Virgile, de Sophocle ou de Platon,
sans compter qu'on peut faire de belles trouvailles.
D'Ansse de Villoison a dû connaître des minutes supérieures en découvrant l'*Iliade* de Venise... Je n'aurais
pas eu de répugnances invincibles pour l'agrégation de
grammaire.

Mais en histoire proprement dite, à quoi vous mène ce
labeur écrasant et ingrat? A élucider plus ou moins, dans
le passé, les questions qui, même actuelles, laissent un
philosophe ou un lettré assez indifférent, à moins
qu'elles ne l'excèdent et ne le révoltent. Les guerres, les
traités, les querelles des partis, les constitutions, les
finances, etc., bref la politique et l'économie politique,
voilà de quoi s'occupent sans répit les tristes historiens.
Tout ce positif et ce pratique nous assomme, même y
étant immédiatement impliqués : que nous importe la
façon dont on s'en tirait autrefois? En soi, l'histoire,
c'est l'ennui, au moins pour ceux qui, comme Taine, ont

l'habitude et la passion des idées et des arts. Ne dites pas que ce qu'il y a d'attrayant dans l'histoire, ce sont les hommes. Car ce n'est pas dans cette défroque matérielle et cette activité mesquine que l'on touche ce qu'il y a de plus purement et hautement humain, mais c'est dans la poésie et la pensée.

L'histoire intéressante est donc celle des œuvres de l'esprit, qui appartient au philosophe, au littérateur, à l'esthéticien, non à l'historien spécialisé. Et pour que l'histoire politique devienne supportable, il faut qu'elle s'intellectualise le plus possible, d'abord par le génie ou le talent de l'écrivain qui a la fantaisie de s'y adonner, comme Thucydide et Tacite, puis par le parti pris de reléguer au second plan la matière proprement historique et de composer avant tout des tableaux épiques, ou des croquis de mœurs, ou d'arriver aux vues générales par des synthèses nouvelles et hardies. C'est ce que condamnent précisément avec la dernière sévérité les moroses champions de l'école documentaire, qui ne consentent qu'à nous vider leurs dossiers sur la tête et qui prennent des transcriptions de cartulaires pour des ouvrages personnels.

Voulant s'instituer historien, parce qu'il y vit un devoir, Taine resta ce qu'il était avant tout par nature, c'est-à-dire un grand critique. Le plus remarquable de beaucoup dans les six gros volumes des *Origines*, c'est le premier, sur l'*Ancien régime*, et dans celui-ci la deuxième, la troisième et la quatrième parties, sur *les Mœurs et les Caractères, l'Esprit et la Doctrine*, la *Propagation de la doctrine*, tandis que la première *(Structure de la société)* et la cinquième (*le Peuple* et sa misère) eussent mieux convenu à un spécialiste et convenaient donc moins bien à Taine. Un Taine tracassant dans le

droit administratif et la statistique   Faut-il qu'il aspire
à descendre! S'il n'y réussit qu'à moitié, nous constate-
rons que c'était trop au-dessous de lui. Et nous déplo-
rerons qu'il ait renoncé aux livres sur l'Allemagne et
sur la Volonté, projetés avant 1870, et qui devaient l'un
faire pendant aux travaux sur l'Angleterre, l'autre faire
suite au traité de l'*Intelligence*. N'en parle-t-il pas lui-
même avec un peu de regret et de nostalgie dans sa
Correspondance? Ce ne fut peut-être pas une des moins
funestes conséquences de l'année terrible que de l'avoir
aiguillé dans cette autre voie, où il ne trouvait plus que
pour ainsi dire par raccroc et un peu par artifice l'emploi
de ses éminentes facultés.

Du moins les déploie-t-il magnifiquement dans ces
trois parties (sur cinq) du premier volume, qu'on ne
peut lire ou relire sans un frémissement d'allégresse.
C'est peut-être ce qu'il a écrit de plus beau. Quelle évo-
cation! Les splendeurs de Versailles et l'esprit de Paris,
les raffinements de cour et de salon, l'art exquis de la
conversation, dans cette société la plus délicatement
civilisée, il les décrit avec une abondance, un luxe de
détails, une puissance de vie, dignes de Voltaire qui a
résumé tout cela en une phrase comme enivrée (et
naturellement citée par Taine) de la *Princesse de Babylone*. Vous vous rappelez? « Des étrangers, des rois ont
préféré ce repos si agréablement occupé et si enchanteur
à leur patrie et à leur trône... Le cœur s'y amollit et
s'y dissout, comme les aromates se fondent doucement
à un feu modéré et s'exhalent en parfum délicieux. »
Et l'on dit que Voltaire n'est pas poète! Taine l'est sûrement ici, et grand peintre, et maître ou virtuose de l'his-
toire-résurrection, autant que Michelet, voire plus impartial. Taine n'est pas de ceux qui, en haine de Louis XIV,

dédaignent Versailles. Ni de ceux qui, en considération
de Versailles, lui pardonneraient presque tout.

J'avoue, quant à moi, que devant la merveille je fai-
blis, et que la capiteuse féerie des présents chapitres de
Taine m'incline provisoirement à l'indulgence pour
l'ancien régime. Ces beaux seigneurs négligeaient les
affaires, tant publiques que privées : oui, mais comme
on les comprend! C'étaient des oisifs, des inutiles? Non,
puisque la sociabilité mondaine poussée à ce point
devient aussi un art, qu'il n'y a de passionnant que la
vie intellectuelle et que c'en est une forme, dont les
autres profitent au surplus, car Watteau, Rameau et
toute la littérature d'alors en portent la marque. Les
gens de lettres menaient la même existence, sinon à
Versailles, car Louis XV ne les aimait pas, du moins à
Paris dans les meilleures maisons, et d'une part ils
écartaient le péril de frivolité par les libres idées qu'ils
mettaient en circulation, d'autre part, ils évitaient celui
de pédantisme par l'adaptation au ton de la société polie.
Et c'était la plus jolie perfection de l'esprit français. D'où
le célèbre mot de Talleyrand sur la « douceur de vivre ».
On ne l'avait peut-être jamais connue comme dans la
France du dix-huitième siècle. Le malheur est que les
plus ravissantes fleurs de serre ne durent pas. La Révolution approche, qui sera sérieusement motivée, et que
ce monde si fin, qu'elle devait emporter, préparait lui-
même.

La théorie de Taine sur la formation de la doctrine
révolutionnaire est d'une ingéniosité passionnante, et
principalement vraie, malgré quelques objections. Elle
résulte, d'après lui, de deux éléments qui, séparés, sont
salutaires, et dont la combinaison devint explosive :
c'est à savoir la science positive et l'esprit classique. Il

fait des conquêtes scientifiques un exposé magistral. Lui
aussi, comme les philosophes du dix-huitième, il possédait cette culture et ce talent de haute vulgarisation. Sur
l'esprit classique, il dit des choses justes et fortes, avec
quelques-unes qui le sont un peu moins. Il s'agit du
classicisme constitué au dix-septième siècle, depuis
Malherbe, et qui ne devait céder la place qu'au romantisme. Je vous ai dit que Taine était un critique romantique. Conformément au principe romantique de tout
comprendre et d'admettre les valeurs des types les plus
divers, il reconnaît donc les qualités classiques, la
pureté, la clarté, la rationalité, si l'on peut ainsi dire,
mais il insiste sur les défauts, l'abus de l'abstraction, du
dogmatisme, de la simplification oratoire, la mésintel-
ligence du réel et de sa complexité, le manque de rela-
tivisme, de sensibilité directe et de poésie vivante. C'est
exact. Les qualités n'en ont pas moins suffi à produire
des chefs-d'œuvre, ce que Taine ne nie pas. Il exagère
un peu les défauts, ou du moins il devrait noter qu'on
ne les a vus à plein, sans compensation, que chez les
hommes de second ordre, et il les attribue à certains du
premier, qui en sont exempts, — à Descartes, par
exemple.

On trouverait dans les œuvres complètes de Taine
quelques passages où il le met à son rang. Mais l'etrange
prétention qu'avait Victor Cousin de passer pour cartésien a certainement indisposé Taine contre Descartes.
D'un côté, il lui suppose un respect du dogme religieux
que Descartes n'a professé qu'en apparence, par précaution contre le bûcher ou la Bastille. Sa liberté d'esprit
ne connut pas de limites, et c'est le maître du rationalisme intégral. D'un autre côté, Taine l'accuse de
n'avoir pratiqué que la raison raisonnante et l'*a priori*,

d'avoir méconnu la méthode historique et expérimentale. Sans doute, Descartes a dit : « L'honnête homme n'a pas besoin d'avoir lu tous les livres ni d'avoir appris soigneusement tout ce qu'on enseigne dans les écoles. » C'était une juste et opportune protestation contre la scolastique, qui fondait tout sur l'autorité, sur les textes plus ou moins mal interprétés d'Aristote et des Pères. Contre ce préjugé étouffant, il dressait le bon sens, c'est-à-dire la raison, et le libre examen. C'est ainsi qu'il a libéré l'esprit humain des lisières et du carcan, balayé le Moyen Age philosophique qui s'incrustait malgré la Renaissance humaniste, et définitivement suscité la pensée moderne. Sans doute aussi, il a usé de l'*a priori* et de la déduction abstraite, mais où il le fallait, par exemple pour inventer la géométrie analytique. Il a travaillé sur le concret et adopté l'observation dans les domaines qui la comportaient. C'est sur son conseil que Pascal entreprit les expériences du Puy de Dôme. En Hollande, Descartes pratiquait la dissection. Il espérait renouveler la médecine. Toute une part du *Discours de la méthode* traite de la circulation du sang et annonce la physiologie que réalisera Claude Bernard. Le plus grand des cartésiens, Spinoza, expose sa métaphysique *more geometrico*, mais crée la critique biblique dans le *Tractatus*.

Et Voltaire ! Il a raillé l'érudition des bénédictins, parce qu'il n'en sortait pas grand'chose et qu'elle pouvait sembler un peu stérile. Mais il a créé la conception moderne de la vérité historique, notamment dans l'*Essai sur les mœurs*, popularisé l'exégèse dans d'innombrables opuscules dont la verve hilarante n'exclut ni la solidité ni la profondeur, vulgarisé le système de Newton, manié lui-même les instruments de laboratoire, et

prouvé des aptitudes scientifiques qui l'auraient mené très
haut si un seul homme pouvait tout faire à la fois et s'il
n'avait été homme de lettres avant tout. Taine en convient, et Brunetière lui-même rend les armes à l'immense savoir de ce prodigieux Voltaire. Malgré quelques
germes de préromantisme, c'était pourtant bien un classique. C'était aussi un rationaliste accompli.

L'écueil de cette thèse de Taine est de déprécier la
raison, qu'il a si bien servie dans toute son œuvre anté-
rieure. Il veut établir que la raison raisonnante et clas-
siciste, s'appuyant sur l'acquis scientifique, a commis la
faute d'en déduire la condamnation radicale des traditions religieuse et politique, dont lui, Taine, ne prend
nullement la défense théorique et qu'il avoue fausses
en elles-mêmes, mais qu'il considère comme des préjugés pratiquement nécessaires.

Or, premièrement, la raison n'exclut rien de ce qui
est raisonnable, et comprend même l'inintelligible
comme tel, suivant le mot de Hegel qui est un des
maîtres de Taine. On a copieusement abusé de la théorie
tainienne pour jeter la raison par-dessus bord, comme
inadéquate et purement destructive, et pour prôner un
prétendu réalisme, qui sans le contrôle rationnel
tombe tout de suite dans l'arbitraire. C'est commode
pour colorer toutes les réactions. Mais c'est forcément
précaire, et c'est foncièrement mesquin. Taine vante les
Anglais, si réalistes que les audaces de leurs *free-thinkers*
n'eurent pas de suites, parce que les gens qui avaient
un toit confortable et un bon habit sur le dos sentirent
le danger, qui échappa aux Français insouciants et clas-
siquement logiciens. Mais par ce procédé de conserva-
tisme égoïste et timoré, que Taine approuve, à quel
moment n'eût-on pas pu s'arrêter? Nous en serions

peut-être encore à l'âge de pierre. Et comment supposer
que la construction puisse indéfiniment porter à faux?
La vérité finira toujours par imposer ses droits et par
ruiner les mensonges vitaux ou soi-disant tels. C'est
précisément en quoi consiste le progrès de la civilisation,
dont je ne pense pas qu'un Taine puisse se désinté-
resser.

Ce n'était pas seulement la critique du dix-huitième
siècle contre la tradition et la tyrannie absolutiste, théo-
cratique, féodale, qui était parfaitement justifiée, c'était
aussi le faisceau de notions nouvelles que ce siècle
entendit instaurer au nom de la raison. Taine ne conteste pas, mais mentionne distraitement et s'attache à
pallier autant que possible les vices devenus intolérables
de ce régime d'oppression, contre lequel il était d'une
élémentaire justice de revendiquer la liberté individuelle
et la liberté de penser. C'est l'œuvre essentielle des philosophes, formulée enfin par la Constituante dans la
Déclaration des droits de l'homme et du citoyen, qui
demeure la charte de l'humanité civilisée.

Qu'y a-t-il de chimérique et d'explosif là-dedans?
Taine soutient que cela repose sur des paradoxes avérés,
le retour à la nature, la bonté naturelle de l'homme, etc.
Eh! tout n'était pas faux dans ces imaginations de
Diderot et de Jean-Jacques. Il fallait seulement ne pas
les prendre à la lettre. Leur éloge de la nature s'opposait utilement à ce que Rabelais appelait l'Antiphysis,
et leur homme naturellement bon au péché originel, à
l'ascétisme sinistre et aux effroyables pénalités, tortures,
inquisition, etc., qu'on en déduisait depuis des siècles.
Il s'agissait d'adoucir et d'humaniser les conditions politiques et les règles judiciaires ou morales. La liberté,
l'égalité, la fraternité, Taine lui-même écrit à Ernest

Havet qu'on ne peut les repousser en principe sans être un sot ou un drôle. C'est donc l'application seule qui aurait été inconsidérée, par radicalisme logique. Mais la Déclaration indique le plus nettement que cette égalité n'est'que celle des droits, ne supprimant pas la distinction des mérites, et que cette liberté a pour borne le respect de celle d'autrui. Jean-Jacques lui-même, dénoncé comme le pire des utopistes, a toujours conservé les convenances pratiques et déclaré, par exemple, qu'il faudrait bien connaître la Pologne pour lui prescrire tel ou tel gouvernement. Que dis-je? Le jean-jacquiste et jean-jacquissime Robespierre tenait si bien compte de ces réalités et opportunités qu'il demeura royaliste jusqu'au 10 août!

Que la République était belle sous l'Empire! a dit Forain. La Révolution l'était bien davantage encore sous l'ancien régime, parce qu'on n'avait pas seulement l'espoir de remédier aux abus et d'inaugurer une ère nouvelle, mais parce qu'on tenait déjà une réalité, la seule qui puisse approcher de la perfection, à savoir les idées et leur expression littéraire. C'est chez les philosophes du dix-huitième siècle, chez Voltaire et Montesquieu, Diderot et Rousseau, que la Révolution est pleinement admirable. On ne se lasse pas de les relire, Voltaire surtout, et toujours avec délices, avec transports. Comme Taine leur a bien rendu justice! Quels merveilleux portraits, supérieurs au meilleur Sainte-Beuve (1)! Celui qui comprend si bien et célèbre si magnifiquement ces

---

(1) L'Ancien régime, IV, 1.

quatre grands hommes ne sera jamais et ne peut pas être foncièrement réactionnaire. Taine n'a jamais cessé d'être dans toute la force du terme un esprit libre.

Les trois gros volumes suivants, sur la *Révolution* même, sont beaucoup moins agréables. Taine a eu bien moins d'agrément à les écrire, et l'œuvre qui ennuie l'auteur risque aussi d'ennuyer le public. Ce n'est pas un reproche à Taine, dont cela fait au contraire l'éloge. D'ailleurs l'ennui n'est ici que relatif. Mais ces trois volumes restent certainement en tous points inférieurs au premier. Taine avait-il vieilli? Non pas sensiblement, et les tomes se suivaient régulièrement à trois ans de distance environ.

C'était avant tout la faute du sujet. Toute réalisation, au sens où on l'entend d'ordinaire, est forcément une déchéance. La véritable réalité, souverainement belle et pure, est d'ordre intellectuel. L'application, la pratique, la réalité des prétendus réalistes, altère fatalement l'autre, la souille de mesquineries et de laideurs. Il n'y a pas un seul grand écrivain sous la Révolution, ni même un grand orateur, excepté peut-être Mirabeau, dont l'éloquence ne vaut pas celle de Bossuet. L'esprit cède la place à l'action, la philosophie à l'histoire. L'intérêt baisse de plusieurs crans.

Avouons pourtant qu'il y avait un moyen de le soutenir. Il y fallait des qualités que Taine n'avait pas et ne pouvait avoir, parce que les siennes sont incompatibles avec celles-là, et d'un ordre plus haut. Il s'en faut qu'un Michelet possède l'intelligence critique, philosophique et scientifique d'un Taine. Il n'a rien compris, par exemple, à *Candide*, pas plus que Mme de Staël, et c'est, lui aussi, un génie féminin, peut-être le seul authentique de cette sorte, ou de ce sexe. Mais sa sensibilité passionnée et son grand cœur ont animé d'un souffle extraordinaire son *Histoire de la Révolution*, qui se trouve être non seulement plus belle que celle de Taine, mais plus vraie. Car il n'éprouvait pas cette répugnance des têtes trop pensantes, ni cette inaptitude aux activités vulgaires, que son émotion ennoblissait pour lui-même et pour ses lecteurs.

> La vie humble aux travaux ennuyeux et faciles
> Est une œuvre de choix qui veut beaucoup d'amour.

Bien que Marie ait la meilleure part, Marthe peut relever ainsi même ceux de la cuisine et du ménage. Ceux de la Révolution n'étaient certes pas faciles, mais ennuyeux inévitablement, et ils sont devenus tragiques, voire partiellement affreux, par-dessus le marché. Michelet les a pourtant aimés, et son amour l'a conduit à voir juste, parce qu'il correspondait à cet enthousiasme qui non seulement magnifie la Révolution, malgré ses horreurs, mais qui seul l'explique, et dont Taine fait à peine mention.

Une autre inadaptation de celui-ci résulte de sa méthode habituelle et de sa confiance exagérée dans ce qu'il appelle les petits faits significatifs. Il en a colligé des quantités dans les archives, au prix d'un labeur ingrat et, de plus, inutile. Vous savez qu'Aulard (1) en a contesté un grand nombre, et qu'Augustin Cochin a combattu un certain nombre des rectifications d'Aulard. Je me garderai d'entrer dans cette querelle d'archivistes. Il m'a toujours paru — et Aulard le dit lui-même finalement — qu'il importe assez peu que les références de Taine résistent ou non à l'examen de détail, attendu

---

(1) *Taine historien de la Révolution*, 1 vol., Colin.

qu'exactes ou non elles donnent certainement une
impression fausse au total. Car, que les choses se soient
réellement passées d'une façon ou d'une autre en
quelques endroits, il ne s'ensuit point qu'il en allât de
même tous les jours dans les quarante mille communes
de France, et les « petits faits significatifs » de Taine ne
sont que des faits-divers. Sans compter qu'il tombe dans
des redites et fait repasser plusieurs fois les mêmes historiettes devant nous, comme des figurants de théâtre
qui font le tour derrière la toile de fond pour défiler de
nouveau à la rampe. Brunetière l'avait déjà remarqué (1).
Ajoutez que certains textes abondamment cités par Taine
n'apportent même pas des faits, mais des jugements personnels, des développements oratoires, qui lui paraissent
toujours décisifs dès qu'ils sont hostiles à la Révolution,
par exemple ceux d'étrangers prévenus comme le Gene-
vois et journaliste politique Mallet du Pan, qui sortit de
France en 1792 avec une mission secrète de la Cour
auprès de l'empereur et du roi de Prusse, comme le
diplomate américain Gouverneur Morris, qui méprisait
les turbulents Français en vertu de son puritanisme
anglo-saxon, etc.

Comme l'a dit Aulard, Taine généralise trop. Mais on
peut dire dans un autre sens qu'il ne généralise point
assez. Par scrupule expérimental, il se fait volontairement serf de cette glèbe et se noie dans cette menuaille.
Il en tire toutes ses conclusions, qui seront arbitraires,
parce que l'induction n'est pas suffisamment fondée, vu
la contingence et la diversité des choses humaines, où
il ne suffit pas d'une observation correcte pour prouver
une loi comme en physique ; et ainsi il ne fera pas plus

_____

(1) *Histoire et Littérature*, III.

œuvre de savant que d'artiste ou de philosophe, parce
que les arbres l'auront empêché d'apercevoir la forêt, et
qu'il ne se sera pas suffisamment élevé à ces vastes synthèses où les particularités fâcheuses disparaissent dans
la puissance et la beauté dominantes de l'ensemble.

Comparez le tableau terrible, mais splendide, dans
l'esprit de Michel-Ange ou de Tintoret, que brosse Victor Hugo des séances de la Convention, dans son discours
de réception à l'Académie française. De son coup d'œil
d'aigle, le grand poète discerne la vérité épique, c'est-à-
dire la vérité profonde, qui échappe au microscope de
l'analyste trop minutieux, même rigoureusement documenté (et Taine ne l'est pas toujours). Renan, lui aussi,
grâce à son point de vue cosmique, comme dit M. Paul
Bourget, a su juger la Révolution mieux que Taine,
c'est-à-dire de plus haut, avec plus d'amplitude. Pour
le dire en passant, malgré toute mon admiration et tout
mon respect pour Taine, Renan me paraît décidément
supérieur. Chez celui-ci, suivant l'expression de Flaubert
préférant à bon droit la correspondance de Voltaire à
celle de Balzac, l'ouverture du compas est encore plus
large. Pourtant le sens philosophique et poétique ne manquaient certes pas précédemment à Taine. Devant la
Révolution, il s'est rétréci, hérissé, mis en boule. Et il
a donné à fond dans ce pseudo-classicisme à œillères
qu'il avait si copieusement dénoncé.

Au contraire, ce n'est point par manie d'unité logique
et abstraite, mais par souple compréhension du complexe,
que Victor Hugo, Michelet, Renan ont considéré la Révolution comme un bloc, ainsi que parlera M. Clemenceau,
en d'autres termes que, sans en nier les aspects pénibles,
ils en ont dégagé la grandeur essentielle. La montagne
en travail a enfanté un monde nouveau.

On sait bien que ces convulsions historiques déterminent de graves désordres. Lorsque toutes les passions
bouillonnent, l'effervescence populaire et populacière,
même excitée au début par de bons sentiments, aboutit
à des erreurs, à des injustices et à des monstruosités.
Aucun grand mouvement collectif n'a évité ces excès.
Que de massacres et de destructions par fanatisme religieux, à diverses époques, notamment au quatrième et
au cinquième siècle après Jésus-Christ! Lisez Louis
Ménard. La Révolution française ne pouvait faire exception. Les violences et les dégâts étaient à prévoir. C'est
pourquoi tout sage craint les révolutions et souhaite
ardemment d'y échapper.

A qui la faute si celle-là n'a pas été prévenue? A l'esprit classique? Mais, quelques défauts qu'on lui trouve,
une de ses qualités est incontestablement la mesure, la
modération. Les romantiques de 1830 lui reprochaient
même d'en avoir trop. Bien qu'appuyés sur la science
qui, depuis Copernic, Galilée, Descartes et Newton, avait
renouvelé de fond en comble toutes les conceptions et
toutes les méthodes, les philosophes du dix-huitième
siècle et leurs innombrables partisans restaient politique-
ment des modérés, qui voulaient assurément modifier
des traditions et un régime insupportables, mais progressivement et avec prudence, sans explosions, ni exécu-
tions brutales. On le vit bien sous la Constituante, com-
posée de libéraux, qui crurent pouvoir accomplir les
réformes nécessaires sans seulement abolir la royauté.
Taine les accuse d'avoir déchaîné l'anarchie en procla-
mant la souveraineté du peuple. Ils l'opposaient opportunément à l'absolutisme d'après lequel la nation et le
pays appartenaient en toute propriété au roi. Leur
principe renouvelé de l'antiquité n'avait rien de forcé.

ment anarchique, puisque à Rome Auguste et tous les empereurs n'ont exercé le pouvoir que par délégation du peuple, en qui résidait, au moins théoriquement, la seule souveraineté. Comme nous l'avons vu pour l'état de nature et l'homme originellement bon, imaginés par Diderot et Jean-Jacques, Taine prend cela trop à la lettre. C'est lui qui procède par déductions mathématiques. Les hommes du dix-huitième siècle avaient davantage le sentiment des nuances.

Toute la responsabilité des accidents incombe d'abord aux abus de l'ancien régime. De là les jacqueries que Taine ne peut imputer raisonnablement à l'esprit classique, peu répandu chez les villageois, ni au *Contrat social*, qu'ils ne lisaient guère; d'ailleurs n'y en avait-il pas eu sous tous les règnes, et en plein Moyen Age? Le loriquettisme voudrait nous persuader que le paysan était très heureux. Or, ce n'est sans doute pas la faim ni la misère qui irritait un Voltaire ou même un Rousseau, mais quand le paysan se révolte, c'est qu'il souffre matériellement, et s'il brûla cette fois tant de châteaux, c'est qu'il souffrait depuis des siècles. La plus élémentaire sagesse politique commande d'assurer aux masses un minimum de bien-être. Taine lui-même a calculé que sur ses maigres gains le taillable et corvéable payait alors 81 0/0 d'impôts.

Les émeutes de Paris ne furent pas non plus des éruptions spontanées de classicisme ou de jean-jacquisme, mais des répliques aux manœuvres de la Cour. La prise de la Bastille répondit au renvoi de Necker et au rassemblement des troupes qui semblait annoncer un coup d'État, etc. Louis XVI, que personne, pas même Robespierre, alors constituant, ne songeait à renverser en 1789, s'est perdu par ses flottements et sa déloyauté. Il

répugnait à la manière forte, mais n'usait pas non plus
de la manière franche. Taine s'apitoie sur sa faiblesse,
mais affecte d'ignorer qu'on a eu la preuve de ses intelligences avec l'ennemi. Au moins autant que les Girondins, Marie-Antoinette et lui ont désiré la guerre. D'ailleurs, Albert Sorel et Brunetière ont noté que l'Europe
nous l'eût inéluctablement déclarée un peu plus tard,
lorsque les monarchies auraient compris le danger de la
contagion révolutionnaire. En effet, il ne s'agissait pas
en France d'une révolution de fait, mais de principe,
dont l'exemple seul ébranlait tous les trônes. La férocité
du manifeste de Brunswick, menaçant Paris de subver-
sion totale, révélait bien la haine irréconciliable des sou-
verains et des féodaux européens. Ce manifeste suffit à
disculper les Girondins en l'espèce, et d'autre part, il fut
cause du 10 août, comme la prise de Longwy et le siège
de Verdun le furent des massacres de septembre, comme
les périls imminents motivèrent la Terreur. Les historiens de droite s'efforcent en vain d'obscurcir cette vérité.

Taine parle à peine de la guerre. Il croit à une manie
homicide de source idéologique! Cependant il avoue
« l'immensité de la délivrance » et la fureur du peuple
contre l'étranger qui voulait rétablir l'oppression sécu-
laire. Il reconnaît aussi la ferveur patriotique et républicaine de l'armée. Il convient même que les misérables
Jacobins tinrent le drapeau « d'une main assez ferme ».
Oh! il le dit incidemment, sans insister. Il n'insiste que
sur les abominations terroristes. Je ne les approuve
certes pas. Je déteste les meurtres et les violences. Je
n'ai pas l'âme jacobine. Mais il suffit de lire Taine pour
admirer malgré tout ces conventionnels, ce Comité de
salut public, qui ont tenu tête en même temps à l'inva-
sion et à l'insurrection, à l'Europe et à la Vendée, aux

rebelles de Lyon et aux traîtres de Toulon, et qui ont sauvé non seulement la France, mais l'unité française. Taine, naguère si dur pour les Girondins, plaide ici pour eux. Il oublie leur funeste fédéralisme! « La République une et indivisible », quel beau mot! On ne peut qu'être reconnaissant aux Jacobins de cette fière devise, conservatrice de notre nation, et d'avoir su victorieusement l'imposer. Quant à leur intention d'affranchir tous les peuples, c'était peut-être une folie, comme Taine le prétend, mais sublime.

Leur politique intérieure fut tyrannique, mais provisoirement excusée par l'état de crise, comme la dictature sous la République romaine. Beaucoup de confiscations n'étaient que des réquisitions militaires. La levée en masse choque Taine! La patrie en danger ne l'exigeait-elle pas? Devons-nous les croire sanguinaires par système? Quelques-uns peut-être, non pas tous. Carrier fut rappelé et condamné. Tel autre fut désavoué pour ses actes d'anticléricalisme persécuteur. Antichrétiens de doctrine (et encore Robespierre pactisait, comme son maître Rousseau), les hommes de la Révolution ne comptaient en principe que sur la libre propagande et la persuasion pacifique. Contre les riches, ils ne firent pas de socialisme méthodique, mais de la défense antiréactionnaire. Ils ont commis des crimes, mais gardaient des aspirations nobles. Il n'est pas jusqu'à l'implacable Saint-Just qui n'ait énoncé une belle sentence, imprudemment citée par Taine : « Que l'Europe apprenne que vous ne voulez plus un malheureux sur le territoire français!... Le bonheur est une idée neuve en Europe. » Même jacobin, l'homme est rarement tout d'une pièce.

Contre la tyrannie jacobine, imitée de la cité antique d'après lui, Taine invoque deux sentiments modernes, celui de la conscience, et celui de l'honneur, dont le premier serait d'origine chrétienne, le second d'origine féodale. Où prend-il cela? Est-ce que l'honneur manquait à Socrate et à Régulus? Est-ce que l'antiquité ne respectait pas la liberté de conscience? Le procès de Socrate fut surtout politique. Sur la tolérance à Rome, lisez Bouché-Leclercq. D'ailleurs l'Église revendiquait la liberté pour elle seule, non certes pour les dissidents, et les féodaux tenaient à leur honneur, mais ne respectaient guère celui de leurs vassaux ni de leurs vassales. La Révolution a voulu l'honneur et la liberté pour tous. Sur les bienfaits de l'Église au Moyen Age, Taine s'exprime avec une faveur partiale qui a inspiré une critique remarquable de F. Pillon, reproduite par Aulard. Et Taine reste libre-penseur et scientiste, ce qui affaiblit singulièrement son pragmatisme religieux. Lui qui jadis admirait tant l'antiquité, il déclare maintenant qu'une société païenne ne saurait être qu'un coupe-gorge et un mauvais lieu. Voyez Athènes!

C'est une des thèses du *Régime moderne*, où il combat aussi l'étatisme et la centralisation. Sur l'étatisme, on est d'accord. Mais faut-il rompre l'unité de législation dans un grand pays, y prodiguer les corporations égoïstes, les autonomies locales, le babélisme patoisant, les tyranneaux de village, les États dans l'État? Taine a lui-même flairé les écueils. Cet enragé traditionaliste a fini par s'apercevoir que l'instinct égalitaire était un instinct naturel chez les Français et provenait du fond permanent de la race. Il ne peut donc le combattre sans se contredire.

Ce qui domine et qui explique tout son grand ouvrage, c'est son pessimisme. D'où les traits fameux sur le crocodile, le gorille féroce et lubrique, le diagnostic si sombre sur notre avenir national et toute cette allure de pamphlet. A l'influence de son tempérament s'ajoutait pour Taine celle de l'actualité, après 1870. Mais l'impéritie de Napoléon III ne résulte pas logiquement des Droits de l'homme. Et depuis 1918 la France ne paraît plus si malade.

AUTOUR DE FLAUBERT

On revient toujours avec plaisir à notre cher vieux Flaubert. Rien de plus salubre, de plus tonifiant, que de reprendre contact avec cette pensée si noble et cette haute conscience. Dans l'ordre esthétique et intellectuel, c'est non seulement un maître, mais une espèce de saint. On l'admire, on l'aime, on le vénère. Et qu'il est amusant! Point de correspondance aussi passionnante que la sienne, depuis celle de Voltaire. Grand écrivain, esprit supérieur, et délicieux bonhomme! Tel Flaubert apparaît dans ses lettres, qu'on lit et relit sans jamais s'en lasser. Nous pénétrons un peu plus avant dans son intimité grâce au livre de M. Antoine Albalat (1), qui apporte bien des traits intéressants, mais fait encore désirer davantage.

M. Albalat a eu communication des archives que

---

(1) A. Albalat : *Flaubert et ses amis*, avec des lettres inédites. Un volume. Ed. Maynial : *Flaubert et son milieu*. Un volume. G. Flaubert : *Correspondance*. Nouvelle édition.

Mme Franklin-Grout, nièce de Flaubert, détient dans sa
villa Tanit, sur la Côte d'Azur. Il en a extrait un certain
nombre de lettres jusqu'ici inédites expédiées à Flaubert par ses amis. Bien. Mais n'y en a-t-il pas d'autres?
Un épistolier si assidu et si entraînant n'a-t-il pas reçu
plus de réponses? On voudrait connaître toutes celles
qui émanaient de personnages considérables, ou ayant
dans sa vie un rôle important. A-t-il détruit celles de
Louise Colet? Ou les lui a-t-il rendues? Dans ce dernier
cas, elle les a probablement conservées. Il est vrai que
la loi exige que les héritiers des signataires autorisent
la publication. Entre nous je n'approuve pas beaucoup
cette loi. Sauvegardez les intérêts pécuniaires des héritiers, mais de quel droit nous dérobe-t-on des pages
authentiquement signées d'écrivains illustres? Ces derniers n'ont dû rien écrire qui fût indigne d'eux ou contraire à leurs idées, lesquelles entrent dans le patri-
moine de l'esprit humain. L'héritier vraiment légitime,
et qui a des titres imprescriptibles, c'est le public. Les
familles selon le sang n'ont pas de droits valables sur la
pensée des hommes éminents dont elles portent le nom.
On ne peut admettre qu'elles aient licence d'étouffer les
papiers qui choquent leurs préjugés ou leurs antipathies.
Quel scandale qu'un descendant dévot de Renan, ou un
petit-neveu anticlérical de Veuillot, puisse sans contrôle
jeter leurs manuscrits au feu!

Je tiens de mon regretté ami, l'excellent poète Charles
de Pomairols, qu'il existe quelque part, en province,
dans un château, des inédits de Diderot, que les pro-
priétaires séquestrent comme dangereux pour leurs
croyances. C'est intolérable, et j'en dirais autant s'il s'agissait d'inédits de Bossuet ou de Joseph de Maistre. Car je
suis libéral, quoi qu'en pensent quelques nigauds et quoi

qu'en disent certains zélotes, qui traitent de sectaire quiconque ne partage pas leur fanatisme. Je puis avoir mes opinions, mais je trouve bon qu'on les discute et qu'on en professe d'autres, ne réclamant pour moi que cette liberté de pensée et de discussion que j'accorde à tout le monde. C'est le principe même de notre législation, lequel n'est malheureusement pas entré dans les mœurs de tous, puisqu'il reste des gens qui se déclarent blessés ou outragés dès qu'on ne souscrit pas leurs convictions. Ils peuvent bien écrire ou discourir contre les miennes tout leur soûl! D'ailleurs, ils ne s'en privent pas, et se permettent également des injures, dont je m'abstiens pour mon compte. Certains parlent de moi, chétif, avec tant de haine qu'ils me feraient sans doute l'honneur de me brûler vif, si c'était encore la mode. Je ne leur infligerais pas cent sous d'amende, fussé-je tout puissant. Je voudrais seulement rester libre. Mais si j'en avais le pouvoir discrétionnaire, je ferais saisir par la force armée et publier par l'Imprimerie nationale les écrits de grands écrivains que d'étroites préventions risquent de perdre à tout jamais. L'intérêt des lettres avant tout!

M. Albalat, obligé de solliciter des autorisations, n'a essuyé que deux refus, d'ailleurs simplement dilatoires, puisque les minutes des lettres continuent d'appartenir à la succession Flaubert, et qu'il sera légal de les imprimer sans opposition possible cinquante ans après la mort des auteurs. Espérons qu'on les aura déposées en lieu sûr! Le domaine public a vraiment sa raison d'être. La vente des autographes à tout venant en annule sur certains points les bienfaits. La Bibliothèque nationale ne dispose malheureusement pas de fonds suffisants pour acheter tout ce qui en vaudrait la peine, mais elle pourrait prendre copie au moins de tout ce qui passe aux enchères publiques et qui représente une valeur historique ou littéraire. Rien ne serait plus facile que d'organiser ce service, mais il faudrait une loi ou un décret-loi qui le rendît obligatoire. Le gouvernement actuel, où siègent tant de ministres lettrés, voire académiciens, ne voudra-t-il pas y songer?

Le premier ami de Flaubert dont M. Albalat s'occupe est assez naturellement Louis Bouilhet. Cet autre Rouennais n'avait pas un puissant génie, mais c'était un poète des plus honorables, épris et respectueux de son art, animé des meilleures intentions, et très fidèle à Gustave dont l'affection alla jusqu'à le surfaire un peu. Maxime Du Camp, si suspect, prétend que « c'est Bouilhet qui était le maître, en matière de lettres surtout, et Flaubert qui obéissait ». N'en croyez pas un mot! Il est vrai seulement que Flaubert consultait souvent Bouilhet, en qui il avait une confiance infiniment mieux placée qu'en Maxime Du Camp, avec lequel on sait qu'il se brouilla, mais trop tard... Bouilhet écrivait un jour à Flaubert : « Puisque nous parlons de ce grotesque barde nommé Lamartine, sais-tu comment il s'exprime au sujet de Rabelais? *Les ordures de Rabelais... Ce grand boueux de la triste humanité... Les grossières facéties de Rabelais...* Il vomit des injures contre le *Don Juan* de lord Byron... *Don Juan est une ordure indigne d'un écrivain qui se respecte.* Nom d'un chien! Lamartine s'est joliment respecté, lui! » J'aime cette indignation. Lamartine n'était pas un grotesque barde, mais un mauvais critique, qui n'a pas épargné non plus La Fontaine et qui avait le plus grand tort de dénigrer Rabelais et Byron. Bouilhet avait bien raison de défendre ces grands hommes.

Une lettre de lui, découverte par M. Albalat, le montre un peu étonné par les *Chansons des rues et des bois* (1865).

Quoique sincère admirateur de Victor Hugo, et passant lui-même pour audacieux en province, Bouilhet avait peut-être le goût un peu timide. « Je ne veux pas t'en parler, écrit-il à Flaubert. Je veux seulement te dire qu'il y a deux belles choses : le *Hausse-col du capitaine* et surtout le *Semeur*. » Vous avez reconnu la pièce intitulée *Saison des semailles. Le Soir*, qui se termine par le vers célèbre :

Le geste auguste du semeur.

Peut-être ne vous rappelez-vous pas le hausse-col du capitaine. Il se trouve un peu plus loin dans *Souvenir des vieilles guerres*.

Nous passons à Louise Colet. « Elle veut, elle croit devenir ton épouse! » En ces termes, Bouilhet mettait Flaubert en garde contre une horrible menace. M. Albert Thibaudet, dans son livre instructif et impartial (1), parle de Louise Colet avec une certaine considération. M. Albalat la juge « un des plus insupportables types de bas-bleus qui aient encombré la littérature française » et rappelle que Théophile Gautier, à qui l'on demandait pourquoi Flaubert l'avait quittée, répondit : « Parce qu'elle l'embêtait. » Flaubert la connut en 1846, âgé de vingt-cinq ans : elle avait une dizaine d'années de plus que lui. Sa plus fameuse liaison, avant celle-ci, fut avec Victor Cousin, qui lui fit donner quatre fois le prix de poésie à l'Académie française. Flaubert eut aussi un service assez dur, étant chargé de retaper les vers de cette Muse, féconde mais inexperte. Bouilhet l'y aidait avec dévouement. On ne sait toute l'étendue de ces corrections que grâce à la nouvelle édition Conard de la

(1) *Gustave Flaubert*, sa vie, ses romans, son style, 1 vol. Plon.

Correspondance, où il y a de nombreuses lettres que l'on avait tenues secrètes jusqu'à présent. Elles n'apportent pas de révélations, mais sont des plus intéressantes et précisent l'histoire de ces amours troublées.

Louise Colet, née Révoil, dut ses quelques succès académiques ou autres à sa beauté fleurie beaucoup plus qu'à son faible talent. Elle eut sans doute une vive inclination pour ce jeune gars normand, vigoureux et alors assez beau, lui aussi. Et son penchant naturel ou les besoins de son industrie littéraire l'orientaient vers les hommes de lettres. On n'ignore pas son aventure avec Musset, qu'elle dénigrera (ainsi que Flaubert) dans son roman intitulé *Lui*. Elle en eut une également avec Vigny, d'après M. Édouard Maynial, et jeta des vues jusque sur Victor Hugo. Flaubert l'a-t-il aimée? Oui et non. Il le lui explique dans une des nouvelles lettres de l'édition Conard, avec une netteté qu'on trouverait un peu brutale, si elle ne l'avait poussé à bout. Il se montre habituellement très tendre, et même assez ardent. Au sens usuel du mot, il l'aime sans aucun doute. Mais elle est si exigeante, si envahissante, que ce n'eût pas été trop d'un amour-passion, qu'elle eût peut-être fini, d'ailleurs, par décourager, appartenant à la terrible catégorie des femmes qui font des scènes et ne sont jamais contentes. Cette passion, Flaubert reconnaît qu'il ne l'éprouve pas. Il ajoute, catégoriquement, que la grande affaire de la vie, pour lui, c'est l'Art, et que l'amour n'est que la seconde. Bref, il se défend, mais avec une extrême patience et une infatigable bonté.

Elle en prit son parti pendant quelques années, avec des alternances d'affectueuse entente et d'aigres orages. La rupture définitive n'advint qu'en 1855. Pour nous, qui ne sommes pas sous le charme, elle apparaît à distance comme une raseuse et une intrigante, avec des lueurs d'intelligence ou au moins d'habileté. Ainsi elle comprit ou feignit de comprendre la première *Tentation de saint Antoine*, que les amis intimes avaient déclarée impubliable, et qui, publiée enfin dans l'édition Conard, se révéla merveilleuse, supérieure même de certains points de vue à la version entièrement refondue de 1874. Ajoutez que Flaubert habitait Croisset et ne voyait Louise que de loin en loin, à Paris ou à Mantes. C'est ainsi qu'il l'a si longtemps supportée. Puisqu'elle aimait la littérature, ou du moins la gloire qu'on en peut espérer, elle avait fait un heureux choix. Son nom est immortel, grâce à la place qu'il occupe dans cette correspondance. On ne lit plus Louise Colet, si tant est qu'on l'ait jamais lue, mais on lira toujours les admirables lettres où Flaubert lui expose abondamment ses doctrines et lui raconte la longue gestation de *Madame Bovary*.

M. Albalat exagère un peu l'influence de Théophile Gautier sur Flaubert, laquelle n'était pas indispensable pour lui inspirer le culte de la couleur et du style pittoresque. Celle de Chateaubriand fut plus profonde et aurait suffi. Flaubert fut même, au début, un peu injuste pour le charmant Théo, et s'exprime avec quelque injustice sur les *Émaux et Camées*. Plus tard, il le préféra même à Musset. Mais sans le *Roman de la momie*, Flaubert eût tout de même écrit *Salammbô*; sans les *Martyrs*, c'est moins sûr. Cependant, il y a entre Gautier et lui une parenté littéraire certaine. Ils devinrent de très chers amis. La mort de Gautier désola Flaubert. Et je crois Flaubert plus grand écrivain, mais c'est bien mauvais signe de détester Gautier.

M. Albalat ne consacre à Renan qu'une demi-page,

vraiment dérisoire. Flaubert, qui le rencontrait au dîner Magny, l'entourait d'une admiration et d'une amitié ferventes, d'ailleurs assez bien payées de retour. Nous avons des lettres enthousiastes de Flaubert à Renan, et un article élogieux de Renan sur la *Tentation de saint Antoine* (dans les *Feuilles détachées*). Flaubert se brouilla avec Catulle Mendès, parce que celui-ci avait inséré dans sa revue, *la République des lettres*, un article hostile à Renan. Peu d'écrivains en ont fait autant pour un confrère. Ces deux-là étaient du même monde et du même rang. Rien de plus naturel que leurs excellents rapports.

En revanche, Dumas fils n'était ni de ce rang, ni de ce monde. M. Albalat le classe parmi les meilleurs amis de Flaubert, et voudrait nous faire croire que ce dernier tenait l'autre en grande estime. Estime personnelle, peut-être, mais intellectuelle, non pas! Flaubert méprisait le théâtre de Dumas fils et se révolta lorsque certains critiques comme Sainte-Beuve et J.-J. Weiss les comparèrent l'un à l'autre sous prétexte de réalisme. Il l'appelait « le gars Dumas ». Il trouvait ses thèses absurdes et ridicules. Lorsque Dumas fils, grand dramaturge, mais quelque peu philistin, publia son incroyable éreintement de Gœthe, où il rivalisait avec Barbey d'Aurevilly, Flaubert les traita tous deux de faquins et d'ânes bâtés. Enfin Dumas fils n'était pas des dîners Magny. Les Goncourt eux-mêmes racontent qu'ils le découvrirent chez la princesse Mathilde. Flaubert put aussi l'y rencontrer, mais n'apprécia jamais cet esprit. Qu'eût-il dit de la harangue si malveillante pour Hugo, et si incompréhensive de toute poésie, à la réception de Leconte de Lisle? Avec l'auteur des *Poèmes antiques*, Flaubert sympathisait littérairement; avec celui de la *Dame aux camélias*, point du tout.

Il admirait beaucoup Michelet, qui, comme Renan, Gautier et Leconte de Lisle, lui rendait la pareille. M. Albalat prétend que le sectarisme de Michelet « eût choqué Flaubert ». Or, Michelet est mort en 1874, et Flaubert en 1880. Flaubert a donc connu toutes les œuvres de Michelet, y compris celles qui paraissent le plus sectaires à M. Albalat, et il n'en a nullement été choqué, attendu qu'il pensait exactement de même. C'est la principale raison de certaines hostilités déchaînées contre Flaubert, dont je m'étonne que M. Albalat veuille présenter la pensée si libre sous un faux jour.

Taine était de ceux que Flaubert estimait (malgré de fortes réserves sur les *Origines de la France contemporaine*). Taine dînait chez Magny. Il proclamait *Madame Bovary* le plus beau roman qu'on eût vu depuis Balzac. Il questionna Flaubert sur des points de psychologie, et mentionna la réponse dans l'*Intelligence*. M. Albalat a trouvé une lettre de Taine, qui ne figure pas, on ne sait pourquoi, dans sa *Vie et correspondance* en quatre volumes. J'y note particulièrement ceci : « Cher ami, votre approbation m'a fait beaucoup de plaisir, et j'en ai besoin. Il m'est revenu de divers côtés une objection fondamentale, et ce sont des hommes intelligents, des gens du métier, qui me la font, sans compter les lecteurs ordinaires : — C'est bien, mais c'est fatigant, inintelligible. Cela tend horriblement l'attention et les nerfs. On le lit pour avoir mal à la tête. Ce reproche m'a déjà été fait pour l'*Histoire de la littérature anglaise* et les précédents ouvrages. » Il s'agissait cette fois du *Voyage en Italie*. Taine inintelligible! Cela nous paraît comique. La campagne contre « l'obscurisme » de Valéry ne le paraîtra pas moins dans cinquante ans.

Il faut être équitable pour tout le monde, même pour

Sainte-Beuve. Inique envers ceux de sa génération, il traita mieux la génération suivante. M. Albalat déclare qu'il ne comprit rien à *Madame Bovary*. En somme, malgré quelques restrictions conventionnelles, son article, dès l'apparition du roman, fut convenable et utile... Il est faux que la mort de Flaubert soit à peine signalée dans le *Journal des Goncourt*. Edmond se rendit à Rouen pour assister aux obsèques.

Je ne puis énumérer tous les amis de Flaubert mentionnés dans l'agréable volume de M. Albalat. Je veux au moins nommer Victor Hugo. C'est vrai que Flaubert fut réfractaire aux *Misérables*, bien à tort, et que son positivisme s'opposait à cet humanitarisme. Mais il tenait Hugo pour un très grand poète, et même le seul grand poète du siècle. C'est l'essentiel.

LE CENTENAIRE DE TOLSTOÏ

Tolstoï étant né il y a ces jours-ci cent ans, il faut relire d'abord *la Guerre et la Paix*. Le texte russe a paru de 1865 à 1869 ; la traduction française en 1884, et elle a été lancée principalement par l'ouvrage du vicomte de Vogüé sur le *Roman russe* (1886). Tolstoï eut à cette époque, en France et un peu partout, une éclatante fortune. Comme tout le monde, j'ai lu *la Guerre et la Paix*, dans ma jeunesse. Mais le philosophe Alain déclare qu'il a relu ce roman célèbre une dizaine de fois. Je dois faire un aveu : je n'avais jamais éprouvé le besoin de le relire, et je ne l'aurais probablement jamais relu, si l'actualité du centenaire ne venait de m'en faire un devoir.

Ce n'est pas une petite affaire. La traduction de 1884, par « une Russe » (princesse Irène Paskevitch), a trois volumes, en tout douze cent cinquante pages compactes : et elle n'est pas complète. Celle de M. Bienstock est complète : elle remplit six volumes, de texte un peu moins serré, mais encore respectable. Quelle étendue de steppes ! Oh ! ce n'est pas d'une lecture difficile. Un pas-

sage de Vogüé m'inquiète, entre beaucoup d'autres :
« Le plaisir, dit-il, y veut être acheté comme dans les
ascensions de montagne : la route est parfois ingrate et
dure, on se perd, il faut de l'effort et de la peine; mais
lorsqu'on touche au sommet et qu'on se retourne, la
récompense est magnifique, les immensités de pays se
déroulent au-dessous de vous... » Où prend-il cela? On
n'est arrêté par aucune difficulté de pensée, ni retenu
par aucune subtilité ou rare beauté de forme. On va d'un
pas libre et soutenu, comme un bon facteur rural. Il faut
plus de temps et d'effort pour une plaquette de Valéry
que pour les douze ou quinze cents pages de Tolstoï. Je
ne suppose pas que les tortonistes eux-mêmes puissent
reprocher à celui-ci le moindre obscurisme. Il n'est pas
ardu, il n'est que long. On n'a pas l'impression de gravir péniblement une cime, mais de marcher indéfiniment en plaine, dans les terres labourées. Ce n'est pas
du souffle qu'il y faut, mais seulement de la persévé-
rance. Et l'on ne s'ennuie pas précisément, ou du moins
on ne s'ennuie que par moments, dans certains chapitres
qui se diluent en marécages. Avec plus ou moins de
plaisir, on va toujours tout droit, lentement, sûrement,
et l'on arrive au bout avec quelque fatigue, sans regretter d'avoir fait le chemin, mais sans trouver finalement
la récompense d'aucune magnifique découverte. On a
toujours été de plain-pied, en rase campagne. Et l'on
n'est pas fâché d'avoir fini. On n'a pas envie de recom-
mencer.

Tolstoï est évidemment un grand romancier, puisqu'il
réussit à se faire suivre pendant ces kilomètres de texte,
sans lasser la patience du lecteur moyen, même de celui
qui n'a pas de prédilection marquée pour le genre
roman. Mais c'est un grand romancier réaliste, peut-être

le plus exclusivement réaliste qu'on ait connu, — sous la réserve de son goût pour les digressions théoriques : et ces parabases s'intercalent dans le récit sans rien y changer. L'avantage de ce réalisme est la crédibilité : Tolstoï donne une invincible impression de vie justement observée et fidèlement rendue. Nous croyons voir, entendre et toucher ses personnages. Nous qui ne connaissons pas du tout la Russie, et encore moins celle de 1805-1812, nous n'avons pas le moindre doute sur la vérité du tableau — sauf une exception, qui tient à l'idéologie, et n'altère aucun trait sensible. Il ne s'agit que d'interprétation. Tolstoï n'a peut-être pas compris Napoléon, mais il l'a très bien vu. Le cinéma ne ferait pas mieux. En outre, il s'en faut beaucoup que Tolstoï soit purement un visuel et n'excelle que dans le pittoresque. C'est habituellement un remarquable analyste, un psychologue d'une implacable perspicacité, pour qui les métaphores clichées du scalpel et de la planche d'anatomie reprennent une valeur et s'imposent. Nul n'a été moins dupe des apparences, des conventions et des préjugés. Nul n'a mieux pénétré, sous cette couche et ce vernis, le fonds et le tréfonds.

Ce don contribue à expliquer qu'il ait combattu une société dont les dessous, les vices et les tares lui apparaissaient aussi nettement que s'il avait radiographié les âmes. A vrai dire, d'autres ne s'y trompent pas davantage, sans fouiller autant, faute des mêmes aptitudes, ou parce qu'ils trouvent que cela n'en vaut pas la peine ; et ceux-là peuvent préférer une humanité organisée, même très imparfaitement, à une espèce de sauvagerie ou d'animalité, même prétendue idyllique. Un inconvénient moral ou social du réalisme est d'attacher trop d'importance au réel et à ses inévitables défauts, par suite de mener soit aux noirs chagrins, soit aux colères outrées et aux utopies révolutionnaires. Mieux vaut d'ordinaire accepter ce qui est, non sans quelque dédain, et se faire des raisons de vivre qui ne dépendent pas du train dont va le monde. Il ne s'agit pas non plus de la molle indifférence d'un Philinte, qui en littérature doit se contenter d'un plat académisme. Mais le noble Alceste ne trouvera de solution supportable qu'en se détournant de cette vile réalité quotidienne pour contempler *more platonico* les idées éternelles.

Le réalisme a des inconvénients littéraires fort analogues. Il proscrit les hautes qualités esthétiques, qui ne se dégagent pas immédiatement de la réalité courante, mais résultent d'une intervention créatrice de l'esprit. L'art véritable vient du ciel, et le réalisme reste à ras de terre. La première de ces qualités supérieures, c'est le style. Tolstoï n'en a pas, et demeure le maître de tous les romanciers comme M. Paul Bourget, M. Édouard Estaunié, M. Romain Rolland, qui le tiennent pour inutile ou même nuisible dans le roman. Qu'en savez-vous? me dira-t-on. Je réponds que cela se sent même à travers la traduction. Mais j'ai pour témoin cet admirateur enthousiaste et hyperbolique de Tolstoï, le vicomte de Vogüé, qui savait le russe et avait lu *la Guerre et la Paix* dans le texte original. Tolstoï, dit Vogüé, « sacrifie de propos délibéré le style pour mieux s'effacer devant son œuvre. A ses débuts, il avait souci de la forme; je rencontre des pages de style dans *les Cosaques et les Trois morts;* depuis, il a éliminé volontairement cette séduction. Ne lui demandez pas l'admirable langue de Tourgueniev; la propriété et la clarté de l'expression, sinon de l'idée, voilà ses seuls mérites. Sa phrase est lâchée, fatigante à force de répétitions; les adjectifs s'accumulent sans ordre ; les incidentes se greffent les unes sur les autres pour épuiser tous les replis de la pensée de l'auteur. A notre point de vue, cette absence de style est une infériorité impardonnable ; mais elle me paraît la conséquence rigoureuse de la doctrine réaliste, qui prétend écarter toutes les conventions ; or le style en est une... »

Ne disputons pas sur les mots : la beauté est une convention également, si vous voulez, ou du moins c'est une rareté sans aucun doute, et statistiquement il n'y a de vrai que le banal. Mais l'art ne se confond pas avec la statistique. Cependant Vogüé a pleinement raison de constater la logique de Tolstoï. Avant lui des hommes qui sont loin de l'égaler, mais qui professaient et pratiquaient déjà le réalisme, Champfleury et Duranty, en avaient très logiquement déduit cette conséquence. Reste seulement à savoir si le réalisme, en condamnant le style, ne se condamne pas lui-même. Après tout, cette fameuse réalité ne nous importe pas tant que cela, et surtout nous ne désirons pas tant la retrouver telle quelle dans les livres : nous en sommes rassasiés et la vie nous suffit. Mais le style d'un grand écrivain, voilà un présent céleste et un élément nouveau, dont lui seul pouvait nous enrichir et nous ravir. Il est vrai qu'au moins pour nous, Tolstoï offre cet intérêt de nous introduire dans des régions que nous ne connaissions pas. Un attrait d'exotisme a contribué à la vogue de Tolstoï. Mais cela s'épuise, tandis qu'on s'enchante indéfiniment de la beauté du verbe. Un des plus célèbres passages de *la Guerre et la Paix* me paraît significatif : celui où le prince André Bolkonsky, blessé et gisant sur le dos, à Austerlitz, découvre le firmament et oppose cette splendeur auguste à nos vaines et cruelles agitations. La pensée était féconde et belle en soi. Ce pourrait être sublime. Mais comme le prince André Bolkonsky n'est pas un poète lyrique, Tolstoï, pour rester réaliste, s'est borné à une indication sommaire. L'esquisse du thème nous faisait espérer une admirable symphonie. Nous sommes déçus.

Le réalisme exclut moins rigoureusement la composition, mais ne l'appelle pas et préfère s'en passer, car c'est encore une opération de l'esprit, et non une donnée extérieure. Dans la réalité, les choses vont pêle-mêle et s'enchevêtrent. Le romancier réaliste a l'ambition de reproduire cette pagaïe, comme on dit à présent. Il n'y réussira pas complètement, mais il peut en approcher. Les romans de Tolstoï sont aussi peu composés que possible. C'est un fouillis de personnages et d'incidents innombrables. Il est bien obligé de les ordonner un peu, malgré tout, pour rester intelligible, mais les nécessités du récit lui fournissent un désordre de surcroît, qui ne se rencontre pas dans les faits. Ici ce qui nous intéresse le plus de beaucoup, c'est la guerre de Napoléon et des Russes, ou du moins leurs rapports, puisqu'il y a des intermèdes de paix et même d'alliance (Tilsit, Erfurt...). Or, Napoléon et Alexandre, leurs armées et leurs peuples, la France et la Russie, vivent d'une façon continue. Mais Tolstoï est contraint de les laisser de côté et d'interrompre cette trame, à d'innombrables reprises, pour nous entretenir des Bolkonsky, des Bezouchov, des Rustov et d'un tas d'autres, qui nous passionnent moins. Autant de chocs désagréables et fatigants.

Pourquoi tous ces personnages imaginaires dans un roman historique, où le premier plan appartient fatalement aux personnages qui ont existé, surtout lorsqu'on nous en montre de cette taille? Le réalisme ne fait qu'accuser plus crûment cette disparate. Vogüé ne voit « rien de supérieur dans aucune littérature » au tableau de l'entrée des Français au Kremlin, de la folie et de l'incendie de Moscou. Pour nous borner à un sujet semblable, je préfère la prise de Troie, dans l'*Énéide*. Et sans compter l'avantage des vers de Virgile sur la prose de Tolstoï, là tous les personnages sont également historiques, ou du moins légendaires, mais de la même sorte et fondus dans une harmonieuse unité. Même observation pour l'*Iliade*, que Tolstoï a beaucoup étudiée, avec grande raison, mais avec laquelle il voulait rivaliser, et cette illusion nous stupéfie. Comment cet homme si lucide en psychologie s'est-il tellement abusé en art? Comment n'a-t-il pas compris que du réalisme à la poésie, il n'y a pas de commune mesure, que celle-ci est d'un autre monde, d'une autre sphère, et ne parle pas la même langue?

Sans nécessité logique absolue, mais par une pente naturelle, le romancier réaliste ne s'occupe guère que de gens ordinaires et quelconques, plus représentatifs des masses et correspondant mieux à la moyenne. Heureusement pour nous, lecteurs étrangers, ceux de Tolstoï sont presque tous Russes et par conséquent nous étaient moins familiers. Cependant, sans insister sur des douzaines d'autres, vrais sans doute, mais frustes (je veux dire effacés), Vogüé déclare que deux sont inoubliables : le prince André Bolkonsky et le comte Pierre Bezouchov. Or, je les avais à peu près oubliés, tandis que, n'eussé-je jamais relu Stendhal ou Flaubert, j'aurais toujours gardé le souvenir le plus net de Julien Sorel et de la Sanseverina, d'Emma Bovary et de M. Homais. Le prince André est un honorable seigneur, un brave officier, mais un peu vague et sans rien de bien caractéristique. Pierre Bezouchov est un peu plus curieux, un type de Slave irrésolu, très bon, mais très fou, flottant à tous les vents. Il attire quelque sympathie, mais donne vite sur les nerfs, et on ne le retient pas. La princesse Marie, bigote et dévouée, est aussi banale que le serait son mari le comte Nicolas Rustov, si celui-ci ne trahissait la pauvre Sonia avec une si tranquille inconscience. Et Natacha, dont on dit merveille! Charmante jeune fille en fleur, mais avec un cœur d'artichaut, si j'ose m'exprimer ainsi. Elle aime d'abord Boris Droubetzkoï, puis se fiance au prince André, puis veut se faire enlever par Anatole Kouraguine, puis se réconcilie avec André qui, en mourant, lui pardonne, puis épouse le riche et indécis Pierre Bezouchov, et devient une ménagère, une couveuse, enfoncée dans le prosaïsme domestique et la nursery. Et Pierre est sous la pantoufle. Avec sa nature, c'était fatal. Le lecteur se rebiffe un peu. Cette petite girouette et son embourgeoisement ne nous séduisent qu'à demi. D'ailleurs, la fin du roman devient fastidieuse et ressemble à un fleuve qui se perd dans les sables.

Évidemment l'homme supérieur existe aussi, et en principe le romancier réaliste peut le peindre, comme l'ont fait Stendhal et Balzac; mais ces derniers n'appliquent pas le réalisme intégral, dont les fermes partisans reculent habituellement devant ces exceptions. Tolstoï fait mieux : il les nie. Il y a au moins un grand homme dans *la Guerre et la Paix*, direz-vous : Napoléon. Pour vous et moi, sans doute. Mais pour Tolstoï, Napoléon n'est nullement un héros, ni un génie, en vertu de diverses raisons, dont les unes sont personnelles à cet empereur, que notre romancier diffame et vilipende farouchement, et les autres ressortent de ce principe général qu'il n'y a pas de grands hommes et que tous les hommes se valent. Je n'invente rien. Vogüé a eu certainement tort de dire que Tolstoï avait été impartial et déférent pour Napoléon... La traductrice de 1884 a fait des coupures, non pas seulement pour abréger un peu, ce qui serait bien défendable, mais pour jeter le voile sur ces écarts désobligeants. Mais lisez Bienstock, qui ne nous fait grâce de rien. « Cet homme sans conviction, sans principes, sans tradition, sans nom, pas même Français... L'ignorance des camarades, la faiblesse et la nullité des adversaires, le cynisme du mensonge, la médiocrité séduisante et présomptueuse de cet homme le placent à la tête de l'armée... Au lieu de génie se révèlent une sottise et une lâcheté sans pareilles », etc. De qui croyez-vous qu'il s'agisse? De Napoléon!

On excuserait peut-être Tolstoï si ces violences iniques ne lui étaient dictées que par le ressentiment patriotique contre l'envahisseur de la Russie. On s'étonne pourtant un peu de son nationalisme frénétique, contrastant avec son humanitarisme qui devait se développer si largement et qui se manifeste déjà dans bien des passages de *la Guerre et la Paix*. Un homme intelligent, un homme de pensée, peut et doit être patriote, mais garder quelque sang-froid dans ses jugements et ne pas dénigrer comme un braillard chauvin les gloires de l'ennemi. Ce qui pourtant surprend davantage, c'est l'aristocratisme de ce Tolstoï, qui devait donner plus tard dans l'égalitarisme le plus radical. Avez-vous noté ce trait : Bonaparte n'est pas seulement un médiocre, c'est un homme *sans nom*, un parvenu, un margoulin du pouvoir et de l'empire, avec qui le boyard Tolstoï, parlant comme un émigré et un fervent de la Sainte-Alliance, s'étonne qu'un monarque héréditaire et de droit divin consente à traiter d'égal à égal.

Mais le plus fort est que Tolstoï échafaude toute une philosophie de l'histoire pour assouvir du même coup sa manie de réalisme et sa haine de Napoléon, et en vienne à nier absolument le rôle et l'existence même des grands hommes.

*
* *

Il attribue tous les événements non pas à la Providence, suivant la doctrine de Bossuet et de Joseph de Maistre que, déjà touché de libre-pensée et participant de l'esprit moderne au moins dans une certaine mesure, il déclare archaïque et périmée, mais à la nécessité, à la fatalité, à la force des choses, qui, d'après lui, n'exclut pas moins les volontés humaines que la volonté divine. Ce sont des causes générales, de vastes ensembles, des mouvements de masses, des concours de circonstances impossibles à dénombrer et encore plus à produire ou à déjouer, qui déterminent d'une façon inéluctable les guerres et les révolutions des empires. Le libre arbitre n'existe probablement pas, et la conscience l'affirme, mais la raison le nie : en tout cas, il ne joue aucun rôle historique. Ce n'est donc nullement la volonté de Napoléon, ni celle d'Alexandre, qui ont amené la guerre de 1812. D'ailleurs ce ne sont pas le moins du monde des hommes de génie, mais « des hommes comme tous les autres ». Pour Alexandre, on l'accorde à Tolstoï, s'il y tient : il y a quelques particularités qui différencient Napoléon et quelques objections en sa faveur... « La dignité humaine, insiste Tolstoï, nous démontre que chacun de nous est homme au même degré que Napoléon. » Chacun est juge de sa dignité, mais la mienne souffrirait de penser qu'il n'y a point de grands hommes, infiniment supérieurs à moi, et que l'espèce humaine à laquelle j'appartiens est vouée à une éternelle médiocrité. Mais les génies incommodent cet égalitarisme littéraire où tend le réalisme, et celui de Napoléon en particulier offusquait le nationalisme russe que Tolstoï adopte dans *la Guerre et la Paix*.

Considérons notamment la conduite des armées. D'après le prince André, évident porte-parole de Tolstoï, « ce qu'on était convenu d'appeler la science militaire n'existait pas et ne pouvait exister, et le génie militaire n'était qu'une convention ». Qu'est-ce donc qui décide? Ni l'habileté des généraux, ni la supériorité des canons, tout au plus l'élan des soldats et des peuples, mais surtout cette sempiternelle fatalité que nous appelons le hasard, et à laquelle Tolstoï ne veut pas qu'on donne ce nom, parce qu'il le croit synonyme de pure contingence et d'absence de causalité, alors que le terme désigne l'enchevêtrement infiniment complexe des phénomènes et l'interférence de diverses séries hétérogènes, dont chacune est pour son compte régulièrement causale.

Anatole France a émis des idées un peu analogues, mais jusqu'à un certain point seulement. « Considérez, mon fils, dit l'abbé Jérôme Coignard à Jacques Tournebroche, que quand deux armées sont en présence, il faut que l'une d'elles soit vaincue, d'où il suit que l'autre sera nécessairement victorieuse, sans que le chef qui la commande ait toutes les parties d'un grand capitaine et sans même qu'il en ait aucune. Il est, je le veux, des chefs habiles; il en est aussi d'heureux, dont la gloire n'est pas moindre. Comment, dans ses rencontres éton-

nantes, démêler ce qui est l'effet de l'art et ce qui vient
de la fortune? » Et l'abbé Coignard ne nomme pas
Napoléon — pour cause — mais il cite César comme « un
génie presque surhumain », capable de triompher par
son propre mérite. Vous voyez la distance entre un
esprit fin et nuancé comme celui d'Anatole France et
l'esprit puissant, mais impulsif, à œillères, foncièrement
barbare, d'un Tolstoï. Assurément le hasard (bien
défini) ou la fortune, comme dit M. Coignard, a une
part souvent prépondérante dans l'issue des batailles;
cependant toutes choses égales d'ailleurs, c'est le meilleur général qui vaincra. Le général médiocre, par
exemple Pyrrhus, peut vaincre une fois par chance; il
sera bientôt battu. Le grand capitaine est celui qui peut
subir quelques échecs çà et là, mais qui s'est fait une
habitude de la victoire. Ainsi Alexandre (1), César,
Turenne, Frédéric II, Napoléon. Les faits le démontrent,
et le simple sens commun y aurait suffi. Faut-il que
Tolstoï en manque pour ne pas croire à l'importance des
armements, et pour méconnaître que le moral du soldat, certes très important aussi, dépend grandement du
chef plus ou moins apte à entraîner ses troupes! Il a été
fort heureux que nous eussions une École de guerre,
avant 1915; il a été fâcheux que nous n'eussions pas
assez d'artillerie lourde; et l'on fait bien de rendre un
culte au Soldat inconnu, mais ce n'est pas injustement
non plus qu'on a nommé des maréchaux de France,
après 1918.

Au surplus, Tolstoï se contredit souvent. Faisant la
critique technique de la bataille de la Moskova, qu'il
appelle Borodino, il écrit : « S'il est permis de juger les

_____

(1) Alexandre de Macédoine, bien entendu.

combinaisons de Napoléon en se dégageant de l'influence presque superstitieuse qu'exerçait son génie, il est évident que son plan manque de clarté et de netteté. Ce document (l'ordre de marche) contient quatre dispositions dont aucune ne pouvait être et ne fut exécutée. » (IIIᵉ partie, ch. ix.) Moi, je n'en sais rien, n'étant pas stratégiste de mon état, mais je constate que trois pages plus loin, au chapitre x, Tolstoï déclare : « Ses dispositions étaient mieux prises que celles qui lui avaient fait gagner d'autres victoires... Napoléon à Borodino avait joué son rôle de représentant du pouvoir aussi bien et même mieux que dans ses autres batailles. Il s'en était tenu aux mesures les plus sages... », etc.

C'est que pour Tolstoï il s'agit de prouver d'une part que Napoléon n'a pas de génie, de l'autre que Koutouzov en a, car pour Tolstoï, comme pour Koutouzov, Borodino (la Moskova) est une victoire russe. En établissant que Napoléon n'est pas un grand homme et a mal pris ses mesures, on explique qu'il ait été battu ; mais pour la gloire du vainqueur, ou prétendu tel, il faut que celui-ci n'ait pas eu devant lui une mazette. D'où la sophistique de Tolstoï en cette occasion.

La prétendue défaite de Napoléon à la Moskova-Borodino est une façon de parler, dont Tolstoï abuse longuement, comme un chauvin ou un courtisan. Tout n'est pas faux cependant dans son apologie pour Koutouzov. Napoléon a vaincu, puisque Koutouzov a dû battre en retraite, avec des pertes numériquement supérieures aux nôtres, et puisque les Français sont entrés sept jours après à Moscou, que les Russes n'ont pu protéger et n'ont su qu'incendier. Mais il est vrai que leur résistance à Borodino avait été opiniâtre, que les pertes de Napoléon, plus faibles en quantité, avaient des conséquences plus graves, parce qu'il était séparé de sa base par des milliers de kilomètres. Les Russes se trouvaient chez eux et pouvaient se replier indéfiniment, tandis que nous ne pouvions les poursuivre sans danger et que c'était déjà une imprudence d'aller jusqu'à Moscou. Ici Tolstoï a des vues lucides et généralement confirmées. Il finit par tenir un langage raisonnable, et il met le doigt sur le point décisif lorsqu'il dit : « S'ils (les historiens militaires russes) veulent être logiques, malgré leur enthousiasme lyrique et patriotique, ils sont bien obligés de reconnaître que la retraite des Français depuis Moscou a été une suite ininterrompue de succès pour Napoléon et de défaites pour Koutouzov. Mais... en définitive, les victoires successives de l'ennemi ont abouti à son anéantissement, tandis que les défaites russes ont eu pour résultat la libération de la patrie. »

Autrement dit, Napoléon a été militairement victorieux, dans la campagne de Russie, et perdu par les conditions géographiques, l'espace, le climat, à quoi l'on ne peut ajouter d'autre obstacle humain qu'un fanatisme sauvage. Comme l'observe très bien Tolstoï, Napoléon ressemble à un duelliste correct qui gagne absolument la partie d'après les règles du jeu d'épée, et qu'on assomme alors avec une massue. Ayant proprement boutonné l'adversaire et pris sa capitale, il crut n'avoir plus qu'à conclure une paix brillante comme avec l'Autriche et la Prusse quand il avait gagné Austerlitz et Iéna, occupé Vienne et Berlin. L'immensité du territoire russe rendait cette contrainte inefficace. La haine des boyards contre les principes de la Révolution française, toujours représentés par Napoléon, et la fureur des paysans fanatisés, leur faisaient préférer l'incendie et la dévastation, où ils se ruinaient eux-mêmes, mais en détruisant l'envahisseur. Et l'espèce de maîtrise qu'on ne peut dénier à Koutouzov ne fut pas précisément militaire, mais consista seulement à comprendre cette situation. S'il livra quelques batailles, ce fut malgré lui, prévoyant la défaite, ayant la main forcée par le gouvernement de Saint-Pétersbourg et l'opinion publique, qui n'eussent pas supporté qu'il ne défendît pas Moscou. Pour Koutouzov, la perte de Moscou était quasiment insignifiante, puisque cette conquête précaire ne devait pas sauver Napoléon. Lorsque celui-ci ordonna la retraite, Koutouzov fut pressé de le poursuivre : il s'y résigna de même à contre-cœur, sachant que cela ne servirait qu'à le faire étriller, comme on le vit encore à la Bérésina. Refuser à tout prix et avec la même obstination la paix et le combat, faire le vide devant l'armée française, laisser au temps, à la famine et aux intempéries le soin de la dissoudre, tel était le système de Koutouzov. Ce n'était probablement pas un grand homme de guerre, mais c'était un homme de bon sens, servi par des circonstances exceptionnelles. Encore fallait-il les discerner et les mesurer nettement.

On doit concéder que Koutouzov fut seul à voir clair, et féliciter Tolstoï lui-même de l'avoir si bien vu. Mais ainsi il avoue implicitement l'utilité sinon du génie, que Koutouzov ne possédait point à proprement parler, au moins d'une intelligence un peu caractérisée chez un général en chef. C'est déjà un accroc à sa théorie. Ce grand romancier se contredit sans cesse. Après avoir copieusement affirmé l'inanité, le néant des rois ou des empereurs, des prétendus grands hommes ou dirigeants quelconques, et enseigné que Napoléon lui-même n'était pour rien dans tout ce qu'on lui attribue, Tolstoï ne s'avise-t-il pas de fulminer sur le ton d'un Juvénal

contre ce monstre, chargé de crimes, et « bourreau des
nations »? Il faudrait s'entendre. Si Napoléon n'a rien
fait, n'a été qu'un « infime instrument », la mouche du
coche ou la cinquième roue d'un carrosse, au moins
n'est-il responsable de rien et n'est-ce pas à lui, mais à
votre fameuse fatalité, que vous devez réserver vos dia-
tribes.

Dans sa rage de nivellement réaliste et antifrançais,
Tolstoï en vient à nier non plus seulement le génie politique ou guerrier, mais celui de l'ordre purement intellectuel. Il faut lire cela dans l'épilogue de *la Guerre et
la Paix*, coupé par la traductrice de 1884, qui songeait
au plaisir du lecteur, restitué par M. Bienstock, qui ne
veut pas négliger son instruction. D'après Tolstoï, « on
ne peut admettre que c'est l'activité intellectuelle qui
guide l'activité des hommes » et « le mouvement des
peuples ». Il trouve burlesque qu'on ait signalé parmi
les causes de la Révolution de 1789 le fait que quelques
hommes de lettres aient écrit des livres. Lui qui en a
tant composé lui-même, il semble ici se soucier des
livres comme un moujik analphabet, ou comme un poisson d'une pomme. Voltaire et Rousseau ne comptent
pas plus pour lui que Napoléon. Il s'esclaffe de cette
influence prêtée aux grands penseurs et grands écrivains,
et ne découvre à cette bouffonnerie que l'explication
suivante : « Que ce sont des savants qui écrivent l'histoire, et par conséquent qu'il est pour eux naturel et
agréable de penser que l'activité de leur classe est
la base du mouvement de toute l'humanité, de même
qu'il serait agréable et naturel aux marchands, aux
agriculteurs, aux soldats de le penser : cela n'a pas lieu
seulement parce que les marchands et les soldats n'écrivent pas l'histoire... » (Bienstock, vol. VI, p. 359).

Bref, pour Tolstoï, il est absurde de soutenir que le cerveau guide le corps, et il serait aussi raisonnable de
placer la direction dans les viscères ou dans les pieds.
Telles sont les turlupinades où choit d'aventure ce grand
romancier.

Dès lors, naturellement, il se perd en vaines conjec-
tures sur la nature du pouvoir. Il expose que le pouvoir
ne réside pas dans la force physique, comme celui d'Hercule, qui peut opprimer un individu, mais non pas tout
un peuple ; ni dans la force morale, puisque, loin d'avoir
la moindre supériorité morale, Napoléon est un criminel
et un bandit... Ne discutons même pas ce jugement.
Mais comment Tolstoï n'aperçoit-il pas que lorsqu'on
oppose le moral au physique, il ne s'agit pas seulement
de moralité et de vertu, mais de pensée et de raison? A
la vérité, il vient de rayer également cette supériorité-là.
Comment aussi, revenant sur le libre arbitre, mêle-t-il
deux questions tout à fait différentes? L'existence, en
effet assez douteuse, du libre arbitre, au sens métaphysique, n'est pas le moins du monde nécessaire pour que
les grands esprits et les héros exercent une action décisive sur les multitudes et sur les événements. Car ces
êtres sublimes sont sans doute psychologiquement
déterminés, mais par des motifs qui leur sont propres
et qui constituent leur éminente personnalité. Les forces
extérieures et matérielles, ethniques, climatologiques,
économiques, etc., pèsent évidemment sur la marche
de l'histoire. Mais le grand homme de tout ordre, et
particulièrement de l'ordre intellectuel, est le grand
artisan des choses humaines, en même temps que l'honneur de l'humanité. D'où vient son influence? De l'ascendant normal du beau et du vrai. Et le pouvoir politique, qui évidemment repose toujours au moins en

partie sur la persuasion, ne serait-ce que pour recruter les premiers adhérents ou conjurés, ne se maintient que par un accord suffisant avec les décisions générales de ce pouvoir spirituel. Lorsqu'il y a conflit flagrant, comme à la fin du dix-huitième siècle, c'est le pouvoir matériel qui saute. Tolstoï cherche vainement à brouiller des notions très claires, afin de justifier son esthétique et ses antipathies de classe ou de race. Il avait beau écrire lui-même, en abondance et avec éclat, et il pourra contribuer très puissamment par son œuvre à renverser l'ancien régime russe, il gardait et gardera peut-être toujours une hostilité plus ou moins consciente d'aristocrate-né, de terrien et de Russe autochtone, contre la civilisation occidentale, la démocratie française et ces croquants d'hommes de lettres.

*
* *

Anna Karénine, le second grand roman de la maturité de Tolstoï, est aussi célèbre que *la Guerre et la Paix*, et beaucoup plus lu, d'abord peut-être parce qu'il est plus court d'un bon tiers. Puis la majorité des amateurs de romans partage l'opinion de la comtesse Tolstoï, pour qui la partie historico-militaire de *la Guerre et la Paix* faisait longueur, et qui ne s'intéressait qu'à la partie mondaine, soirées et belles amours ou amourettes, mariages, adultères, etc. La supériorité de *la Guerre et la Paix* réside au contraire dans ce qui fatiguait cette fidèle épouse et prétendue « collaboratrice ». Sauf quelques dissertations sur l'économie agricole, *Anna Karénine* ne contient que des choses propres à passionner cette dame si représentative en l'espèce. D'ailleurs, le ciel me préserve de condamner l'amour et même l'adultère — au point de vue littéraire, s'entend! Racine, Stendhal et quelques autres ont démontré qu'il n'en fallait pas davantage pour faire des chefs-d'œuvre. *Anna Karénine* en est-il un? On l'a beaucoup dit. A parler franc, je ne le crois pas. Ce n'est qu'un très bon roman, qui l'emporte évidemment sur la moyenne de la production courante. Le chef-d'œuvre, c'est *Madame Bovary*. Le roman de Tolstoï rappelle un peu celui de Flaubert, mais ne l'égale pas.

Il commence par une grave lacune. Les antécédents, l'éducation, le tour d'esprit d'Emma nous étaient minutieusement exposés, de sorte que nous la comprenons à merveille et qu'elle nous émeut d'autant plus. Anna se met brusquement à aimer le comte Wronsky sans nous avoir été présentée : ce n'est qu'une femme du monde quelconque, embarquée impromptu dans une intrigue banale. Je ne dis pas que ce soit faux : c'est peut-être même d'une vérité plus ordinaire, qui convenait au réalisme systématique et intégral de Tolstoï. On constate donc qu'il ne vaut pas le réalisme tempéré de Flaubert, car c'est certainement moins intéressant. A la limite, le système tolstoïen tomberait dans l'insignifiance. Parce qu'elle est plus particulière, plus fortement caractérisée, Emma résume un monde d'idées et de sentiments, épars et moins définis dans la vie courante, mais qui n'en existent pas moins, et dont la synthèse constitue l'art proprement dit, c'est-à-dire crée de la beauté, en même temps qu'elle rend la réalité plus intelligible. L'esthétique de Flaubert avait, en outre, l'immense avantage d'autoriser le style, que contre-indique celle de Tolstoï. A ce point de vue, pas de comparaison possible.

Je vais presque jusqu'à préférer le pauvre Charles

Bovary à M. Karénine. Celui-ci est d'abord le classique mari de comédie, vide et gourmé, de nature sèche et ingrate, qui ennuie sa femme et lui déplait physiquement (pourquoi ses oreilles sont-elles devenues si longues?). Charles Bovary, simple médecin de campagne, est plus vulgaire d'aspect, mais ce brave homme nous touche par l'iniquité de sa disgrâce, tandis que celle de l'homme d'État Karénine semble un peu méritée et qu'il nous est bientôt aussi odieux qu'à sa femme. Il supporte d'abord la liaison d'Anna et de Wronsky, nullement par amour, ni par grandeur d'âme et respect de la liberté des êtres, ni même par indifférence, mais simplement par lâcheté et crainte du scandale, qui pourrait nuire à sa fortune politique. Tout ce qu'il exige, c'est que les apparences soient sauvées. Lorsqu'elles ne le sont plus, il flotte, et tantôt pardonne (lorsqu'il croit qu'Anna va mourir), tantôt l'exècre par vanité offensée (lorsqu'elle lui inflige la déception de guérir), tantôt consent au divorce, et tantôt le refuse, n'étant dominé que par l'égoïsme et la haine sournoise qui veut faire souffrir, sans risquer un éclat. Karénine est écœurant.

Wronsky est normal, et se conduit en galant homme, mais sans trait bien saillant ni bien sympathique. Ce n'est pas un véritable amant. C'est un ambitieux, qui sacrifiera son ambition par scrupule d'honneur, mais laissera sentir que le sacrifice lui pèse. Anna, dont la banalité se montre dès le début, devient de plus en plus inconstante. Lorsqu'elle a quitté son mari pour vivre avec Wronsky, ils vont d'abord faire un voyage en Italie. Ils s'y trouvent désœuvrés, inquiets, et font invinciblement souvenir de Froufrou à Venise. De retour en Russie, Anna ne sait jamais ce qu'elle veut. Elle non plus, elle n'a pas assez d'amour pour accepter la solitude avec son amant et y trouver le bonheur. Elle voudrait continuer d'aller dans le monde, à l'Opéra, etc. On ne la reçoit pas, ou bien on lui fait des avanies, évidemment cruelles et presque toujours hypocrites, mais qu'elle devait prévoir et partant éviter, connaissant l'état des mœurs et des préjugés. Lorsque son mari acceptait le divorce, au lieu de sauter sur cette solution, la seule raisonnable, elle la repousse pour expier son péché. Alors que ne renonce-t-elle à ce péché même? Ce serait bien la meilleure manière de s'en faire absoudre. Pas du tout! Elle continue de pécher et de cohabiter avec Wronsky. Lorsque cette vie lui devient intolérable ainsi qu'à son compagnon, elle se ravise, renonce à l'expiation et demande enfin à Karénine ce divorce dont elle ne voulait pas quand il en voulait bien. On peut être indulgent pour les caprices et les folies d'une femme. Le refus de Karénine paraît malgré tout dur et méchant. On conçoit pourtant jusqu'à un certain point qu'il l'envoie promener.

Aussi lorsque Anna désespérée se tue comme Emma Bovary — en se jetant sous un train au lieu de prendre de l'arsenic, mais peu importe — ces deux dénouements semblables produisent des impressions relativement inégales, parce que l'un des deux est bien moins préparé. On compatit toujours au malheur et au suicide d'une jeune et belle créature. Donc la mort d'Anna Karénine nous touche, sans doute; c'est la carte forcée. Mais celle d'Emma Bovary cause une émotion plus poignante et plus profonde. Nous avons vraiment l'impression que « c'est la faute à la fatalité », comme dit le malheureux Charles. Emma n'a failli que par suite d'aspirations nobles en principe; elle n'est acculée au

désastre que par l'hostilité des choses et la mauflerie des
hommes. Elle souffre plus injustement qu'Anna, fille
d'un prince, comblée par la fortune, presque uniquement victime de sa frivolité et de son manque d'intelligence ou de décision. Enfin, bien que Wronsky la
pleure, cette mort d'Anna semble une délivrance pour
ses proches et ses amis. Celle d'Emma détruit son mari
et sa fille. Au total, l'impassible et intellectualiste Flaubert nous étreint et nous attendrit plus que le réaliste,
humanitaire et pitoyable Tolstoï.

Le troisième grand roman de Tolstoï, *Résurrection*,
date de sa vieillesse (il avait alors soixante-dix ans),
mais ne porte aucune trace de déclin, et peut même
être considéré comme le plus personnel des trois. Le
prince Nekhludov, homme du monde conventionnel,
viveur inutile, se réveille en retrouvant dans une malheureuse condamnée injustement, la petite Katiucha,
la Maslova, qu'il a séduite huit ou dix ans plus tôt et
vilainement abandonnée. Enceinte, chassée de partout,
elle a dégringolé jusqu'à devenir pensionnaire d'une
maison mal famée, et elle est faussement accusée de
l'assassinat d'un ivrogne. Nekhludov comprend qu'il a
une lourde part de responsabilité dans cette déchéance,
ce qui est exact. Il entreprend de réparer ses torts, et il
a raison. Mais voici ce qui est spécifiquement russe, ou
tolstoïen. Voulant réformer sa propre vie, Nekhludov
décide de rompre avec sa maîtresse du moment, une
femme mariée : bon! Mais il songe à tout révéler au
mari, pour s'humilier devant lui! Heureusement il ne
réalise pas cette intention saugrenue. Il pense même à
s'humilier devant son propre valet de chambre en lui
confessant ses fautes! C'est du délire. Pour la Maslova,
il s'emploie à présenter son pourvoi, puis son recours en

grâce; il la visite dans sa prison, lui demande pardon, lui donne de l'argent, la protège, s'efforce de la réconforter et de l'amender : parfait! Elle est envoyée en Sibérie : il l'y accompagne. Soit encore! Mais non content de la secourir, il veut l'épouser. Vraiment il va un peu loin. A quoi cela servirait-il? En serait-elle plus heureuse? C'est bien douteux. La Maslova montre plus de bon sens que lui. Au début, elle le détestait, et dans son abaissement ne visait qu'à l'exploiter. C'était excusable. Puis peu à peu le repentir et la bonté nouvelle de Nekhludov ont agi sur l'âme de cette dévoyée et ont opéré ce relèvement moral qu'il se proposait comme but. Alors, précisément parce qu'elle est redevenue honnête, la Maslova refuse d'épouser le prince par égard pour lui, que ce mariage déclasserait et mettrait au ban de la société. Elle répond à son dévouement par un bon office, qui vraiment la réhabilite, en épousant le condamné politique Simonson, très épris d'elle et dont elle pourra réellement adoucir la vie.

On est tenté un instant de juger que Tolstoï escamote la situation; c'est un point de vue d'homme de théâtre. Tolstoï ne fait pas de théâtre, et psychologiquement il est dans le vrai. Il n'était pas homme à reculer devant une audace, d'ailleurs facile à l'époque naturaliste. Dans *Anna Karénine*, Nicolas Lévine avait épousé une Maslova, et un frère de Tolstoï en avait fait autant : M. Hettéma aussi, dans la *Sapho* d'Alphonse Daudet. Mais pas l'ombre de résurrection dans tout cela, et Katiucha est bien moralement ressuscitée. Est-ce vraisemblable? Oui, ou du moins Tolstoï sait nous en persuader, à cause de l'être charmant qu'était Katiucha avant la chute. Mais c'est romantique, sans doute : une variation sur le thème de la courtisane régénérée par l'amour. La

nouveauté consiste en ce qu'il s'agit ici d'amour évangélique, et non pas de cet amour proprement dit auquel
l'auteur de la *Sonate à Kreutzer* jette sa malédiction.
(La différence est-elle jamais si radicale? Ou n'est-ce pas
toujours ce même sentiment, le même instinct, sous des
formes diverses?)

Tolstoï ne cessera jamais d'écrire des contes, et il en
a même laissé de posthumes, comme le *Père Serge.*
Certains de sa dernière période sont fameux : notamment
la *Mort d'Ivan Ilitch* et *Maître et serviteur*. Par la vigueur
de la facture, ce sont des eaux-fortes. Plus jeune, il en
avait composé qui appartenaient à l'imagerie populaire
et enfantine. C'est un conteur-né. Toutefois, dans ses
trente dernières années, il était devenu surtout une
espèce de prédicateur ou d'apôtre, et non seulement il
introduit des thèses dans ses récits, mais il compose en
abondance des ouvrages de pure théorie et propagande.
Là son talent faiblit un peu, non point par l'effet de
l'âge — il resta jusqu'à la fin robuste comme un chêne
— mais par cette inaptitude relative à l'abstraction qui
déparait déjà certains chapitres de *la Guerre et la Paix.*
Lui si net et d'une touche si sûre, si parfaite, dans la
narration, souvent il mollit, il gauchit, se répète et
rabâche comme un paysan, dès qu'il se met à exposer
directement des idées générales. Cependant sa pensée
révèle une force et dégage une chaleur non pas précisément intellectuelles, mais d'une spiritualité commu-
nicative et, pour ainsi dire, radio-active. On peut certes
discuter Tolstoï, mais sa grande et curieuse personnalité
s'impose. C'est un prophète, comme on chante dans la
Salomé de Richard Strauss. C'est, si vous voulez, un
Pierre l'Ermite, dialecticien inexpert, mais qui suscite
la Croisade. La plupart de ces traités ou *tracts* de

Tolstoï, interdits par la censure russe, ont circulé en Russie sous le manteau, et y ont exercé une énorme influence. Pour nous, ils sont moins originaux, mais ont encore un intérêt au moins historique.

On ne peut lire d'abord sans colère *Qu'est-ce que l'art? ou Shakspeare et le drame.* En vrai barbare, scythe ou sarmate enragé, Tolstoï y blasphème et piétine tout ce que nous aimons et vénérons. Pour ce furieux, Shakspeare est au-dessous des écrivassiers les plus médiocres. Tolstoï s'acharne particulièrement aussi contre Wagner, mais jette également à la voirie Sophocle, Euripide, Aristophane, Dante, Michel-Ange, Milton, Bach, Beethoven, Liszt, Berlioz, Baudelaire, Verlaine, Mallarmé, Ibsen, Maeterlinck, Puvis de Chavannes, etc. C'est la folie furieuse d'un sauvage ivre. Mais pourquoi? Parce que tout cet art dont on fait tant de cas est doublement immoral, d'abord en soi comme faisant appel aux sens et plus encore comme aristocratique, réservé à une élite, s'opposant par conséquent à l'union et à la fraternité universelles. En vain objecterez-vous que l'art n'est nullement, comme le soutient Tolstoï, le privilège des classes riches, qu'il y a d'opulents philistins à qui il est fermé, des pauvres intelligents qui en font leurs délices, et que l'inégalité dont il se plaint n'est que dans les capacités intellectuelles, auxquelles nous ne pouvons rien. Injustice, si l'on veut, mais qui incombe à la nature; et, parce qu'il y a des imbéciles, on ne va pas décapiter l'esprit humain. Tolstoï n'admet que ce qui peut être immédiatement compris de tout le monde, même des ignorants et des niais : pourquoi pas des microcéphales et des crétins au sens médical? Les pires tortonistes font figure d'esthètes en comparaison du grand Tolstoï. Et Jean-Jacques avait dit des choses analogues sur la prétendue corruption résultant des lettres, des sciences et des arts. Il y apportait cependant un peu plus de nuances et de correctifs. Le vieux Léon Nicolaïevitch frappe comme un sourd ou un fanatique.

Cela lui paraît rationnel, et il se croit rationaliste : il l'est même effectivement dans une certaine mesure et sur certains points, par exemple dans sa polémique contre la religion et l'église orthodoxe, ou plus généralement contre tous les dogmes et toutes les églises. Il fait alors du Voltaire, avec moins de drôlerie et de verve, mais avec une logique implacable et une sombre énergie. C'est un nabi prêchant contre Baal. Même fureur prophétique contre la vie du siècle, le luxe, l'amour, même conjugal, et toute la civilisation. On dirait d'une nouvelle Apocalypse, contre une autre Babylone. Et logiquement, il a voulu vivre en paysan, se faire ascète et cénobite. D'ailleurs, il y a du Ruskin en lui, et la vie simple a en effet son charme. Elle le perd lorsqu'on la dépouille de tout plaisir d'esprit et qu'on prétend la rendre obligatoire par décret d'on ne sait quelle sacrée pénitencerie laïque, qui nous enverrait tous manger des sauterelles au désert.

De l'Évangile, Tolstoï ne garde que la morale, mais il en fait une idole. L'amour du prochain, l'union fraternelle avec tous les hommes, le Sermon sur la montagne, soit! et en principe, c'est très beau. Mais si l'on doit aimer l'humanité et la servir de son mieux, il ne faut pas lui faire des sacrifices trop onéreux par eux-mêmes et qui lui seraient finalement nuisibles : notamment le *sacrifizio dell' intelletto*. L'homme n'est pas adorable du seul fait qu'il est homme; il ne compte que selon les valeurs impersonnelles et idéales qu'il représente. On peut n'avoir de haine contre aucun homme (et encore!); on ne peut les aimer tous également. Ce qu'il faut aimer avant tout, c'est le vrai, le beau et le bien, et chaque homme ensuite dans la mesure où il y participe. Le moralisme fondamental, intransigeant, rigoureux, selon Tolstoï, est tout ce qu'il y a de plus inhumain. Et au nom de quoi l'ordonne-t-il? Il maintient Dieu, au moins de nom, mais nie la vie future.

En politique, Tolstoï est communiste en ce sens qu'il veut remettre la terre aux paysans, et qu'il condamne la propriété individuelle. Son programme comporte la suppression de l'armée, des tribunaux, des universités et des conservatoires, des grandes villes, de la grande industrie, de tout gouvernement et de quoi que ce soit qui ressemble à un État organisé. Mais il n'est pas socialiste à proprement parler, ni même libéral. Il raille le libéralisme, le socialisme et la révolution. Il lui faudrait une sorte d'anarchie rurale et idyllique, où d'ailleurs le barine pourrait, sans distinction visible et officielle, garder un ascendant patriarcal. En attendant, point de résistance au mal par la violence! En quoi il était un peu trop absolu. On doit parfois se défendre. Mais il condamnait d'avance le bolchevisme, et l'horreur de la violence est un sentiment admirable, que peuvent partager ces purs intellectuels que Tolstoï détestait... En définitive, c'est une espèce de grand homme (bien qu'il ne crût pas qu'il en pût exister), mais un grand conteur plutôt qu'un grand écrivain, et une grande âme plutôt qu'un grand esprit.

AUTOUR DU MONUMENT BARRÈS

Je n'oublierai jamais ma découverte de Barrès. C'était un dimanche matin, à l'automne de 1887. Chétif collégien, lâché en liberté dans Paris seulement une fois par semaine, je commençai comme tous les dimanches par dévaler la rue Soufflot et la rue de Médicis jusqu'aux galeries de l'Odéon, pour y prospecter la littérature moderne. J'avisai par hasard, ce matin-là, un mince volume de chez Lemerre, dont je guignai quelques passages, à travers les feuilles non coupées. J'en fus si frappé que je n'hésitai pas à l'acheter moyennant 2 fr. 75 c., et j'avais peut-être cent sols pour mes menus plaisirs de la journée. Voilà de l'admiration sincère! C'était *Sous l'œil des barbares*. Comme tout le grand public, j'ignorais le nom de l'auteur, un débutant. Je passai la semaine suivante à lire et à relire l'ouvrage, sous l'œil heureusement distrait du pion. Un seul trait me choqua : l'injure à Renan. Je m'enchantai du reste, et prévis un maître.

J'aurais été heureux de pouvoir assister, l'autre jour,

c'est-à-dire plus de quarante ans plus tard, à l'inaugu-
ration de son monument, sur cette colline de Sion-Vau-
démont qu'il a tant chérie et infatigablement chantée.
J'approuve hautement les beaux discours de MM. le
maréchal Lyautey, Charles Moureu, Paul Bourget et
Raymond Poincaré. Je n'ai même rien à dire contre
ceux de M. Désiré Ferry et de Mgr Lagier. Je n'ai jamais
cessé d'admirer Barrès, ni de le qualifier grand écrivain.
Je dois avouer que pour moi cette qualité-là passe avant
tout. Mais je n'ai partagé qu'un assez petit nombre de
ses opinions. J'ai même toujours eu contre lui des objections sérieuses. J'ajoute que je n'ai jamais été à proprement parler de ses amis personnels, bien que je lui
eusse été présenté, peu après ma sortie définitive du
lycée, par Moréas, et que j'aie entretenu avec lui des relations cordiales. Il était naturellement distant, comme
l'a observé M. Poincaré lui-même, et trop d'abîmes nous
séparaient — ou de nuances, mais c'était plus grave,
comme disait Capus.

Sa politique m'étonna doublement. D'abord en soi :
comment un tel artiste s'avisait-il de se faire politicien?
Je n'ai jamais aimé la politique : je la méprisais alors
avec une intransigeance juvénile. Ensuite, pourquoi
celle-là? Le peu que je savais du brave général me le
représentait comme sûrement ridicule, et peut-être dangereux, du moins pour la circulation : je n'ai jamais cru
à son succès, mais les manifestations tapageuses et
encombrantes m'ont toujours horripilé. Bon pour un roi
des Halles et un turlupin comme Rochefort! Les calem-
bours de Rochefort m'amusaient. Mais un Barrès! Son
article de la *Revue indépendante*, où il se proclamait bou-
langiste, et qui eut du retentissement au quartier latin,
me fut un scandale. Il devint ensuite un des chefs du

nationalisme, c'est-à-dire du boulangisme sans Boulan-
ger, qui ne m'agréait guère davantage. On sait sa position dans l'affaire Dreyfus : j'étais de l'avis contraire. Il
a persévéré dans la politique toute sa vie : ce n'était
donc pas une fantaisie, mais une idée fixe, d'autant plus
surprenante pour moi. Un tel écrivain n'avait-il mieux
à faire? Et ces violences brutales, souvent tout à fait
injustes, contre ses adversaires m'ahurissaient sous sa
plume. Un des types humains que j'ai le plus en horreur, c'est l'homme de parti, sacrifiant tout à ce but
unique. Que l'auteur de quelques-unes des proses les
plus enchanteresses de notre temps descendît à ce rôle,
cela me semblait pour ainsi dire contre nature. J'en-
tendais bien qu'il y mettait quelque ironie. J'aurais
trouvé très drôle la fameuse plaisanterie du *Jardin de Bérénice* (1) si elle n'avait été suivie d'effet. Mais qu'il appli-
quât ce procédé me peinait comme un manque d'élégance.
A mes yeux ce prince de la jeunesse s'encanaillait.

C'est bien par dilettantisme, quoi qu'en ait dit
M. Paul Bourget, qu'il entra d'abord dans cette carrière.
« L'important, dit-il dans le *Jardin de Bérénice*, c'était
de jeter du charbon sous ma sensibilité, qui commen-
çait à fonctionner mollement. » En d'autres termes, la
politique le fournissait d'un divertissement, d'un sport,
utile à son « hygiène » et révélant un fond de frivolité.
Il avait besoin d'action, de mouvement, de bruit, de luttes
et de trophées. Le forum était son terrain de jeu. Il jugeait
trop austère et aride une vie de pur homme de pensée. Bien
entendu, il se convainquit peu à peu de sa mission

---

(1) Sur le droit de traiter un adversaire politique de malhon-
nête homme, par simple métaphore, pour indiquer qu'on juge ses
opinions nuisibles.

civique, comme le catéchumène de Pascal commence par l'eau bénite et arrive à la foi. M. Paul Bourget n'a donc pas entièrement tort. Barrès eut bien la passion de servir, et il a réellement servi son pays, surtout dans ses dernières années. Je m'incline devant le grand patriote.

Mais les origines de sa vocation politique montrent bien que ce ne fut jamais un véritable intellectuel. M. Henri Bremond trouve Barrès trop « intellectualiste » (1), mais on l'est toujours trop pour ce mystique et fluidique abbé. Pour moi, Barrès ne l'est vraiment point assez. Il ne s'en défendait pas, et s'en vantait même volontiers. « L'intelligence, quelle petite chose à la surface de nous-mêmes! » a-t-il dit. On a presque envie de lui répondre : « Parlez pour vous! » De même lorsqu'il s'écrie à propos de Sainte-Beuve : « Que j'aie fini d'être froissé, et je n'aurai plus que de l'intelligence, c'est-à-dire rien d'intéressant », et pour lui Joseph Delorme a déchu en se consacrant, dans les *Lundis*, à un « travail obstiné de bouquiniste ». De même encore, et plus que jamais, lorsqu'il proclame : « Il n'y a pas d'esprit libre ». Il y a eu des intelligences souveraines — Descartes, Voltaire, Renan — et il y a encore aujourd'hui des esprits libres. Barrès n'est qu'un « génial artiste littéraire », selon la très juste définition de M. Paul Bourget. On peut préférer cela, c'est une question de goût, mais il ne faut pas confondre, ni croire que ces textes de Barrès ne soient que des boutades. Il y résumait toute sa personnalité, toute sa doctrine, et la seconde n'était — naturellement, dans son cas — que l'expression de l'autre.

---

(1) Préface de *Vingt-cinq ans de vie littéraire*.

On sait qu'il avait débuté par le « culte du moi », et je garde une prédilection pour cette trilogie initiale, surtout pour la première et la troisième parties (*les Barbares* et *Bérénice*). Contrairement à M. Léon Blum, et d'accord pour une fois avec M. Bremond, j'aime un peu moins *Du sang, de la volupté et de la mort* et *Amori et dolori sacrum*, où il y a des pages admirables, mais légèrement factices. La sensibilité à grand orchestre et haute en couleur n'était pas spontanée chez Barrès. Son tempérament sympathisait et s'harmonisait mieux avec la modération des paysages lorrains. De ses conditions et limites innées, il fit un système. Il s'aperçut que son précieux moi reposait sur des éléments héréditaires, locaux et nationaux. Rien de plus exact, puisqu'il excluait la raison, qui seule échappe à cette dictature et opère par ses propres moyens. L'égotisme suppose logiquement le régionalisme et le nationalisme, qui ne sont encore que des principes subjectifs. Si l'on admet son point de départ, la doctrine de Barrès était fort bien raisonnée. Formulée abstraitement, elle paraît un peu courte. Cela tient dans le creux de la main, et c'est une diminution arbitraire de l'esprit, qui veut atteindre à l'objectif et à l'universel. Mais ces thèmes réduits convenaient éminemment au talent et à la politique de Barrès. Dans son œuvre littéraire, les développant et les creusant avec méthode, il en a tiré des merveilles.

Tout artiste, tout lyrique, a le droit de borner ses sujets et son horizon pour y composer plus à l'aise, et c'est excellent, s'il élabore ainsi des chefs-d'œuvre. Barrès nous en a donné, et l'on n'aurait donc point de griefs, s'il n'avait érigé son manque d'intellectualisme en règle et en dogme. Il a poussé la « critique de créateur » à des bravades irritantes. De cette incompatibilité

d'humeur sortirent sa haine et ses insolences contre
Renan, son dédain du Parthénon et de l'hellénisme,
son nationalisme intellectuel, son insoutenable position
de soutien du catholicisme auquel. il ne croyait pas et
ne se cachait pas de ne pas croire, mais qui lui semblait
inséparable de la tradition française. Jusque dans son
discours de la Sorbonne pour le centenaire, il considère
que le plus bel ouvrage de Renan est son petit-fils
Ernest Psichari, qui « expia » les sacrilèges de l'aïeul.
Qu'un dévot ose ce langage, on peut le concevoir : d'un
incrédule avoué, c'est stupéfiant. Mais Renan personni-
fiait ce que Barrès méconnaissait et détestait le plus au
monde : l'intelligence pure et la parfaite objectivité.
Pas d'hérésiarque ni d'antechrist qui inspire au fidèle
plus d'aversion. Déjà dans les *Taches d'encre*, Barrès
traitait Renan de « tartuffe ». Sur ce point, Barrès n'a
jamais varié.

Faut-il rappeler son incompréhension d'Athènes dans
son *Voyage de Sparte*? Même au prix d'un don de style
comme celui de Barrès, je ne voudrais pas avoir signé
un pareil livre. J'aimerais mieux écrire aussi mal que
Georges Ohnet. On se souvient aussi de la phrase fantastique sur les admirateurs de Wagner et de Nietzsche
qui ont « trahi la cause de la France ». Il y a plus fort.
Lui qui faisait généralement grâce à Gœthe et qui respectait M. Taine, il accuse aussi ce dernier presque de
trahison, pour avoir relu l'*Iphigénie en Tauride* du
maître de Weimar en Alsace, sur la montagne de
Sainte-Odile! Et c'était avant la guerre de 1914 que Barrès fulminait ainsi. C'était avant celle de 1870 que Taine
avait publié ce magistral article, recueilli dans les *Derniers Essais de critique et d'histoire*. N'avait-il pas le droit
d'aimer *Iphigénie en Tauride*? Quant à moi, déjà grave-

ment compromis par mon admiration pour Nietzsche et pour Wagner, je regarde cette tragédie de Gœthe comme un chef-d'œuvre, où la noblesse morale égale la beauté poétique, et ceux qui ne la comprennent pas comme des illettrés ou des gens de parti pris. Barrès n'était certes pas de la première espèce : alors pourquoi cette absurde et inutile xénophobie littéraire? Toute âme un peu bien située est patriote; mais en quoi le patriotisme est-il intéressé à nier des génies universellement humains, quoique nés hors de nos frontières? C'est le particularisme égotiste de Barrès qui l'égare.

Sur d'autres questions alors inoffensives, maintenant brûlantes, cette étroitesse l'induisit en des imprudences auxquelles M. Raymond Poincaré a fait discrètement allusion à propos du Saint-Phlin des *Déracinés* et de l'*Appel au soldat*. Ce Saint-Phlin pousse l'amour de sa petite patrie jusqu'à de pénibles injustices pour la grande, et l'on trouverait des paroles inquiétantes dans des passages où ce n'est plus Saint-Phlin qui parle, mais Barrès lui-même. Bien entendu, Barrès était absolument et sans réserves pour l'unité française. Il tiendrait l'autonomisme des cléricaux alsaciens d'aujourd'hui pour criminel. Mais on ne peut s'empêcher de voir que son professeur de philosophie Bouteiller, à qui il reproche tant son enseignement intellectualiste, travaillait mieux à l'unification et à l'indivisibilité nationale, tandis que l'abus de la décentralisation et du régionalisme risque d'aboutir au séparatisme. Même au point de vue strictement patriotique, l'intellectualisme a du bon.

D'autre part, le culte exclusif de la terre et des morts, la théorie impérative des pas dans les pas, implique la négation de toute nouveauté, de tout progrès, comme en Chine. Or, ce traditionalisme absolu et cette piété fer-

vente envers les ancêtres ont livré la vieille Chine sans
défense au premier agresseur outillé à la moderne. Le
système de Barrès appliqué avec rigueur eût désarmé la
France, où les Allemands seraient entrés comme chez
eux, en 1914. Singulière, mais inévitable conséquence de
l'éthique professée par un des choryphées du nationalisme! Ici encore, cela va de soi, Barrès s'est ressaisi.
Pour cela, il lui a fallu l'expérience directe des quatre
ans de guerre. Comparez avec cet Anatole France, que
pendant l'affaire Dreyfus il flétrissait avec quelques
autres du nom alors infamant d'«intellectuel ». Nous
remarquions déjà ce mois-ci la supériorité d'Anatole
France sur Tolstoï dans les questions militaires. Ce
même antimilitariste et pacifiste ne se montre pas moins
supérieur sur les mêmes chapitres à Barrès. Quelque
trente ans avant le 2 août 1914, quoique fort hostile aux
gens de guerre et à la guerre même, M. l'abbé Jérôme
Coignard déclare à Jacques Tournebroche qu'elle n'en
rendit pas moins des services et « fut la grande éducatrice
du genre humain ». Elle allait compléter l'éducation de
Barrès sur un point capital.

Il n'avait jusque-là témoigné à la science et à l'esprit
scientifique qu'un mépris hautain. Ces produits essentiellement intellectuels ne pouvaient que le faire bâiller et
lui paraître bien au-dessous de lui. Les sciences mathématiques et physiques, il ne les mentionnait même pas.
Est-ce que cela compte? Pour les sciences critiques et
historiques, même ou surtout à propos d'un Renan, il
en proclamait l'insignifiance. Pour lui, il ne s'agissai
pas de cela... Lisez maintenant le volume posthume,
intitulé *Pour la haute intelligence française*, où l'on a
réuni les articles et discours de sa fameuse campagne
sur « la grande pitié des laboratoires ». Rien ne fait

plus d'honneur à Barrès. Mais c'est une amende honorable. Remarquablement documenté, Barrès démontre
de la façon la plus précise et la plus éloquente que l'organisation scientifique de l'Allemagne devait lui permettre de nous écraser, et que le don d'improvisation
inventive de nos savants a seul pu nous sauver. Ni le
courage, ni l'abnégation, ni les plus sublimes qualités
morales n'y auraient suffi. Sans la science française, la
France était perdue. C'est l'exacte vérité. Barrès en
déduit judicieusement la nécessité d'organiser aussi chez
nous le travail scientifique en temps de paix, d'abord
pour parer à toute éventualité et ne pas risquer, comme
en 1914, d'être pris au dépourvu. Il ajoute avec raison
qu'un Claude Bernard, un Pasteur, un Berthelot, un
Curie contribuent glorieusement au prestige national. Il
invoque aussi la prospérité économique, industrielle,
agricole; il espère que l'augmentation des richesses
créées par la science résoudra la question sociale. Ce
n'est pas tout. Comprenant que l'intérêt utilitaire ne
susciterait pas suffisamment cet enthousiasme qui
détermine les vocations les plus efficaces, Barrès va
même — avec moins d'insistance et quelques restrictions, il est vrai — jusqu'à reprendre les thèses de
Renan et de Berthelot sur la valeur de la science, et ses
aptitudes à soulever « le voile d'Isis ».

Barrès presque scientiste! On ne saurait trop l'en
louer, mais c'est inattendu. Ah! le voilà loin de Brunetière et de sa « faillite de la science »; loin de ce Bergson qu'il estimait fort, autrefois, et qui vient de publier
une plaquette (1) affirmant plus crûment que jamais

---

(1) *L'Intuition philosophique* (Helleu et Sergent). Barrès avait
tenu à nommer élogieusement Bergson, dans son joli, mais un peu
superficiel discours au sixième centenaire de Dante.

l'absolue autonomie de l'intuition ou inspiration philosophique et la vanité radicale de la science, excepté
pour l'action pratique et matérielle. Cela autorise les
excès d'ignorance et de confiance en leur génie qu'on
relève chez les pires bergsoniens. Et tel naïf croyait que
le maître allait les désavouer! D'ailleurs l'exemple de
M. Bergson ne prouve pas sa théorie du philosophe
tombé du ciel et ne subissant aucune influence. Il a lui-
même subi celle du courant antiintellectuel déchaîné
par bien d'autres avant lui, voire avant Barrès, qui l'a
précédé et dont la formation ne lui doit rien. Au moins,
le grand égotiste s'est repenti, quoique un peu tard, de
cette erreur qui faillit être mortelle.

L'œuvre de Barrès ne périra pas. On le lira toujours
pour savourer son style ensorcelant, son goût de l'hé-
roïsme, son amour de la France. Mais dans l'ensemble,
et sauf exception, ce n'est pas chez lui qu'on pourra
bien apprendre à penser.

PAUL BOURGET

(Quelques témoignages.) (1)

C'est dans la critique, d'après Brunetière, que M. Paul
Bourget eût trouvé le meilleur emploi de ses éminentes
facultés. Ses *Essais de psychologie contemporaine* restent
en effet une œuvre capitale, qui fut révélatrice pour les
adolescents de ma génération, et qui marquera toujours
une date. Je rappelle qu'il est préférable de les lire dans
l'édition Lemerre, non expurgée. M. Paul Bourget possédait alors toutes les qualités requises pour être le
grand critique de notre époque. On est tenté de regretter qu'il n'ait pas suivi le conseil de Brunetière, qui
aurait pu ne pas l'empêcher d'écrire, en marge,
quelques jolis romans et contes comme *Cruelle énigme*
ou *Gladys Harvey*. On le regrette un peu moins à cause
de l'évolution attestée par le tripatouillage des *Essais*, et
qui changea M. Paul Bourget, à partir du *Disciple*, en
continuateur des Joseph de Maistre et des Bonald. Ses
romans mêmes en ont souffert, et l'*Étape* ou *un Drame
dans le monde* ne valent à mon gré ni *Crime d'amour*,
ni cette *Physiologie de l'amour moderne*, si spirituelle

---

(1) Un volume in-18, Plon, édit.

et si aiguë, où M. Paul Bourget demeure un peu
romancier, en même temps que moraliste. Mais son
obsédant souci d'apologétique religieuse, politique et
sociale exclut foncièrement la critique proprement dite,
qui a pour objet de comprendre plutôt que de combattre, et surtout dans un camp où l'on nie la liberté
intellectuelle, c'est-à-dire son principe même.

Cependant M. Paul Bourget avait bien la vocation
d'un grand homme de lettres, laquelle a résisté en lui
aux illuminations de la grâce. Quand on aime profondément la littérature, on veut en parler, ce qui d'ailleurs n'est qu'une autre façon d'en faire. C'est pourquoi
la plupart des « créateurs » qui comptent ont tâté de la
critique, ne fût-ce que dans des préfaces ou des corres-
pondances comme celle de Flaubert, qui ne traite
guère d'autre chose. Sans se consacrer entièrement ou
principalement à la critique, comme l'y engageait son
ami de la *Revue des Deux Mondes*, M. Paul Bourget n'y a
jamais renoncé. Voici son dixième volume en ce genre.

Et ce qui prouve bien sa passion de l'art littéraire, c'est
que malgré ses visées de partisan et sa perpétuelle lutte
pour diverses orthodoxies, il garde une réelle imparlia-
lité, qui impose la sympathie et le respect. Certes il fer-
raille contre les doctrines adverses, et souvent avec des
arguments assez faibles, mais il admire si fort le génie
ou le talent qu'il ne peut s'empêcher en aucun cas de
leur rendre justice. Ou s'il y a manqué, ce ne fut point
par prévention de parti, mais par incompatibilité d'humeur esthétique avec des écrivains plus jeunes. D'ailleurs
il a évité d'en écrire, et c'est seulement en conversation
qu'il a, paraît-il, avoué son peu de goût pour Proust et
Valéry. Je le déplore, mais l'incontestable sincérité et
la haute probité d'esprit que l'on constate chez M. Paul

Bourget autorisent même ceux qui ne partagent guère ses autres opinions, et en dehors de la simple courtoisie protocolaire, à l'appeler bien volontiers et de bon cœur : « Cher maître ». Maître généralement peu écouté, d'ailleurs, si l'on en juge par la violence injurieuse des polémiques courantes, et par l'étonnant refus d'accorder que certains suivent ses traces à cet égard. L'exception est apparemment si rare que le vulgaire se croirait trop naïf de l'admettre, même lorsqu'elle est évidente. Un critique impartial et indépendant? Vous voulez rire. On sait bien que tous les nègres sont des Batignolles, comme disait Moréas.

Voyez, par exemple, l'article sur Anatole France, dans ces *Quelques témoignages*. Il est clair que la partie la plus considérable de l'œuvre d'Anatole France et toutes ses idées ne peuvent que choquer et blesser durement M. Paul Bourget. Et la mode est de dénigrer l'auteur de l'*Orme du Mail*. De jeunes agités s'efforcent de le déboulonner pour faire place à leur propre statue, qui n'existe et n'existera jamais que dans leurs rêves. Tous les ignorants et les cacographes, aujourd'hui si nombreux, exécutent une manœuvre de défense personnelle en s'évertuant à discréditer ce modèle de culture et de style, ce mainteneur de la pure langue française. Enfin, les ennemis de sa pensée s'emparent avec enthousiasme des pires commérages d'office dans la pieuse intention de rabaisser son caractère et de le disqualifier, comme ils ont essayé pour Voltaire et Hugo, qui furent avant lui les plus diffamés de nos grands écrivains. Tartuffe et Basile collaborent à merveille. M. Paul Bourget pouvait être tenté de céder à ce courant. Pas du tout! Il parle d'Anatole France avec une convenance parfaite, loue son merveilleux talent, ne le présente nullement comme superficiel ou suranné, et proclame même la véracité et le désintéressement de l'auteur de *Monsieur Bergeret à Paris*, de *l'Ile des Pingouins* et de *Sur la pierre blanche*. « C'est méconnaître la loi même de la grande intelligence, dit M. Paul Bourget, que de considérer qu'elle soit déterminée dans ses directions d'idées par de mesquins mobiles. » Il demande qu'on le reconnaisse pour Taine, et il a raison. Il le reconnaît pour France, et il y a bien quelque mérite. Rien ne prouve mieux sa noblesse et sa hauteur de vues. Bon pour la tourbe d'agir toujours par mauvais instincts ou bas intérêt! M. Paul Bourget sait que cette règle ne gouverne pas les grands esprits, ni même tout simplement les vrais amis des lettres.

Cependant, si c'est peut-être le pessimisme qui a mené Anatole France vers le socialisme, je ne crois pas qu'il ait oublié *les Dieux ont soif*, où ce disciple de Lucrèce reprochait au jacobinisme d'avoir été une religion, ni que la révolution sociale soit chez lui devenue une foi. Il se montrait philosophiquement plus avancé que les jacobins, et ce n'est pas très difficile, effectivement, de l'être plus que Robespierre, mais il n'a nullement démenti par la suite ce paganisme radical. A relire *Vers les temps meilleurs*, on le trouve d'abord beaucoup plus sage qu'on ne lui en a fait la réputation, notamment sur l'obligation de la défense nationale, et d'autre part exempt de toute crédulité messianique et révolutionnaire. M. Paul Bourget approche davantage de la vérité lorsqu'il parle de « fuite dans l'utopie ». Mais il ne s'agissait pas pour Anatole France de remplacer une croyance religieuse par une autre. Il resta toujours rationaliste et sceptique, pur de tout mysticisme. Le futurisme socialiste lui rendit le même service que son

adoration de la Grèce antique, et qu'à Tacite la Germa-
nie, ou Salente à Fénelon, c'est-à-dire qu'il y trouvait
un point de vue d'où exhaler par contraste son dégoût
du temps présent.

Observez que la plupart des esprits supérieurs ont
méprisé leur époque, ou même plus généralement le
train du monde. Il leur faut donc se tourner vers le
passé ou l'avenir, à moins que ce ne soit vers un autre
pays embelli par leur imagination. Cette Athènes dont
nous avons la nostalgie, un Socrate et un Platon la cen-
suraient, jusqu'à laconiser plus de deux mille ans avant
Barrès. De nos jours, qui a fulminé plus furieusement
contre le préjugé du moderne que l'aristocrate intellectuel Nietzsche? Son aristocratisme partait du même sentiment que le socialisme d'Anatole France, ou que la
satire souveraine de *Candide* contre la sottise de l'homme
et de l'univers. Le génie voltairien, le plus clairvoyant
et le moins chimérique qui fut jamais, ne se réfugiait
que dans un jardin. Au fond, tous les grands rêveurs
ou ironistes ne nous invitent également qu'à le cultiver,
et leur révolte suscite le progrès dont un optimisme
béat étoufferait tout espoir et même toute notion.
M. Paul Bourget ne voit dans *Candide* que nihilisme
destructeur! C'est le comprendre aussi mal que Mme de
Staël et Michelet, qui y apercevaient la haine et la
dérision du genre humain. Voltaire tâche à servir la
pauvre humanité, en la guérissant de sa niaiserie et en
assainissant les mares stagnantes de l'histoire, comme
l'entreprendra Faust au dénouement symbolique du
chef-d'œuvre de Gœthe. Benjamin Constant, qui d'ailleurs préférait celui de Voltaire, avait bien discerné
cette unité de vues et ce symbolisme, qui échappe à
M. Paul Bourget. Ne réprouve-t-il pas cette « existence

d'insecte » ? Nous savons par Maeterlinck que les plus
industrieux des insectes, les termites et les abeilles, ne
sortent pas de limites étroites et toujours matérielles.
Mais l'homme cultive le jardin de l'esprit. Voltaire et
Gœthe enseignent la connaissance, l'art, la civilisation.
Ces grands arbres splendidement fleuris s'élèvent un peu
au-dessus de l'horizon des termitières.

Mais la libre discussion reste toujours indispensable
à cette culture, et un mécontentement, même excessif,
est plus fécondant que l'inertie des satisfaits. M. Paul
Bourget a donc tort de blâmer l'inquiétude romantique,
si conforme à l'exemple des grands penseurs et des
grands ouvriers du progrès. Byron continuait le classique Voltaire et n'en disconvenait pas. Et ce Platon déjà
nommé, avec sa République au moins aussi utopique
que celle d'Anatole France (si classique lui aussi),
M. Paul Bourget l'implique-t-il dans le procès du romantisme ? Logiquement, il le devrait : cela ne lui démontre-
t-il pas la nécessité d'abandonner l'accusation ? La
science ordonne la soumission au réel, articule encore
M. Paul Bourget, qui dresse la science contre les romantiques et contre la Révolution française, quitte à la
lâcher lorsqu'elle le gêne dans sa prédication. Que
d'équivoques ! Il est bon de se soumettre au réel, mais
on a toujours le droit de le juger, et il faut d'abord le
découvrir. La science, qui détruit tant d'erreurs, nous
fait donc avancer, et non piétiner sur place. Ensuite,
tout le réel n'est pas donné une fois pour toutes et définitivement immuable. On peut le modifier et l'amélio-
rer, même dans le domaine de la matière, où la chimie,
l'électricité, la mécanique ont apporté tant d'innovations, et surtout dans le domaine humain, en décrassant
la barbarie primitive et en instaurant progressivement

le règne de la raison. Tardivement apparue (inventée par la Grèce) et toujours menacée, la raison n'en est pas moins un fait. Pourquoi M. Paul Bourget, soi-disant soumis aux faits, s'acharne-t-il à contester celui-là?

Lui qui prétendait écraser les romantiques au nom de la science, que les meilleurs d'entre eux (y compris Hugo) ont révérée et que plusieurs ont accrue (notamment, comme Frédéric-Auguste Wolf, dans les matières d'érudition et de philologie, en renouvelant la critique et le sens de l'histoire), il proteste ensuite contre ce qu'il nomme le scientisme, c'est-à-dire contre un synonyme qu'il veut péjoratif, et il déclare que la science n'existe pas, mais qu'il y a seulement des sciences — comme si cette distinction, qu'on peut faire à propos de n'importe quoi, avait ici un sens particulier et une portée décisive. Dira-t-on aussi que l'homme n'existe pas, et qu'il n'y a que des hommes? Joseph de Maistre l'a dit, mais tout l'esprit classique s'insurge contre lui. L'abstraction est légitime et peut-être seule fertile. A se perdre dans le détail contingent, on s'interdit de comprendre et d'agir. Il y a des traits communs à tous les hommes et qui constituent l'homme en général. De même pour les sciences. Chacune a son objet et sa méthode propres, mais elles ont toutes le même principe, qui consiste à n'accepter que les conclusions de la logique et de l'expérience, c'est-à-dire des deux formes de la raison. Il y a donc bien un esprit scientifique, et la science n'est pas un vain mot. C'est le *sacrifizio dell' intelletto* que vous nous demandez avec votre dénonciation du prétendu scientisme. On ne saurait être plus anticartésien que M. Paul Bourget.

Il n'est même pas thomiste, mais purement pragmatiste, et avec la fantaisie la plus arbitraire. Car enfin,

il s'agit assurément du vrai avant tout, du vrai seul,
mais cet unique souci de vérité, flétri par M. Paul Bourget, s'est révélé plus utile que son fameux traditionalisme, de sorte que son propre critérium se retourne
contre lui. Où fixer cette tradition qu'il faudrait suivre
aveuglément, sous prétexte qu'elle a fait pragmatique-
ment ses preuves? Pourquoi pas à l'âge des cavernes?
On y vivait, en somme, et les misonéistes d'alors ont dû
craindre toute lumière nouvelle comme un mortel péril
pour les biens acquis et pour les destinées de l'espèce.
Vous prétendez que le pragmatisme condamne le « stupide dix-neuvième siècle »? Même si c'était exact, cela
n'en diminuerait pas la grandeur, mais la rendrait
héroïque. D'ailleurs, c'est faux. Les résultats pratiques
sont des plus précieux et auraient désarmé les pessimistes, même ceux du romantisme, s'ils ne faisaient
profession de les dédaigner et de porter plus haut leur
idéal. Jamais avant notre époque les masses n'avaient
connu un pareil bien-être ni de si longues périodes de
paix, laquelle n'a été troublée que par des gouvernements
du type qui précisément vous est cher, notamment en
1914 par une monarchie héréditaire, antiparlementaire
et décentralisée. Vous êtes obligé de convenir qu'on
n'avait guère vu pareille floraison de génies et de talents,
et vous ajoutez seulement qu'il y en a de pernicieux.
Mais l'éclat des lettres, des arts et des sciences suppose
un milieu favorable, ainsi que vous le noterez à propos
d'un génie qui vous plaît (celui de Pasteur), et l'on y a
toujours reconnu le signe d'un temps notablement civi-
lisé. Ce dix-neuvième siècle n'a été funeste qu'à vos
théories favorites. Votre anathème n'est dicté que par vos
représailles de doctrinaires déçus.

Justement à propos de Pasteur, voyez jusqu'où va le

bon plaisir de M. Paul Bourget. « Quant à lui (Pasteur),
fidèle à cette méthode expérimentale qui s'interdit les
hypothèses invérifiables, il affirmait sa foi dans l'au-
delà. » Respectons cette foi, mais comme elle est au
moins aussi invérifiable et aussi peu expérimentale que
l'hypothèse contraire, admirons l'aisance de M. Paul
Bourget à jongler avec les mots. Du reste, soyez sûrs
qu'il ne se laisse entraîner que par la plus sérieuse
conviction. De même lorsqu'il proclame avec M. Louis
Bertrand que nous devons romaniser, c'est-à-dire chris-
tianiser l'Afrique (comme si le rôle de Rome n'y datait
que de saint Augustin) ; ou que les romans de M. Henry
Bordeaux ont une signification (ce qui est exact), mais
que ceux de Flaubert n'en ont pas (entendez qu'ils en
ont une que M. Paul Bourget ne saurait approuver) ; ou
lorsqu'il s'étonne que Paul de Saint-Victor, dont il fait
grand cas à bon droit, fût à la fois humaniste et romantique (comme si ces deux qualités ne s'alliaient pas en
vertu d'une affinité foncière depuis les *Prolegomena ad
Homerum*), etc.

Il défend Sainte-Beuve, assurément très défendable
sur bien des points. Il croit qu'on lui en veut à cause
d'Adèle. Mais non ! Qu'importe ? Certains accidents,
fréquents chez les grands hommes (Marc-Aurèle,
Molière, Napoléon et autres), n'en ont diminué aucun.
Mais envieux, Sainte-Beuve l'était bel et bien. M. Paul
Bourget rappelle, comme je l'ai fait ici même, son apologie de Victor Hugo, rapportée par les Goncourt. Oui,
mais c'était au dîner Magny. Elle eût gagné à paraître
imprimée sous sa signature. Même avant ses *Poisons*,
toute son œuvre le montrait dénigrant ou même diffa-
mant ses meilleurs contemporains, à commencer par
Balzac et Stendhal, que M. Paul Bourget admire tant.

Si grand que soit Balzac, il l'admire même un peu trop, comme le premier génie du siècle, et en chicanant pour le faire valoir l'écriture si supérieure de Flaubert.

Je terminerai par une autre preuve d'équité méritoire que fournit aujourd'hui M. Paul Bourget. Le bénéficiaire est, cette fois, Renan. Sans doute, M. Paul Bourget lui objecte qu'il faut traiter les questions religieuses au point de vue religieux (donc apparemment aussi les questions musulmanes au point de vue musulman); et c'est une singulière pétition de principe. Il en commet une autre — ou pour mieux dire, la même — lorsque à la philosophie cosmique de Renan il répond par la prétendue obligation d'attribuer ce qu'il appelle un sens humain à la vie humaine; car cet anthropocentrisme suppose précisément ce qui est en litige. Cependant, M. Paul Bourget porte aux nues Renan non seulement pour son style, mais pour son caractère et pour sa science, ridiculement niée par quelques polémistes. Il va même jusqu'à le comparer à Pascal, sans se dissimuler l'opposition irréductible entre ces deux grands écrivains. C'est sous la plume du pascalien Bourget le suprême éloge. Et l'on ne peut mieux faire le sien qu'en lui en donnant acte.

DE MAETERLINCK A CLAUDE BERNARD

La Vie de l'espace (1) : qu'est-ce à dire? L'espace
serait-il un être vivant?-A peine a-t-on la certitude qu'il
existe objectivement. L'espace et le temps pourraient
bien ne constituer, selon l'expression de Kant, que des
formes de notre sensibilité. Et cet idéalisme remonte à
la plus haute antiquité, aux origines de la pensée philosophique, attendu que la philosophie ne résout peut-
être rien, mais consiste essentiellement à mettre tout en
question. C'est déjà un progrès capital. Je parle sérieusement, sans la moindre raillerie. Comment résoudre
une question sans d'abord la poser? Et fût-elle insoluble,
il y aurait un immense intérêt à savoir qu'elle se pose.
Certain auteur dramatique fait honneur à M. Bergson
d'avoir le premier révoqué en doute la réalité objective
du temps. C'est précisément le contraire. Bien d'autres
l'avaient fait avant lui, tandis que l'affirmation de cette
réalité du temps est l'une des originalités et l'on peut

---

(1) Un volume, par Maurice Maeterlinck.

dire la base du système de M. Bergson. Les purs littéra-
teurs qui s'avancent sur le terrain philosophique risquent des faux pas. A plus forte raison ceux qui s'aven-
turent dans le domaine mathématique. Je me sens bien
intimidé, ayant à rendre compte de cet ouvrage où
M. Maurice Maeterlinck côtoie si intrépidement des fon-
drières. Je n'ai pas non plus de compétence spéciale.
J'en ai sans doute moins encore. Je ne pourrai que me
référer à quelques spécialistes.

Son titre m'a l'air d'une simple métaphore. Il veut dire
sans doute que notre conception de l'espace se modifie
et se développe, comme un organisme. D'ailleurs, il
est probable qu'elle ne mourra pas, et que cette notion
durera autant que le genre humain. Les développements
dont parle M. Maeterlinck sont de date assez récente.
D'Alembert est, si je ne me trompe, le premier qui ait
dit que le temps pourrait être considéré comme une
quatrième dimension de l'espace. Encore ne le disaît-il
qu'en passant, par une boutade : les géomètres de son
époque étaient hommes du monde et hommes d'esprit.
C'est seulement au dix-neuvième siècle que divers
mathématiciens, Lobatchevski, Riemann, Beltrami et
autres, ont inventé des géométries non euclidiennes,
non seulement à trois, mais à deux dimensions, planes
ou sphériques, et même à quatre ou à n dimensions. On
n'en est plus à quelques dimensions près. Notre pauvre
espace traditionnel, qui en a trois, mais pas davantage,
et qui s'y cramponne, semble terriblement vieillot et
démodé. Henri Poincaré, par qui les profanes ont pu
avoir quelques lueurs de ces belles inventions, qu'il a
savamment examinées dans ses précieux volumes de la
collection rouge, va jusqu'à écrire : « Quelqu'un qui y
consacrerait son existence pourrait peut-être arriver à se

représenter la quatrième dimension. » D'autres occupations vous en empêcheront sans doute, et moi aussi. Mais vous savez qu'Einstein a imaginé l'espace-temps et a paru réaliser scientifiquement ce qui n'était peut-être qu'une piquante fantaisie chez d'Alembert.

En quoi cette fameuse quatrième dimension passionne-t-elle M. Maurice Maeterlinck? Ce n'est point par cette simple curiosité de tout qui honore les meilleurs esprits et prouve que l'activité rationnelle est bien un des besoins fondamentaux de notre nature. Tout le monde ne peut être un savant, mais tout homme intelligent doit s'intéresser à la science, et tâcher d'avoir au moins quelques clartés de tout. Molière le permettait même aux femmes. Mais je crains que Maeterlinck, assurément curieux, ne le soit pas avec un parfait désintéressement intellectuel. Il laisse entrevoir des arrière-pensées et des soucis dominants, voire obsédants, étrangers au pur désir de s'instruire et de satisfaire sa raison. Maeterlinck ne cherche pas à savoir pour le plaisir de savoir, mais pour percer l'avenir, jeter un coup d'œil sur l'au-delà, pénétrer les mystères d'outre-tombe. Il me fait quelquefois penser, je l'avoue avec tout le respect qui s'impose envers un tel écrivain, à la clientèle des tireuses de cartes, des parties de tables tournantes et de spiritisme. Ce qu'il a vu surtout dans la quatrième dimension, c'est un moyen plus neuf et plus reluisant de s'embarquer dans des songeries analogues à celles que les médiums et le marc de café suggèrent aux adeptes. Je ne lui fais aucunement un procès de tendance. Il compare lui-même, en propres termes, la métagéométrie à la métapsychique. Henri Poincaré n'en serait peut-être pas autrement surpris, ayant dû défendre Galilée et le mouvement de la terre contre des apologistes d'après qui ses théories auraient justifié l'Inquisition et la croyance en l'immobilité de notre planète. Mais l'assimilation des hypergéomètres aux montreurs d'ectoplasme ne l'aurait probablement pas enchanté non plus.

M. Maeterlinck cite plus opportunément *le Voyage au pays de la quatrième dimension*, de M. G. Pawlowski, ouvrage paru en 1913 (1), plein d'humour et d'ingéniosité, mais qui n'est qu'un roman, et le mot même de quatrième dimension y est détourné de son sens. Pour M. Pawlowski, hostile aux organisations sociologico-industrielles qui transformeraient l'homme en machine, la quatrième dimension, grâce à laquelle on pourra s'évader de ce bagne prétendu scientifique, c'est la pensée, la vie, l'initiative, la liberté qui distingue l'individu. On ne demande pas mieux, mais ce brillant et amusant conte philosophique, qui rappelle Poe, Mallarmé (2), Villiers de l'Isle-Adam, n'a que des rapports métaphoriques avec les géométries des correcteurs d'Euclide. Il en va presque de même du nouveau livre de M. Maeterlinck. Ce n'est pas un roman, puisqu'il n'y a que des exposés directs de ses idées, sans affabulation, mais l'esprit en est foncièrement romanesque, fantastique et mythique.

Les auteurs qu'il invoque de préférence, l'Anglais Hinton, le Russe Ouspensky, et que je ne connais que par ce qu'il en cite, me font l'effet d'espèces de Jules Verne plus subtils, mais plus chimériques et dont les imaginations ont moins de chances de passer dans les faits. C'est ce que Maeterlinck appelle « la féerie des mathématiques » et, ajoute-t-il, « ce qu'on pourrait

---

(1) Voir la deuxième série des *Livres du Temps*.
(2) *Le Phénomène futur (Divagations)*.

appeler tout aussi bien la géométrie mystique, ou la mystique de la géométrie ». Cela ne met guère en confiance.

Supposez, par exemple, des êtres absolument plats, sans aucune épaisseur, appartenant à la géométrie à deux dimensions. En voici un, cerné sur une surface carrée par une ligne d'un millimètre de relief. Il ne peut franchir cet obstacle, et n'en a même pas la pensée. Il est prisonnier sur son plan ainsi limité, comme un homme dans un cube, chambre ou cellule hermétiquement verrouillée. Mais nous pouvons soulever l'être plat et le déposer de l'autre côté de cette enceinte fortifiée. Il se trouvera libre, tout à coup, sans avoir sauté le mur. Il n'y comprendra rien. Serions-nous moins étonnés si une puissance supérieure nous tirait soudain d'un cachot cubique et barricadé? Il n'y faudrait nulle effraction, nul percement du plafond ou du plancher, nulle escalade de la cheminée, pour peu qu'un être à quatre dimensions nous vînt en aide et nous libérât au moyen de la quatrième. Ce n'est ni par les portes, ni par les fenêtres, ni par aucune ouverture tombant sous nos sens, que les personnages surnaturels des légendes et les spectres, apparitions et larves métapsychiques s'introduisent subrepticement dans les lieux clos et se montrent à l'improviste, par miracle, à des disciples émerveillés. Ces hôtes mystérieux vont et viennent tout simplement par la quatrième dimension. Les êtres à quatre dimensions abondent dans la Bible, d'après un élève de Hinton, Taylor Schofield, à qui je laisse la responsabilité de cette exégèse. Maeterlinck la juge admissible.

Ne sortons pas de la platitude. Transportons un de ces êtres intégralement plats, plus plats que le discours d'un académicien, eût dit Musset, sur une hauteur, donc dans une troisième dimension toute nouvelle pour lui. Il apercevra pour la première fois l'intérieur des surfaces planes que des lignes suffisaient à lui rendre invisibles. De même, qu'un Satan ou un Méphisto nous enlève sur un tapis magique jusqu'au sommet de la quatrième dimension, nous aurons la satisfaction inédite de plonger dans les maisons sans les décoiffer de leurs toits et d'apercevoir tout ce qui s'y passe, plus commodément que le diable boiteux de Le Sage. La police serait bien forte, si elle disposait de cette quatrième dimension, mais que deviendrait le secret de la vie privée? Ce serait pis que d'avoir un jésuite dans son mur ou l'œil de Moscou dans sa table de nuit.

De même que les lignes sont des sections de surfaces, et les surfaces des sections de solides, pourquoi ces derniers ne seraient-ils pas des sections d'autres corps à quatre dimensions qui, eux-mêmes, etc.? Les dimensions peuvent croître en nombre, s'étager et se sectionner indéfiniment.

Tout cela est très joli, voire assez drôle. Mais il n'en résulte pas que notre monde soit hanté par d'invisibles monstres multidimensionnels, natifs de l'hyperespace et qui en viendraient pour « nous pénétrer comme la lumière pénètre le cristal et nous apporter le bonheur ou le malheur, la santé ou la mort », sans que nous nous en doutions ni peut-être qu'ils s'en doutent eux-mêmes ou qu'ils y attachent la moindre importance. Ces hypervolumes, à qui leur excédent de dimensions servirait de tarnhelm, succédanés transcendant aux du père Ubu, peuvent être renvoyés au pays du Moine bourru et du Croquemitaine. Tel est l'étrange besoin qu'éprouve l'humanité de se forger des terreurs et du merveilleux que la science, après en avoir tant dissipé, alimente de nouveaux contes de nourrice. On peut cependant reconnaître qu'elle n'a pas voulu cela. Elle ne fait appel à aucune « puissance spirituelle extrahumaine », quoi qu'en dise Maeterlinck, et elle n'est aucunement « mystique », c'est-à-dire qu'elle ne prétend à aucune communication directe avec le divin.

Ces géométries à quatre ou à n dimensions reposent sur des raisonnements, parfaitement déduits selon les règles. Ce ne sont pas des visions d'en haut, mais des spéculations logiques. Dans cet ordre, elles ont une incontestable valeur. Mais ce n'est pas à dire qu'elles correspondent à nos réalités matérielles. Vous savez ce qu'on appelle les quantités imaginaires. On introduit dans des formules algébriques des racines carrées de quantités négatives, lesquelles n'ont pas de racines carrées (puisque moins par moins donne plus). Ces quantités irréelles jouent pourtant un rôle utile. Il en va de même des géométries non euclidiennes. Très intéressantes, elles ne sont pourtant pour nous que des concepts mathématiques, et l'espace où nous vivons n'en demeure pas moins tridimensionnel et euclidien. Les histoires que recueille Maeterlinck n'ont aucun fondement pratique et restent des rêveries en l'air.

Il est vrai qu'Einstein a fait usage de la quatrième dimension, dans sa théorie des courbures ou rides de l'espace. Mais cela ne s'exprime exactement qu'en équations, et ne peut sans danger de fausse interprétation se concréter en langage courant. Il est vrai que, dans certaines équations encore, le temps fait figure de quatrième dimension. Mais ce n'est aussi qu'un symbole mathématique, et pratiquement la réduction du temps à l'espace est impossible, à cause de l'irréversibilité qui caractérise le temps, conformément au principe de Carnot et au témoignage d'Einstein lui-même qui a dit : « On ne peut pas télégraphier dans le passé ». Mais ce n'est peut-être qu'une irréductibilité apparente entre deux apparences, et certaines conséquences logiques des théories d'Einstein (une mère revenant plus jeune que sa fille 'd'un voyage interastral) impliquent que le temps n'a pas de réalité objective, c'est-à-dire nient le système de Bergson, qui a senti le coup, mais, d'après M. André Metz, n'a pas su le parer.

Il serait bon de se remémorer cette sage parole de Montaigne, dans l'*Apologie de Raymond Sebond :* « Je veois les philosophes pyrrhoniens qui ne peuvent exprimer leur generale conception en aulcune manière de parler; car il faudrait un nouveau langage... » Cela s'applique à tous les philosophes. Quant aux mathématiciens, plus heureux, ils ont un langage précis, mais généralement intraduisible en langue vulgaire.

J'emprunte ces citations de Montaigne et d'Einstein au magistral ouvrage de M. Émile Meyerson, la *Déduction relativiste,* que l'on consultera avec fruit sur le temps irréversible et sur les rapports du mathématique et du réel. Je saisis l'occasion de vous recommander le lucide et justement élogieux volume de M. André Metz, intitulé : *Une philosophie des sciences; le Causalisme de M. Émile Meyerson.*

Avant de quitter M. Maeterlinck, je me permettrai de relever encore quelques bizarreries, entre autres. Pourquoi prétend-il que dans le mythe de la caverne les humains ne connaissent qu'un monde à deux dimensions? Il n'y est pas question de cela. Qu'est-ce que c'est que ces « états de la matière qui nous sont révélés par la métapsychique »? Celle-ci n'a rien révélé du tout.

Qu'est-ce que cette « ombre qui précède notre présence réelle, hante cette dimension (la quatrième), bien que nous nous en doutions à peine et que nous·ignorions jusqu'à quel point elle intervient, sous d'autres noms, notamment sous le nom d'idéal, dans nos pensées... » ? J'ai d'abord cru qu'il s'agissait de notre ombre projetée sur la muraille ou sur le sol. Il s'agit de je ne sais quel *double*, qui n'existe que pour certains illuminés, et qui est bien inutile pour expliquer des phénomènes aussi simples que nos représentations. Ce n'est pas mon *double*, c'est moi-même qui me promène par la pensée à Rome, à Venise et en tout lieu dont j'ai gardé le souvenir présent. La mémoire visuelle et topographique n'est qu'une faculté normale. L'imagination constructive également. Maeterlinck croit aux esprits désincarnés, errant à leur gré dans les systèmes planétaires et dans l'infini ! Tâchons de garder notre sérieux. Mais pourquoi déclare-t-il que ces « esprits » des diverses planètes « communiqueront par des ondes psychiques » ? Si ce sont des esprits, ils n'ont pas d'ondes, vu que les ondes appartiennent à la matière. Mais il n'y a pas plus matérialiste qu'un mystique, ainsi que je le notais à propos du fameux fluide de l'abbé Bremond. Je termine par le souhait que Maeterlinck renonce à ces fantasmagories, et nous donne une autre *Princesse Maleine* ou un nouveau *Pelléas*.

Je ne voudrais pas laisser passer le cinquantenaire de Claude Bernard sans dire un mot du grand physiologiste, qui fut aussi un esprit vraiment philosophique et un excellent écrivain. On vient de réimprimer oppor-

tunément son *Introduction à la médecine expérimentale*, ouvrage d'abord très audacieux (en 1868) et qui
garde une énorme importance dans l'histoire des idées.
Claude Bernard a exorcisé l'entité de la force vitale et
définitivement établi que la vie était soumise au déterminisme, comme les phénomènes physico-chimiques.
L'éminent professeur Jean-Louis Faure, dans une
remarquable étude, regrette que Claude Bernard ne
soit pas allé plus loin. Celui-ci s'en est tenu au positivisme, parce que c'est sinon une philosophie satisfaisante, du moins une méthode salutaire pour la science.
En somme, Claude Bernard est cartésien (Einstein aussi).
L'accusation de matérialisme n'a pas plus de sens contre
lui que contre Descartes. L'affaire n'est mauvaise que
pour les scolastiques, les mystiques et l'école de la Vie.
Elle est donc bonne pour la vérité et le progrès de l'intelligence. Relisez, sur Claude Bernard, l'admirable discours de Renan, qui lui succéda à l'Académie française.

LES MANUELS

Billy, Mornet, Bouvier.

Dans une courte préface à son excellent manuel de
Littérature française contemporaine, M. André Billy
expose qu'il a dû choisir entre la méthode subjective,
qui érige les préférences personnelles en règle de jugement, et la méthode objective, qui prend en considération tous les événements littéraires, quoique d'inégale
importance. C'est la seconde qu'il a délibérément adoptée, et certes à bon droit, puisqu'il composait un manuel.
Ce genre de livres, si utile au public, si difficile, ingrat
et méritoire pour l'auteur, doit en effet présenter avant
tout un tableau ou un répertoire exact et complet des
faits. *Matter of fact!* Il y faut donc une liste des écrivains et de leurs principales œuvres, établie et hiérar-
chisée d'après les données d'expérience évidente : succès,
influence, opinion de la foule et des habiles. Le manué-
liste peut à la rigueur insinuer la sienne pour son plaisir, parfois celui des lecteurs, mais à condition de noter

---

(1) André Billy : *La littérature française contemporaine.* Un
volume. Daniel Mornet : *Histoire de la littérature et de la pensée
française contemporaine.* Un volume. Émile Bouvier : *Introduction
à la littérature d'aujourd'hui.* Un volume.

avant tout celle de la majorité ou des minorités diri-
geantes. Bref, on ne lui interdit pas d'avoir quelque
chose de personnel à dire, mais sa mission est avant
tout documentaire et, en quelque sorte, d'enregistre-
ment. A la limite, on concevrait un manuel d'ordre
entièrement statistique, ne contenant que des noms, des
dates, des titres, les chiffres des tirages (dans la mesure
où l'on peut les connaître), des analyses de pure infor-
mation, et des extraits de ce qui a été écrit par les juges
les plus autorisés. Cela n'a jamais été tenté, que je sache.
Combien ce serait instructif et commode! Songez qu'on
n'a pas un manuel ni une encyclopédie indiquant briè-
vement et avec précision les sujets des principaux
poèmes et romans, ni les thèses des principaux essais
contemporains. Le grand dictionnaire Larousse l'a fait
en principe pour ce qui a paru avant lui, mais parfois
avec prolixité, ou en restant un peu vague, ou en dogma-
tisant à l'excès; d'ailleurs, il est bien volumineux, forcément, puisqu'il embrasse toutes les connaissances
humaines; et surtout, il n'est pas à jour.

Un manuel doit être maniable, comme son nom l'indique. Celui de M. André Billy n'a que deux cents
pages, d'un format de poche. Et dans cet espace réduit,
il a trouvé moyen de passer en revue tous les écrivains
de ce dernier quart de siècle, sans oublier personne,
autant qu'il m'a semblé. C'est un véritable tour de force,
qui charmera les bénéficiaires de cette publicité dont
tous n'ont pas l'habitude, et qui après tout se justifie
par de bonnes raisons. L'inconvénient est que ces énu-
mérations plus qu'homériques prennent beaucoup de
place, et en laissent relativement peu pour les vedettes.
D'où l'impossibilité de ces analyses sommaires, mais
substantielles, que je souhaitais tout à l'heure. Mais tant

que ces figurants s'agitent, qui sait si quelqu'un d'entre
eux ne montera pas en grade, soit qu'il se révèle dans
un nouvel ouvrage supérieur aux précédents, ou que
nous l'ayons jusqu'ici méconnu? Il faut permettre à
chacun de courir sa chance. Les *outsiders* sont inscrits
aux programmes de Longchamp et d'Auteuil. Certes, ils
gagnent plus souvent que n'émergent les auteurs
d'abord réputés médiocres. Mais un manuel n'a pas tort
de « se couvrir » et d'être exhaustif.

On ne peut donc qu'approuver le parti auquel s'est
rangé M. André Billy. Son dessein le lui imposait.
Mais le manuélisme, qui rend tant de services quand il
est pratiqué avec cette sûreté de main, ne résume pourtant pas toute la critique. Dans cette préface, où il conclut très sagement pour ce qui le concerne en l'espèce,
M. André Billy présente quelques vues plus générales
et plus discutables. Il en vient presque à nier la critique
elle-même, sous prétexte d'écarter ces « préférences personnelles » qui la guideraient exclusivement, d'après
lui, dès que, ne se bornant plus à dresser des constats,
elle se mêle de juger. Instituer « une hiérarchie des
valeurs fondée sur son propre sentiment de la beauté
littéraire et sur les chances de durée qu'il croira reconnaître dans les œuvres », cette prétention, qui est bien
celle du critique proprement dit, relèverait purement et
simplement, et dans tous les cas, de la méthode « subjective ». M. Billy accorde qu'«il ne lui est pas interdit de
se réclamer d'une doctrine rationnelle », mais ajoute
qu'«il y a précisément dans l'adhésion à une doctrine,
pour légitime qu'elle puisse être, un fait essentiellement
subjectif, personnel et arbitraire ». Billy ne s'exagère
pas le rôle de l'étude et de l'examen dans l'élaboration
des doctrines. Il s'imagine qu'on se décide par caprice

ou pour des motifs accessoires et cachés en s'écriant
comme le P. Canaye, qui étonnait encore le maréchal
d'Hocquincourt : « Point de raison! » Beaucoup de nos
contemporains accréditent cette hypothèse, mais non
pas tous.

C'est Brunetière qui a fait le mal. Il vous souvient de
sa grande polémique contre l'impressionnisme d'Anatole
France et de Jules Lemaître, qui avouaient la méthode
subjective dont parle Billy. Brunetière n'avait pas tort
de proclamer qu'il en existe une autre, mais en fait son
dogmatisme à lui se révélait encore plus arbitraire et
plus injuste. Car son goût ne valait pas celui de ses
deux contradicteurs, et il ne le renforçait que de consi-
dérations prétendûment morales ou sociales, étrangères
à la littérature.

Entre le parti de Brunetière et celui de France-
Lemaître, on en aperçoit un troisième, celui de Taine,
qui juge et classe les œuvres objectivement, mais d'après
leur valeur esthétique et intrinsèque. Taine a fourni les
éléments du critérium vrai, dans sa *Philosophie de l'art*.
Sans doute, tout le monde n'est pas apte à l'appliquer
correctement. Mais le bon critique est celui qui y réussit, et qui, pour les œuvres contemporaines, discerne
avec clairvoyance dans ce fatras celles que retiendra la
postérité.

Or, Billy écrit : « Le critique contemporain a sur la
postérité un avantage : il est placé dans la société des
artistes dont il a mission d'apprécier l'effort; il jugera
donc cet effort de plus près, il en distinguera mieux, non
la réussite pure, mais le mérite. Il sera en quelque sorte
plus équitable que la postérité, parce qu'il sera mieux
instruit des circonstances et qu'il aura respiré le même
air que les écrivains dont il parle. » Chance d'erreur,

au contraire! Pour bien voir un objet et le situer dans un ensemble, il faut du recul. Les relations personnelles avec les auteurs risquent de fausser les jugements en bien ou en mal. Que de complaisances pour les gens puissants! Et certains censeurs ne trouvent de talent qu'à leurs amis; d'autres, comme Sainte-Beuve, les dénigrent par faveur spéciale. Il n'y a pas de grand homme pour son valet de chambre : ni même, tout bonnement pour tel ou tel de ses familiers. « Ce Stendhal, que j'ai bien connu, serait un grand écrivain? se disait le même Sainte-Beuve. Allons donc! »

Le bon critique s'abstrait de la mode et de la vie courante, ne subit aucune influence, et ne fait point acception de personnes. Il examine les œuvres d'art aussi impartialement que les créations de la nature. Et il se place au point de vue de la postérité, qui est le vrai, quoi qu'on en dise, précisément parce qu'il s'agit d'éviter toutes ces séductions et perturbations pour s'élever à l'état d'esprit pleinement intellectuel et purement humain. Certaines dissidences individuelles ou quelques vagues d'injustice collective ne sont que provisoires et sans portée, et n'empêchent pas l'accord final des bons esprits à travers les siècles. Ce sont ceux-là nos véritables contemporains, si l'on prend la littérature au sérieux et que par conséquent on la considère sinon *sub specie æterni*, au moins sous un aspect plus solide qu'une fleur de boutonnière ou un colifichet féminin. Ne pas confondre le Bois sacré avec le Bois de Boulogne, ni les Muses avec les modistes! La théorie de Billy tend à remplacer la critique par la chronique et l'amour des lettres par une badauderie amusée. Cette frivolité convient sans doute à la plus grande partie de la production littéraire, ou soi-disant telle. Mais ne compte réellement que ce qui est en dehors de ce rayon et au-dessus de ce niveau. La littérature digne de ce nom, à la fois art et science, est le plus haut aliment spirituel et l'œuvre la plus divine qu'accomplisse l'humanité.

Humanum paucis... C'est dans ce domaine que s'applique le plus sûrement le célèbre adage. Au fond, seul le chef-d'œuvre importe. Nécessairement, il n'abonde pas, tandis que la médiocrité pullule. Un manuel classique, sur l'antiquité ou même les siècles modernes déjà révolus, ne traite que d'un petit nombre d'auteurs, ceux du premier rang. Un manuel contemporain entasse sur un espace de vingt-cinq ou de cinquante ans plus de noms que l'autre pour des millénaires! Contraste comique! D'ici peu, le manuel contemporain fera l'effet d'un cimetière. Dès maintenant, l'énormité de cette production en démontre la vanité, et on se dit qu'au lieu de la dénombrer dans son infini détail, il serait plus utile d'en dégager ce qui peut-être ne périra pas. Par la question préalable, que pose la plus longue et constante expérience, ces manuels bourrés à éclater semblent décourageants et irrecevables. Cependant on aurait tort de s'arrêter à cette objection. Il suffit de rabattre en l'invoquant l'outrecuidance des bibliographes anticritiques. Mais cette paperasse aussi périssable qu'innombrable forme le terreau où germe de loin en loin la plante élue. La discrimination et le filtrage se feront peu à peu. Il faut d'abord tout voir. Billy a donc pratiquement raison dans son manuel, et tort seulement dans certaines théories de sa préface.

Il divise clairement sa matière en trois parties : la Poésie, le Roman, les Idées. Tout en s'évertuant à ne rien négliger, il a bien su mettre à part et en relief ceux qui le méritent — ce qui prouve que, malgré son pro-

gramme, il sait aussi distinguer et classer, c'est-à-dire
faire de la critique au plein sens du terme, comme il
est indispensable même dans un manuel, qui n'est pas
un simple catalogue. Par exemple, du blanc troupeau
des poètes, il détache très justement Valéry, Claudel et
Paul Fort. Je crois seulement qu'il se trompe en préférant le dernier des trois, qui a du charme, de la fraîcheur, mais ne se hausse guère aux grandes pensées et
se noie dans une gentille, mais excessive faconde. Billy
est bien court sur Henri de Régnier poète, mais le situe
hors de son plan, comme symboliste dont l'esthétique
appartient à une période close. Billy commence, vers
1900, par l'école naturiste, qui n'a pas produit elle-
même grand'chose en poésie (son meilleur écrivain est
un romancier, Eugène Montfort). Mais Billy observe
justement que le naturisme favorisait l'éclosion de la
poésie féminine, à qui des conceptions plus intellectuelles convenaient moins. Et il décerne à Mme de Noailles
la palme de « grande poétesse ».

Bien que Billy se limite aux réactions contre le symbolisme, ce qui lui fait admettre Moréas, exclure presque
complètement Henri de Régnier, mais devrait éliminer
également Valéry et Claudel, il abuse un peu en consacrant quatre pages à Guillaume Apollinaire, deux à Max
Jacob, une entière et bien tassée à Jean Cocteau, tandis
que La Tailhède et Maurice du Plessys n'ont que quelques
lignes. « Vrai et grand poète » semble exagéré pour
Jehan Rictus : la première épithète suffisait.

Passons au roman. « A côté de Rosny, Zola, son
maître de la première heure, est plat et rampant...
Rosny est au premier rang des têtes pensantes de notre
littérature. »En revanche, Anatole France n'est pas un
penseur original. Des idées originales, c'est M. Jules

Romains qui en a. Anatole France n'est pas non plus un « créateur de formes ». Pauvre France ! Je n'aurais pas cru que Billy l'eût lâché. Mais je ne doute pas un instant que la postérité ne l'honore plus que MM. Rosny et Jules Romains, lesquels ont d'ailleurs beaucoup de talent, mais moins pur et moins parfait. Racine a-t-il créé des formes ? La tragédie et l'alexandrin existaient avant lui, comme le style dorique avant le Parthénon. Racine avait-il des idées ? Il était certes moins philosophe que France. Et Barrès ? Billy reconnaît, mais sans insister, que ce fut surtout un artiste. Je m'étonne que Billy trouve Charles-Louis Philippe peu lisible, et qu'il croie que M. Victor Bérard a réfuté Frédéric-Auguste Wolf. Ce n'est pas l'avis de M. Maurice Croiset.

La lutte entre les champions de l'inconscient, de l'intuition, du mystère, et ceux d'une renaissance classique, résume la situation présente, d'après Billy, qui la compare aux querelles des anciens et des modernes ou du classicisme et du romantisme. Analogies un peu superficielles ! Car les modernes comme Fontenelle et Charles Perrault étaient rationalistes ou croyaient l'être, et les romantiques seuls ont pleinement compris l'antiquité. Les partisans des anciens avaient cependant raison en 1680, comme les romantiques en 1830. Tout est complexe dans l'histoire des lettres et des idées. Dans lequel des deux camps rangez-vous Valéry ? Classique, si l'on veut, mais dans un sens très large, sans se plier à l'étroitesse du néoclassicisme actuel, et sans rien rejeter de ce qu'il y a de précieux et de grand dans l'héritage romantique et symboliste ; d'ailleurs souverainement intellectualiste et toutefois plus hautement transcendant que les plus infatués des mystiques, ce prince de l'esprit élude la classification où vous voulez faire tout entrer. Et de tous ceux qui vivent aujourd'hui, peut-être dans deux cents ans subsistera-t-il presque seul... Ces petites chicanes ne me détourneront pas de vous recommander chaudement le manuel d'André Billy, qui me paraît à peu près le modèle du genre. (Il manque un index.)

Celui de M. Daniel Mornet (1) possède aussi de bonnes qualités. Il s'efforce également d'être impartial et objectif. Embrassant une période plus vaste, il a plus de peine à y mettre de l'ordre. Depuis 1870 jusqu'à nos jours, M. Daniel Mornet aperçoit d'une part une évolution du scientisme à l'intuitionnisme et à la « recherche des mondes cachés », d'autre part la permanence de certaines formes traditionnelles d'art et de pensée. Cela peut se soutenir. Mais que de difficultés dans l'application ! Plusieurs fois, M. Daniel Mornet avertit que tel auteur, dont il a parlé dans certaine partie, pourrait aussi bien figurer dans une autre. Il arrive que le lecteur fasse spontanément la même réflexion. Sous prétexte d'«interprétation artistique de la vie », voici le pur Parnassien Heredia dans le même chapitre que les purs classiques Moréas et Anatole France, la pure instinctive Colette, et l'hétéroclite Rosny ! Souvent, l'étude sur un même auteur est servie en plusieurs portions, à de longues distances. Des frères ou de proches parents sont cruellement séparés. Pourquoi Doumic l'est-il de Brunetière par une centaine de pages ? etc. Des bizarreries de vocabulaire. Humanisme signifie culture gréco-latine, si l'on veut s'entendre. M. Daniel Mornet l'emploie dans le sens de Fernand Gregh (sentiment humain) dont

---

(1) *Histoire de la littérature et de la pensée contemporaines*, (1870-1921). Un volume, Larousse.

M. André Billy s'est moqué. Des injustices : contre Anatole France, elle va jusqu'à l'odieux et au scandale. Taine est fort maltraité. Renan ne l'est pas fort bien. M. Daniel Mornet met en gros caractères les auteurs importants, et les moindres en petit texte. Soit! Mais l'on s'étonne de voir Samain, Pierre Mac-Orlan et Auguste Bailly si grands, Claudel, Péguy, Mme de Noailles, Élémir Bourges, Gobineau et quelques autres si petits. Déjà grandi, Mac-Orlan est étudié deux fois. Mais d'Élémir Bourges M. Daniel Mornet cite à peu près tous les ouvrages excepté le principal *(les Oiseaux s'envolent)*. Il ne trouve pas Stendhal artiste. Il oublie complètement La Tailhède. Il cite les *Montaigne* de Strowski et de Villey, non celui d'Armaingaud, qui est le meilleur. Mais le docteur Armaingaud n'est pas universitaire... Il ne donne que quatre lignes à l'abbé Bremond, et douze à M. Victor Giraud! etc. Ce n'en est pas moins un travail consciencieux et instructif.

*
* *

Il faut bien avouer que les incursions des professeurs dans la littérature contemporaine sont rarement heureuses, et que M. Fernand Vandérem leur a rendu un mauvais service en les attirant sur ce terrain mouvant. On l'a bien vu par les récents manuels de MM. Daniel Mornet, Bernard Fay, Marcel Braunschwig. Les meilleurs tableaux d'ensemble du plus récent mouvement littéraire en France sont ceux de M. René Lalou, à la vérité professeur, mais d'anglais, et de M. André Billy, simple journaliste... Les chefs-d'œuvre du passé, les classiques consacrés par le temps, constituent la seule matière d'enseignement substantielle et solide, qui forme sainement l'esprit des élèves et n'expose pas les professeurs à se fourvoyer. La pédagogie est une magistrature assise : la critique des nouveautés relève de l'exploration active, de la prospection militante. C'est peut-être plus amusant (et encore n'en suis-je pas sûr toutes les semaines), mais c'est plus dangereux. A chacun son métier, et les lettres seront bien gardées.

M. Émile Bouvier se déclare ancien élève de M. Daniel Mornet, à la Sorbonne. En de tels sujets, ce n'est pas une garantie. Et l'on souhaite que l'*Initiation à la littérature d'aujourd'hui* (1) ne se répande pas dans les lycées et pensionnats. Heureusement, M. Émile Bouvier appartient à l'enseignement supérieur comme maître de conférences à la Faculté des lettres de Montpellier. S'il a exposé devant ses étudiants les idées qu'il résume dans le présent ouvrage, il a eu tort, mais ces auditeurs un peu plus mûris déjà auront pu, comme on dit, en prendre et en laisser, avec quelques sourires pour la juvénilité du novice s'ébrouant *ex cathedra*. M. Émile Bouvier se rend certainement plus utile, dans cette même chaire, par de savantes explications de Boileau ou de Bossuet.

L'ancienne critique universitaire, également encline à parler des contemporains, avait coutume de n'y rien entendre et de méconnaître les génies ou grands talents les plus authentiques. De Nisard à Brunetière, la tradition persiste sans défaillance, et, d'ailleurs, n'avait pas de graves inconvénients. Le public tenait compte de leurs préventions, et leurs dénis de justice n'excluaient pas certaines observations en partie fondées et salutaires. Les auteurs s'irritaient, mais en somme n'y perdaient pas grand'chose, puisque ces rudes censeurs n'ont finalement étouffé aucune œuvre capitale ni aucune gloire viable. Enfin, si ceux-là se trompaient souvent dans

---

(1) Un volume, à la Renaissance du Livre.

l'application, ils possédaient un trésor de principes assez
justes en soi et un bagage de savoir honorablement
acquis, de sorte que leurs livres.ou articles restaient
presque toujours instructifs et intéressants, même pour
qui ne souscrivait pas toutes leurs décisions. Plus tard,
Faguet et surtout Jules Lemaître se révélèrent plus libéraux, plus désireux de traiter équitablement les nouveaux écrivains. Ils y réussirent souvent, sinon toujours,
mais en tout cas leur propre mérite les faisait lire avec
plaisir et profit.

Voici maintenant une jeune génération d'agrégés et
de docteurs, qui se piquent d'être nouveau jeu, dernier
cri, et d'avant-garde. Ils se donnent méthodiquement
l'apparence d'avoir plus fréquenté les cénacles que les
salles de cours, les brasseries littéraires que les biblio-
thèques, et Montmartre ou Montparnasse que les bancs
de l'Université. Ils se flattent de tout comprendre, de
ne trouver aucun obscurisme trop hermétique pour leur
pénétration subtile, aucune audace novatrice trop har-
die pour leur goût aiguisé. Ah! ce ne sont plus des philistins, ni des tardigrades. Ils sont véritablement affran-
chis et dessalés. Ils en remontreraient aux professionnels
de la Rotonde ou du Lapin agile. C'est de l'antique
Sorbonne aujourd'hui que nous viennent la lumière
neuve, la révélation de toutes les transcendances, et les
plus intrépides esthètes régénérant ou au moins boule-
versant le monde.

Malheureusement il est plus facile de détruire que
de reconstruire, et ces bolchevistes ou bousingots en
toge, officiellement chargés de transmettre le flambeau,
nous menacent d'une panne d'éclairage dans un chan-
tier de démolitions. Comment s'étonner de la crise du
français? Les classes de rhétorique traditionnelle avaient

plus de valeur éducative. Sans doute l'humeur naturellement frondeuse des adolescents les fait souvent aller
au contrepied de ce qu'on leur enseigne. C'est précisément pourquoi la vieille rhétorique un peu pédante
n'entravait aucune liberté, ni aucun progrès. Les leçons
tintamarresques des nouveaux maîtres pourront ramener
leurs victimes au respect de la raison et du bon sens:
Mais le plus salubre esprit de contradiction et les intentions les plus sages ne suppléent pas au fond de culture
première qu'on n'acquiert efficacement que dans le
jeune âge. Et quelle aventure que de réduire des générations d'écoliers au rôle d'autodidactes !

Est-ce que je prends trop au tragique l'ouvrage de
M. Émile Bouvier? Je pense qu'il n'a pas de si noirs
desseins, et qu'à lui seul il n'exercera pas tant de
ravages. Mais il personnifie une tendance périlleuse et
qui risque de se généraliser. Il faut sonner l'alarme dès
qu'on entrevoit l'écueil.

Ce volume se divise en trois parties. D'abord, le
« triomphe du symbolisme », avec ces deux dates :
1857-1900. Soit ! et M. Émile Bouvier le fait donc remonter aux *Fleurs du mal*, ce qui peut s'admettre, mais
alors pourquoi, dès la page 17, donne-t-il Baudelaire
pour le « meilleur représentant de l'École Réaliste »,
avec deux majuscules? Il y a du réalisme dans Baudelaire, mais il s'en fait un moyen, non un but, et c'est
bien l'école symboliste qu'il suscita, comme l'indiquait
plus justement la chronologie de M. Émile Bouvier. La
précision et la propriété des termes caractérisaient
habituellement les universitaires d'autrefois : ceux d'à
présent vont-ils perdre dans de mauvaises fréquenta-
tions ces qualités indispensables?

Autre exemple. M. Émile Bouvier signale déjà des

symptômes d'obscurisme chez les romantiques, ce qui
pourra surprendre aujourd'hui, mais c'est historiquement exact, en ce sens que les pseudo-classiques d'il y
a cent ans articulaient ce grief (ce qui permet d'espérer
que dans cent ans Valéry paraîtra clair à tous). Toutefois on se demande ce qu'en pense M. Émile Bouvier,
puisqu'il écrit d'une part (page 22) qu'«il était réservé
aux romantiques de mettre délibérément la clef dans
leur poche » (la clef qui ouvre le sens des poèmes);
mais d'autre part (page 24) que « les poètes romantiques... donnèrent généralement la clef de leurs sym-
boles », et (page 32) que pour déchiffrer Mallarmé « un
certain labeur d'exégèse est nécessaire, dont nous dis-
pensait généralement la poésie d'avant 1850 ». Il faut
pourtant qu'une porte soit ouverte ou fermée, et qu'une
clef soit ou ne soit pas dans la serrure. Les huis et les
trousseaux de M. Émile Bouvier se dérobent bizarrement
à ce dilemme. On se croirait dans une féerie du Châtelet.

Plus loin, il signale un ennuyeux défaut des œuvres
à l'ancienne mode : c'est qu'«on y apprend toujours
quelque chose » (page 126), et cela m'a rappelé le spirituel Alphonse Humbert, président du Conseil municipal,
disant dans un discours, à la fin d'un banquet : « J'ai
horreur de m'instruire. » Mais M. Émile Bouvier déclare
ensuite (page 137) : « Ce que nous voulons, c'est une
littérature qui nous apprenne quelque chose... » et il
loue pompeusement les écrivains du dernier bateau
pour les satisfactions que leur doit (d'après lui), cet
« immense besoin » d'instruction et de « vérité essentielle ». Le pauvre Alphonse Humbert en fût demeuré
stupide, — ou comme deux ronds de flan, pour
employer, suivant les conseils de M. Émile Bouvier, un
langage plus moderne.

M. Émile Bouvier distingue dans le symbolisme trois
périodes : 1° celle des inventeurs de génie, Baudelaire,
Rimbaud, « son disciple » Verlaine, et Mallarmé.
(Bon ! encore que Verlaine fût bien lui-même et eût
écrit les *Poèmes saturniens*, les *Fêtes galantes* et la *Bonne
Chanson* avant de chanter la mauvaïse en duo avec
l'auteur du *Bateau ivre*) ; 2° à partir de 1880 le mouvement symboliste proprement dit et arborant cette
enseigne, dont, environ 1895, la plupart des champions
« s'assagissent et retournent, avec Moréas et Heredia, au
classicisme ou au Parnasse. » (C'est vrai de Moréas, mais
Heredia n'a jamais été symboliste et a toujours été parnassien : M. Émile Bouvier veut dire Henri de Régnier
et confond le beau-père avec le gendre) ; 3° l'entrée en
ligne d'une réserve d'auteurs jusque-là peu connus ou
méconnus, notamment Paul Claudel, Paul Valéry,
André Gide, qui « conquièrent brusquement, vers 1910,
la faveur d'une élite... » Soit encore ! mais en 1910
André Gide était depuis longtemps célèbre et Paul
Valéry, qui s'attachait alors à se faire oublier, ne sortira
de sa longue retraite, avec la *Jeune Parque*, qu'en 1917.
Observons qu'en tête de ce chapitre M. Émile Bouvier
plaçait le triomphe du symbolisme de 1857 à 1900 ; que
dans le corps du même chapitre il proroge ce triomphe
jusqu'en 1910 ; et qu'il faudrait une nouvelle proroga-
tion d'une douzaine d'années pour deux des œuvres
symbolistes les plus triomphantes, la *Jeune Parque* et
Charmes (première édition complète, 1922). Recom-
mandons à M. Émile Bouvier l'art de vérifier les dates.

D'après lui, c'est à l'école de Valéry, de Claudel et de
Gide que « les nouvelles générations apprennent à les
dépasser : d'où l'apparition des écoles dites futuristes,
cubistes, dadaïstes... ». Je doute un peu de cette filia-

tion, et je suis très certain qu'aucun dadaïste, cubiste ou futuriste n'a « dépassé » Gide, Claudel, ni Valéry. Quelle étrange idée des valeurs se fait donc M. Émile Bouvier?

Son second chapitre s'intitule : « Une crise de croissance : Dada, 1920-1927. » N'insistons plus sur la chronologie! Mais une crise de croissance, le mouvement Dada? Drôle de diagnostic! Il n'en est rien sorti : le dadaïsme ne menait à rien, et même s'en vantait, professant un nihilisme radical, sans exception même pour l'art. Mettons une rougeole, d'ailleurs superficielle et localisée, car qui donc a pris Dada au sérieux? Les dadaïstes eux-mêmes dissimulaient à peine que ce fût une fumisterie. Pour M. Émile Bouvier, Dada posait de graves problèmes et apportait non seulement « une doctrine littéraire », mais un « système du monde ». On croit rêver. Le dadaïsme, avec un vocabulaire esthétiquement plus avancé, c'était en somme ce qu'on avait appelé sur le boulevard ou à Montmartre le « zutisme ». Simple blague de rapins! Le futurisme, le cubisme et autres maboulismes étaient du même ordre. Il y aura toujours de ces phénomènes à toutes les époques, comme des chahuts dans les lycées et collèges. Les jeunes ont besoin de jeter leur gourme. Aucune importance. Ceux qui ont quelque chose dans le ventre ne tardent guère à se ranger. Ces caravanes ont pu ne leur être pas entièrement inutiles. Mais ils ne commencent d'exister vraiment que par la suite.

M. Émile Bouvier cite M. Gustave Lanson condamnant l'hostilité préconçue contre les novateurs, parce que « nous pourrions recevoir de l'expérience le démenti qu'ont reçu les Baour-Lormian et les Viennet quand, au nom de la tradition française, ils niaient cette chose

inouïe qu'était le romantisme ». Oui, c'est entendu ; mais
il est aussi absurde d'accueillir en bloc que de rejeter de
même toutes les innovations. Ne soyez pas un cuistre,
mais non plus un gobeur. Il s'agit de juger les œuvres,
et de mesurer les valeurs. Il n'y faut point de parti pris
ni de système apriorique, mais quelque discernement.

La pierre de touche et l'aptitude à opérer le tri manquent visiblement à M. Émile Bouvier. Dans son troisième et dernier chapitre : « Qu'est-ce qu'une œuvre
moderne? », ne va-t-il pas refuser à Mme de Noailles ce
brevet de modernisme qu'il distribue à tant d'insigni-
fiants poétereaux? Chez ceux qu'il appelle les anciens
— non pas les Grecs et les Latins, mais des auteurs
d'aujourd'hui, qu'il regarde comme des attardés, — il
blâme l'importance « démesurée » accordée à l'intelligence. Parmi ces forcenés intellectualistes de notre
temps il nomme Barrès, Péguy, Georges Sorel...
Énorme! comme disait Flaubert. Et pourquoi pas Bergson
ou Bremond?... M. Émile Bouvier, selon qui Mme de
Noailles est archaïque, trouve Romain Rolland moderne
jusqu'à la garde, etc. A ses yeux, la science a définitivement ruiné le mécanisme cartésien, qu'Einstein vient
au contraire de restaurer avec éclat, etc. Que signifie
d'ailleurs ce préjugé d'un modernisme sacro-saint? La
littérature vaut bien qu'on lui applique la relativité géné-
ralisée. Pour elle, le temps n'est certes pas un absolu. Le
temps n'est qu'une apparence : donc le modernisme
aussi. A vrai dire, cela ne compte pas. Ce qui compte,
c'est le durable et l'éternel. Platon et Sophocle, Descartes et Victor Hugo sont immortellement modernes,
tandis que nombre d'auteurs et de penseurs apparemment vivants sont réellement mort-nés.

VOYAGEURS (1)

De Venise à Tolède.

M. Henri de Régnier occupe un rang éminent parmi
les écrivains qui ont *vu* Venise, et dont la liste ne commence qu'au dix-neuvième siècle, puisque l'éloquent
Jean-Jacques et le spirituel président de Brosses ne
l'avaient pas réellement vue. En littérature, l'œil est une
conquête du romantisme, que Jean-Jacques ne représente donc pas tout entier, quoi qu'en ait dit M. Pierre
Lasserre. Le premier de qui les yeux aient été dessillés
devant la Ville Anadyomène, c'est Byron. Chateaubriand
avait encore la taie lors de son premier passage, lorsqu'il s'embarqua pour l'*Itinéraire*, et ce n'est qu'un
voyage très postérieur à la découverte de Byron qui nous
a valu l'admirable chapitre vénitien des *Mémoires
d'outre-tombe*. Musset et Sand n'ont enrichi qu'indirec-
tement la littérature vénitienne. Ils l'ont fournie d'un
thème supplémentaire, plutôt qu'ils n'y ont ajouté de
leur plume. Nombreux sont ceux qui ont traité de Venise
incidemment, comme Gœthe et Wagner, ou technique-
ment, en purs critiques d'art. Les grandes œuvres litté-

---

(1) Henri de Régnier : *L'Altana ou la vie vénitienne* (1899-1924).
Deux volumes.

raires sont celles de Théophile Gautier, de Taine, de Ruskin, de Barrès, de Gabriel d'Annunzio *(le Feu)*, à la suite desquelles il faudra désormais inscrire *l'Altana ou la Vie vénitienne* de M. Henri de Régnier, qui avait déjà parlé de Venise dans plusieurs volumes, mais concentre ici sa longue expérience de cet inépuisable sujet.

Il évoque librement les souvenirs de ses fréquents séjours, sans s'astreindre à un plan méthodique, et son livre a cette allure de flânerie délicate qu'imposent le charme et la topographie de Venise. Il n'est déjà pas commode de s'orienter dans ce dédale de ruelles étroites et de petits canaux. Il est absolument impossible de s'y hâter, et ce serait d'ailleurs un contresens. On n'est pas là dans une de ces villes possédant quelques curiosités qu'on peut visiter au pas de course, et où tout le reste est insignifiant. Malgré tant de merveilles célèbres et classées, l'enchantement de Venise, c'est Venise elle-même et tout entière. Il faut s'en laisser pénétrer avec lenteur, encore qu'on ait d'abord subi le coup de foudre en descendant de la gare sur le Grand Canal et en voguant d'un trait jusqu'au môle, avec l'impression de débarquer dans une autre planète. L'amour aussi éclate parfois brusquement, comme on le voit dans *Roméo et Juliette* et dans *Tristan et Yseult*, mais il n'est valable qu'à la condition de s'insinuer ensuite dans l'habitude du corps et de l'esprit et d'imprégner tout l'être. L'étonnante originalité de la féerie vénitienne saisit d'abord tout le monde, depuis qu'on est prévenu par les prospecteurs du siècle dernier. Mais il y a bien des passants adonnés au tourisme vulgaire, et qui bientôt s'ennuient, sans oser l'avouer, ou s'en vont à la plage mondaine et cosmopolite du Lido. M. Henri de Régnier éprouve pour Venise le pur et complet amour, celui qui ne se satisfait pas d'épisodes même magnifiques, mais veut l'intimité, la possession constante, et emplit toute la vie.

Je crois qu'il a mieux saisi que Barrès et que Gabriel d'Annunzio le véritable caractère de sa ville chérie. Ces deux-là forment antithèse. Barrès n'aperçoit que fièvres et présages de mort, Gabriel d'Annunzio que motifs de ferveur éruptive et de violente exaltation. Venise n'est ni un cimetière, ni un volcan. Après le premier choc de surprise enthousiaste, on y trouve un plaisir perpétuel et incessamment renouvelé, mais doux et placide, comme avec une amie en qui on a pleine confiance, le *Repos de Saint-Marc!* C'est le titre d'un des deux ouvrages de Ruskin, et il a dit le mot juste, que M. Henri de Régnier confirme dans une fine et ingénieuse analyse. Il n'est séduit ni, bien entendu, par snobisme, ni par sentimentalisme romanesque, mélancolique ou ardent, ni même par esthétisme décidé. Très artiste assurément, il goûte pourtant avant tout la bonne existence familière dans cette atmosphère unique, et il s'y laisse vivre en toute simplicité, comme un vieux Vénitien enraciné qui ne se blasera jamais de sa lagune. « Venise n'oblige à rien, pas plus à se grimer en romantique qu'à se déguiser en esthète. » Il ne faut pas s'y faire une âme factice, mais céder sans effort aux influences diffuses et savourer les humbles agréments des mœurs locales. La basilique de Saint-Marc et le palais ducal sont admirables. Mais quelle gaieté de s'asseoir dans les petites salles du café Florian et d'y bavarder « sous le Chinois », de se mêler aux habitants, d'explorer les charmants quartiers populaires! La promenade à pied est un peu fatigante, par la faute des innombrables petits ponts arqués (à cause des gondoles) et dont il faut gravir les marches; mais l'œil et l'esprit sont sans cesse amusés et ne s'en lassent point.

A Venise, on vit mieux qu'ailleurs dans le passé, sans quitter le présent, parce qu'une population aimable et toujours active y réside dans un milieu que la nature rend à peu près immuable. On ne peut transformer ni éventrer Venise comme une ville de terre ferme. L'absence de tramways et de voitures produit un bienfaisant silence qui concourt avec l'humide ouate de l'air à détendre et guérir les nerfs. On y peut faire une cure balsamique et sédative. Et l'imagination est ravie par cette espèce de voyage dans le temps qui nous fait pittoresquement contemporains des doges. Le moyen-âge, la Renaissance, le piquant dix-huitième siècle de *Candide*, de Goldoni et de Casanova, subsistent et nous entourent d'une présence encore réelle. M. Henri de Régnier, sans s'atteler à une tâche descriptive comme Théophile Gautier, qu'il admire d'ailleurs et avec raison, nous transporte à chaque instant par de petites touches prises sur le vif dans cette cité de délices et de miracle quotidien.

Il y allait presque chaque année et y passait des semaines ou des mois, depuis 1899 jusqu'à la guerre. Les premières fois, il reçut l'hospitalité de Mᵐᵉ de La Beaume-Pluvinel, qui signait Laurent Évrard, et de Mᵐᵉ Bulteau (Fœmina et Jacques Vontade), copropriétaires du Palais Dario, sur le Grand Canal, entre la Salute et l'Accademia. Dans mon vieux *Baedeker* de 1908 (voilà donc près de vingt ans que j'ai fait mon premier séjour à Venise!), je vois cette mention à l'article du Palais Dario : « En reconstruction depuis 1905. » Datant du quinzième siècle, il tombait en ruine et dut être consolidé. M. Henri de Régnier logea dans une pension de famille du même quartier, la Casa Zuliani, puis non loin de là dans le *mezzanino* de l'antique palais Vendramin di Carmini (qu'il ne faut pas confondre avec le Vendramin-Calergi où est mort Wagner) et plus tard dans différents hôtels, notamment à l'Hôtel Victoria où habita Gœthe qu'il déteste et qu'il va jusqu'à trouver niais. C'est la seule chose que je ne comprenne pas dans son livre, mais je sais que les poètes ont parfois les uns sur les autres des opinions très particulières, et n'en ont souvent aucune sur le reste de l'humanité. M. Henri de Régnier n'est pas habituellement si dédaigneux, et mêle à ses impressions de Venise d'agréables propos concernant les nombreux amis qu'il y rencontrait, depuis Jean Lorrain jusqu'à Edmond Jaloux, et de Gabriel d'Annunzio, qu'il admire, au prince de Hohenlohe pour qui nous partagerons ses sympathies, puisque cet Autrichien de naissance, Vénitien d'adoption, écrivait de subtils opuscules en français.

Après la guerre, M. Henri de Régnier ne retourna qu'en 1924 à Venise, parce qu'il redoutait d'y trouver de cruels changements. Rien n'y est changé, que le coût de la vie, je l'ai constaté personnellement à l'automne de 1926 et je puis même rassurer M. de Régnier sur le sort des jardins Papapodopoli, où il avait vu un campement ouvrier, mais qui sont maintenant des jardins publics. Il est vrai qu'il n'est pas toujours aisé d'y être admis. *Chiuso per brutto tempo!* annonce un avis officiel. Et pour peu qu'il y ait eu quelques gouttes de pluie la veille ou l'avant-veille, le gardien juge le temps exécrable. Le fascisme agite peu la lagune et n'y trouble pas la nonchalance ingénue du menu peuple qui d'autre part ne semble aucunement gallophobe. La bourgeoisie non plus. Et malgré les échos qui en annoncent périodiquement la disparition, il y a toujours des gondoles! La

saison préférée de M. Henri de Régnier, l'automne, est
toujours belle. Le 3 novembre, j'ai pu déjeuner en plein
air, au Lido, déjà déserté par les snobs, devant l'Adria-
tique qui ne me parut point amère. Je ne suis monté sur
aucune *altana* (belvédère ornant le toit d'un palais) et
n'ai repris une vue d'ensemble que du haut du Campa-
nile, confortablement escaladé en ascenseur. J'ai d'ailleurs passé plus de la moitié de mon temps à lire ou à
écrire dans ma chambre d'hôtel, d'où je voyais la Dogana
del mare, le bassin de Saint-Marc et le canal de la Giu-
decca, ou au café Florian. Mais quoi ! Un vieux Vénitien —
moi aussi, j'ai droit à ce titre — peut rester un peu chez
lui de même qu'un vieux Parisien ne visite pas tous les
matins le Louvre et Notre-Dame. Ce qu'on aperçoit là-
bas en levant le nez de dessus son papier, suffit à valoir
les vingt-deux heures de voyage. Moins heureux que les
poètes, les pauvres journalistes sont aux travaux forcés.
J'ai pu travailler, à Venise, avant et après la guerre,
parce qu'il le fallait bien. Mais j'avoue, avec M. Henri
de Régnier, que ce n'est pas facile, et que cette enchan-
teresse n'excite guère à l'activité intellectuelle. C'est
entre tous un endroit de vacances, et nous autres, nous
n'en avons jamais.

« Nul lieu n'est plus propice que celui-là au détache-
ment de soi et à la paix intérieure, dit M. Henri de
Régnier. Où mieux que dans cette ville d'illusion, où
tout est mirage et reflets, où la plus massive architecture repose sur de pauvres pilotis, où la terre n'est que
de l'eau épaissie et de la vase solidifiée, sentir que nous
ne sommes nous-mêmes qu'un assemblage d'artifices
mentaux et de perspectives spirituelles, et que nous
avons en nous, comme la cité fraternelle, des palais
qu'habite le souvenir, des façades décrépites et muti-

lées, des dédales et des impasses qu'entourent, comme
sur sa lagune, de vastes étendues de rêverie que sil-
lonnent des barques noires? » Il est bon de méditer un
peu sur l'universelle vanité et sur son propre néant,
pourvu qu'on ne tombe pas à la tristesse, qui est une
déchéance comme l'a montré Spinoza. Venise nous tient
simultanément en clairvoyance et en joie. Au surplus,
ce n'est que par exception qu'on y songe à philosopher...
Je ne puis suivre M. de Régnier dans le détail de ses
flâneries et de ses rêveries. Mais je garantis que tous
ceux qui aiment Venise se délecteront à lire ces deux
volumes. Venise chez soi : quoi de mieux, en attendant
le bonheur de la revoir chez elle?

On se divertira sans réaction sévère des notes plai-
santes et irrévérencieuses de MM. Max et Alex Fischer.
Ils blaguent Venise, qui nous mène en bateau, et dont
le lion a des ailes pour livrer vite et partout : car ce fut
une cité de marchands. Mais les Athéniens se moquaient
de leurs dieux. La plaisanterie taquine est une marque
d'affection.

Mlle Marthe-Yvonne Lenoir n'ironise pas et revient au
sérieux. Elle nous conduit aussi de Vénétie en Toscane,
et nous la suivrions bien jusqu'en Latium. Elle abonde
en notations sagaces et pénétrantes. A Florence, elle les
étend aux sujets littéraires, qui surgissent en foule. Que
de grands écrivains y sont nés! Quel puissant intellectualisme également chez les Toscans Léonard et Michel-
Ange! Mais la délicieuse et un peu molle Venise n'a
pas produit un seul génie vraiment intellectuel, et n'a
enfanté que de purs peintres. N'étant pas d'humeur
exclusive, mais résolument polyphile, avec le sentiment
des hiérarchies, je raffole de Venise, mais j'admire
davantage Florence, et je ne trouve rien de plus beau,

de plus ensorcelant que Rome — excepté Athènes. Car
l'antiquité, c'est non seulement le pays natal et le foyer
paternel, mais la source de toute poésie et de toute raison. Ce qui n'en procède pas, mais s'y oppose, n'est
qu'enfantillage ou barbarie. Et puis, à quoi bon couvrir
des milliers de kilomètres pour voir du moderne? Nous
n'en avons que trop chez nous.

Le modernisme barbare sévit peu en Espagne, dont
c'est un des attraits. J'ai goûté les *Lettres espagnoles* de
M. Jacques de Lacretelle, bien que truffées d'une inutile
aventure sentimentale, parce qu'elles me faisaient par-
courir de nouveau cette splendide et fascinante contrée.
Ce qu'en dit M. Jacques de Lacretelle est généralement
juste et fin. Mais quelle singulière idée d'aller à Tolède
contredire Barrès, qui en a si bien parlé! Qu'importe
que l'Alcazar abrite une école militaire et que les cafés
du Zocodover servent l'apéritif aux jeunes officiers? .
Tolède en est-elle moins bien conservée sur son rocher
comme Venise sur sa lagune? Nous en offre-t-elle une
moins passionnante image de la lutte entre le mauresque
et le castillan, réunis et presque réconciliés pour notre
plaisir? Le ravin du Tage en a-t-il un aspect moins
tragique, et les cigarales, sur les hauteurs voisines, des
sourires moins galants? Si abrupte et si farouche que
soit Tolède, on y sent que l'Andalousie n'est pas loin.
Elle n'exclut pas l'amour, ni la voluptueuse douceur de
vivre, mais les relève de noblesse et de fierté. Tolède
a déçu M. Jacques de Lacretelle : je le plains. Je n'y
suis resté que huit jours, parce que mon temps était
étroitement mesuré. L'a-t-il seulement vue? On se le
demande, lorsqu'il dit au chapitre suivant : « Je cherche
encore une ville d'Espagne qui possède un vieux quartier intact, des demeures anciennes... » Ainsi que la

plupart des touristes, il a dû n'y faire qu'une apparition, entre deux trains.

* *

Au Tchad (1).

M. André Gide est allé au Congo et jusqu'au lac Tchad dans un accès d'« exodisme », suivant l'expression récemment inventée par M. Fernand Vandérem. Mais l'exode des Hébreux ne comportait aucun désir de revenir en Égypte; celui de nos écrivains admet heureusement l'esprit de retour. La bougeotte morale a toujours été chez M. André Gide non seulement un trait de caractère, mais un principe. D'abord il a surtout voyagé dans les idées, ce qui peut suffire. Il a naturellement fait des séjours en Italie, comme tout le monde, et plusieurs fois hiverné en Afrique du Nord. Mais voici, je crois, ses débuts d'explorateur. Qu'est-il donc allé faire au Congo? Sauf pour un colonial de profession, ce n'est pas bien tentant. J'avoue, quant à moi, que j'adore les voyages, mais dans les environs de la Méditerranée. J'aime les pays historiques, et où il y a quelque chose à voir. Il n'y a rien à voir en Afrique centrale. On s'en doutait, et cela résulte nettement des carnets de route d'André Gide, qui vient d'en publier le second tome : le *Retour du Tchad*.

Le paysage n'a pas beaucoup d'attraits : la brousse, des plaines arides et interminables, parcourues laborieusement en baleinière sur les longs fleuves, ou par voie de terre, à cheval, à pied ou en palanquin. Monotonie et

---

(1) André Gide : *Voyage au Congo*. Un volume. André Gide : *Retour du Tchad*. Un volume.

lenteur! Gide en convient, ainsi que de la misère et de la saleté des villages, qui n'ont même pas de passé et sont aussi neufs que des villes d'Amérique, par suite des incendies et des migrations. Et quel climat! Des nuits froides et des journées torrides, avec des écarts de plus de quarante degrés au thermomètre! Fièvres, maladies de toutes sortes, mouches et vermine... Il est vrai que Gide a vu des hippopotames, de grands singes et même un lion. N'en voit-on pas au Jardin des Plantes? Sur l'art nègre, tant vanté à Montparnasse, Gide est sobre de détails, probablement pour cause. Il ne loue que certaines cases bâties en argile, un peu sur le même plan que le Panthéon de Rome. Je les suppose moins grandes et moins durables. Et l'on n'y trouve la tombe d'aucun Raphaël. Mais le bétail y passe la nuit pêle-mêle avec les gens. La musique nègre n'a pas déplu à Gide. D'après ce qu'il en dit, elle repose essentiellement sur la fausse note, ce qui prouve qu'elle exerce quelque influence sur certains jeunes compositeurs européens. Est-ce un progrès? Dans un tamtam, ou dancing, il a vu des scènes hideuses de frénésie mystique, avec croyance enracinée au diable. M. Georges Bernanos aurait du succès chez les nègres. Et que d'autres superstitions barbares! Gide confirme ce qu'en dit M. Lévy-Bruhl dans son livre sur la *Mentalité primitive*. Cependant Gide s'extasie sur les bons nègres. Que de qualités chez ses porteurs! Doux, dévoués, fidèles, en tous points délicieux pourvu qu'on les traite gentiment. C'est bien possible. Il note pourtant quelques défauts : l'imprévoyance, la manie du jeu, la bêtise, mais, corrige-t-il, naturelle. Allons! La civilisation a ses inconvénients, mais vaut mieux que cet état de nature. Nous restons un peu en avant, sur tous les points. Gide signale que tel sultan noir est l'unique propriétaire de tous les biens et de tous les hommes. C'était ainsi, au moins en théorie, dans toutes les anciennes monarchies d'Europe, mais nous avons eu notre 89. Les idées libérales, qu'on a longtemps appelées les idées françaises, gardent leur prix.

Gide avoue sa fatigue et, à la longue, son incuriosité, Pour se désennuyer, il lisait. Il finissait par prendre les retards en patience, n'ayant « jamais mieux lu, ni si amoureusement ». Il a plus de confort à Auteuil ou à Cuverville-en-Caux. Mais on conçoit que le milieu nègre fit valoir ses lectures par contraste. Plus on est dépaysé, plus on aime son pays. Là-bas, Gide pense avec amitié à Flaubert, à Pierre Louys, à Pesquidoux, à Péguy, à Strawinsky, à Boylesve, dont il apprend la mort avec chagrin. Il lit le *Barbier de Séville*, le second *Faust* (avec une juste admiration), Milton, Browning, Giraudoux, Corneille... Il étudie *Horace*, tantôt sublime, tantôt moins agréable. Il condamne bien sévèrement la *Mort du loup*, un des plus beaux poèmes de Vigny. On pourrait discuter, quelquefois, mais les avis de Gide sont toujours intelligents et suggestifs. Je ne cacherai pas ma satisfaction d'apprendre qu'en pleine Afrique centrale il s'intéressait au débat sur la poésie pure et donnait carrément tort à M. l'abbé Bremond. Sur le paquebot qui le ramène en France, Gide entend un gamin de quatorze ans déclarer à un camarade qu'il veut, plus tard, être « tout ou rien, critique littéraire ou ramasseur de mégots ». Bon prince, Gide ne saisit pas l'occasion de déclarer que c'est à peu près la même chose. Les « créateurs » vont le prendre pour un traître...

Dans le gros volume que lui consacrent les éditions du Capitole, Gide a donné des *Feuillets* souvent ironiques et toujours ingénieux. Sur l'avantage de l'auteur

croyant, qui s'adresse à un public partageant sa foi :
« On est de mèche ». C'est trop facile! « Pour moi, je
veux une œuvre d'art où rien ne soit accordé par
avance; devant laquelle chacun reste libre de protester. »
A propos de certaines attaques : « Je ne me savais pas
d'abord si redoutable. On me combat, donc je suis. »,
Gide se persuade que dans dix ou vingt ans on rendra
meilleure justice à ses *Faux Monnayeurs*. Quel ennui
d'avoir à craindre de n'être plus là pour voir! Non seulement on vit, mais on voudrait vivre, par curiosité...
Sur le fameux *réaliser*, Gide se trompe. Il croit s'accorder avec M. Bremond, en approuvant une phrase de
Proust sur des gens dont il se disait soucieux de « les
révéler à eux-mêmes, de les réaliser ». Et Gide déclare
qu'il oserait écrire : « J'ai pris le deuil, il est vrai, mais
ce deuil, je ne le réalise pas dans mon cœur. » Eh bien?
Moi aussi, je trouve ces deux phrases excellentes. Il s'y
agit bien de rendre quelque chose réel, et non simplement de l'imaginer comme le veut l'anglomane et fluidique abbé. Tout est là.

Ce même volume contient toute une gerbe d'hommages à Gide, d'abord une lettre de Valéry, puis des
articles de Bernstein, J.-E. Blanche, Jaloux, Roger Martin du Gard, Morand, Mauriac et Maurois, Montherlant,
Pierre-Quint, Jean Prévost, Jean Royère, Thibaudet, etc., et une bibliographie par M. Arnold Naville,
très complète, mais qui a le tort, en ce qui concerne
les études sur Gide, de s'arrêter à 1925.

Le morceau le plus précieux de cette partie est une
réponse de Gide à M. Mauriac, désavouant formellement
la doctrine du salut par le péché et du séraphisme par
l'abjection, dont je vous ai longuement entretenus ces
dernières semaines. M. Mauriac aurait peut-être sujet

de plaider que Gide était moins net là-dessus dans son *Dostoïevsky*. Mais d'abord on a toujours le droit de mettre au point, et Gide ne le pouvait faire plus opportunément. Puis, dans sa remarquable introduction au *Dostoïevsky*, M. René Lalou assure que Gide ne court certaines aventures, dont le dostoïevskysme est l'une des pires, que pour intégrer ces matériaux nouveaux dans de meilleures constructions rationnelles. J'en accepte l'augure.

*
* *

En Orient (1).

M. Roland Dorgelès se flatte d'être bien à la page et tout à fait moderne. Il pousse le modernisme un peu loin. Comme d'autres découvrent la Méditerranée, il « découvre l'Égypte », et déclare : « Je sais bien : des millions d'hommes m'ont précédé, et des écrivains par centaines, parmi les plus grands. Mais est-ce que cela compte? » Pardon! Parlez pour vous! Car pour nous, cela compte un peu. M. Dorgelès ajoute : « Tous les pays sont vierges, tant que je n'y ai pas mis le pied. » Il est bon de les aborder avec une fraîcheur de sentiment qui peut leur refaire une virginité, comme l'amour d'un Didier à une Marion Delorme. Quand ils ont un passé, mieux vaut pourtant ne pas l'ignorer, surtout s'il est glorieux. Celui des femmes dont on dit qu'elles en ont un l'est rarement : il n'en va pas de même des vieilles terres historiques, pour lesquelles ce n'est pas une tache d'avoir enfanté une civilisation.

---

(1) Roland Dorgelès : *Sur la route mandarine.* Un volume.

Dès ses premiers pas dans Alexandrie, M. Roland
Dorgelès a raison de constater avec plaisir que « tout
est français, vraiment, les inscriptions des boutiques, le
goût des étalages, le sourire des femmes, le langage des
passants », mais pourquoi tourne-t-il le dos à la colonne
Pompée et s'écrie-t-il : « Tout de suite courir aux ves-
tiges, aux ruines, aux stèles funéraires : ce pays est donc
défunt? J'aime mieux respirer le tumulte heureux de
ces rues animées, me perdre dans le quartier indigène
où les marchands ambulants promènent leurs pas-
tèques, etc. Les Aphrodites d'à présent, on les rencontre
à l'Excelsior ou au Pavillon Bleu. Je m'en moque,
de l'Heptastade et du Sérapéion. » Où aperçoit-il un
dilemme? On peut flâner dans les rues d'Alexandrie,
même indigènes, sans négliger les monuments ni les
musées, ni oublier Cléopâtre ou Hypatie, et il y est
même permis de penser un instant à Pierre Louys en
prenant un cocktail. Ce sont deux points de vue légitimes, et l'un n'empêche jamais l'autre. Il y a même des
pays où le plus passionnant des deux n'est pas celui que
croit M. Roland Dorgelès, et où les chefs-d'œuvre de
l'art sont plus vivants que les gens et les choses d'aujourd'hui. On admirera encore les palais, églises et
peintures de Venise dans un temps où l'on ne se rap-
pellera même plus le nom de M. Marinetti, qui voudrait
combler le Grand Canal et transformer Saint-Marc en
garage. M. Louis Bertrand, du haut de l'Acropole, ne
prêtait attention qu'aux automobiles filant vers Phalère
et aux flonflons des bastringues du Zappeion. Le Parthénon ou, s'il était détruit par un nouveau bombarde-
ment plus radical, son souvenir vivra plus longtemps
que ce menu réalisme et que M. Bertrand lui-même. Le
futurisme et l'école de la Vie, dont M. Roland Dorgelès

se réclame sans les nommer, s'attachent à l'accessoire et au caduc, méprisent l'essentiel et le durable, bref commettent les plus lourdes erreurs d'appréciation et, sous prétexte de ne s'intéresser qu'aux hommes, perdent tout sens des vrais valeurs humaines.

L'amusant est que M. Roland Dorgelès trouve plus moderniste que lui. A deux voyageuses européennes, il parle sans aucun succès du « merveilleux El Ahzar », qu'il appelle « le plus grand centre intellectuel de l'Islam, la Mecque de l'esprit », et dont il dit avec un noble enthousiasme : « Groupez dans un même monument Notre-Dame et la Sorbonne, Saint-Sulpice et l'École normale : vous avez El Ahzar, à la fois église, séminaire et université. » Ces dames s'en moquaient autant que lui du Sérapéion, de Pompée et de Sésostris. Mais sans transition il ajouta : « Figurez-vous que je viens de rencontrer Pearl White. » Tout de suite, elles s'intéressèrent, et apprenant que cette White portait un petit feutre, un faux-col d'homme, une cravache, une culotte et des bottes, elles n'hésitèrent plus. Elles renoncèrent à visiter la mosquée et vite allèrent voir la vedette de cinéma. A la bonne heure ! C'est être pleinement dans le train. Par comparaison, Roland Dorgelès fait figure d'archéologue momifié et de poussiéreux passéiste.

Il ne s'en rend pas compte et pousse sa pointe. Il rencontre un voyageur qui « avait tout lu, tout imaginé et en voulait à ce pays d'être si différent de ce qu'il avait rêvé ». Ce malheureux était bien moins intelligent que sa femme qui l'accompagnait et qui ne souffrait pas des mêmes inconvénients. « Il connaissait Chateaubriand, Lamartine, Nerval, Loti et ne voyait plus rien avec ses propres yeux. — Tu as la tête trop bourrée, lui repro-

chait la petite ; c'est pourquoi rien ne t'amuse. » Je n'ai
pas visité l'Égypte, à mon grand regret, ou du moins
pas encore ; mais en Grèce, et même à Rome, j'ai
remarqué que ceux qui n'avaient pas la tête bourrée ne
comprenaient rien et ne tardaient pas à s'ennuyer.
Connaître Chateaubriand et les autres n'interdit pas de
voir avec ses propres yeux, mais y aide. D'ailleurs, ce
monsieur voyait réellement l'Égypte, puisqu'il la trouvait différente de ce qu'en ont dit certains écrivains. Il
semble probable en effet qu'elle a changé à certains
égards, et tout changement n'est pas un progrès, mais
vaut d'être noté. Par exemple, M. Roland Dorgelès
signale qu'il n'y a pas du tout de verdure au Caire.
Chateaubriand y avait vu une multitude de palmiers et
de sycomores. Quel mal y aurait-il à le rappeler, et à
expliquer ce déboisement urbain ?

A Damas, l'idée de saint Paul et d'autres idées analogues assomment M. Dorgelès. « Ce n'est pas moi, pro-
nonce-t-il, qu'on verra prendre des airs de circonstance devant des tas de pierres mortes qui n'évoquent
plus rien. » Eh ! elles sont très évocatrices pour quelques-
uns. « Toujours les proconsuls, les croisés, les califes !
Ah ! non. Toujours se citer Chateaubriand, Lamartine
et Renan ! Mais je ne veux pas... Je voudrais... repousser d'un coup d'épaule le grand homme importun : —
Écartez-vous, monsieur, vous m'empêchez de voir... »

Encore ! C'est une obsession. Cependant croyez-vous
que ceux-là, qui vous offusquent tant, n'aient pas su voir
eux-mêmes ? Chateaubriand, grand écrivain si original,
authentique inventeur du style pittoresque, ne parta-
geait pas ces craintes. Il ne pensait pas que le soin de
sa vision personnelle l'obligeât à faire table rase, ni
que son originalité reposât nécessairement sur l'igno-

rance. Il avait lu et citait abondamment tous ses devan-
ciers, anciens et récents. Il y a dans l'*Itinéraire* un véritable étalage d'érudition. Quant à Renan, érudit de
carrière, quelles jolies vues de Rome il a données dans
Patrice et dans la *Correspondance avec Berthelot*! De
quels ravissants paysages il a encadré la « pastorale
galiléenne » dans la *Vie de Jésus*!

J'admettrais le programme de M. Roland Dorgelès,
mais à condition qu'il n'en fît pas un système, et qu'il
s'abstînt d'en accabler les autres. On a toujours licence
de limiter son sujet et sa manière. Mais il ne faut pas
mettre au premier rang ce qui occupe de droit le plus
modeste. Les Chateaubriand, les Stendhal, les Renan,
les Taine, sont les voyageurs complets, les maîtres du
genre sur toute la ligne. Loti possédait un moindre
savoir et avait peu lu (un peu plus pourtant qu'il ne le
prétendait), mais il ne dédaignait certes pas les belles
ou touchantes vieilles choses, et quel artiste! On en
peut dire autant de Barrès, malgré quelques partis-pris.
Quant aux notations purement modernes et réalistes de
M. Roland Dorgelès, cela ne manque ni d'intérêt, ni
d'agrément, mais ce n'est, exactement, que du grand
reportage.

On se demande pourquoi il trouve les Pyramides
affreuses, alors que tout le monde avant lui en admirait
la grandeur simple et nue; pourquoi il se déclare « bou-
leversé » en débarquant à Jérusalem, qui n'a guère de
remarquable que son histoire, c'est-à-dire ce dont il se
désintéresse par principe; et s'il a bien justement évo-
qué la Galilée, en ne notant guère que la rencontre d'un
petit ouvrier juif qui, à Tibériade, passait son temps à
regretter Puteaux. Mais il a fait un divertissant tableau
des cinq messes célébrées simultanément dans la basi-

lique du Saint-Sépulcré selon les différents rites, latin, grec, arménien, syrien, copte, et des bagarres entre les clergés des confessions rivales, qui tourneraient au vilain sans l'énergique intervention de la police, jadis turque, aujourd'hui anglaise. Le morceau eût été digne de paraître, en première page, dans un grand journal d'informations. Sur les bandes de musulmans fanatiques qui iraient faire un pogrom devant le mur des lamentations, n'était cette même police toujours fort occupée, puis sur le sionisme, la foi et l'activité des adeptes, les inimitiés des diverses colonies juives, le scepticisme de certains de leurs frères et la haine que leur voue à tous la population arabe qui se juge dépossédée, M. Roland Dorgelès donne des renseignements recueillis diligemment et qui ont leur prix. Mais point d'échappées poétiques comme celle de l'*Enquête* barrésienne. Et nul intermède littéraire comme chez André Gide.

La partie que je préfère, c'est le séjour à Palmyre, en compagnie de nos officiers méharistes, et les visites à des camps bédouins, dont les chefs en ont assez, paraît-il, de leur vie errante et aspirent à devenir sédentaires. Nul n'est jamais content de son sort. Enfin, M. Dorgelès dit quelques mots du mandat français, et plus raisonnables qu'on ne pouvait le prévoir. Il y a eu quelques mécomptes en Syrie, mais M. Dorgelès, qui par nature penche pour l'idylle utopique et le droit intégral de tous les peuples à la liberté, reconnaît que ceux-là pratiquent surtout, dès qu'on le leur permet, celle du pillage et du massacre.

ROMANCIERS

François Mauriac : le Roman (1).

Le musicien Cabaner donnait son père pour un type dans le genre de Napoléon. Plus glorieux encore, M. François Mauriac n'hésite pas à se présenter lui-même comme un type dans le genre de Dieu. Il est bon de proclamer son propre mérite : les autres n'y songeraient peut-être pas, ou ne le feraient pas aussi bien. « Le romancier, déclare donc M. François Mauriac, est, de tous les hommes, celui qui ressemble le plus à Dieu : il est le singe de Dieu. Il crée des êtres vivants... » Vous connaissez cette antienne. Mais vous savez aussi, par une longue et pénible expérience, que la plupart des romans sont des tissus de banalités. Dieu, d'après la *Genèse*, a créé le monde et l'homme (celui-ci en se servant d'un peu de limon), c'est-à-dire qu'il a tout tiré du néant, tout inventé de toutes pièces. La plupart des romanciers n'inventent absolument rien, donc ne créent rien, et fabriquent leurs rapsodies par simple démarquage. Même les plus grands d'entre eux composent leurs personnages au moyen de l'observation, de l'expé-

_____

(1) Un volume. *Cahiers de la quinzaine*

rience directe, sans négliger les souvenirs de lectures; et ces personnages valent d'autant plus qu'ils sont mieux observés, plus pareils aux êtres réels, par conséquent moins inventés et moins créés. Même les monstres sont faits d'éléments tous empruntés, quoique hétéroclites, et artificiellement réunis. L'action d'un roman n'atteint de même à la crédibilité qu'à condition de ressembler à la vie.

L'invention en littérature, qu'on n'appelle jamais création que par métaphore et hyperbole, ne consiste pour le romancier, exactement comme pour tous les autres écrivains, que dans la nouveauté des idées et du style. Elle est plus rare chez les romanciers que chez les poètes et les philosophes ou essayistes, parce que plus que dans tout autre genre la matière du roman est *donnée* (au sens philosophique du mot), et parce que la plupart des romanciers ne s'inquiètent que de combiner leurs petites histoires, avec suite au prochain numéro, et non de penser juste, ni de bien écrire. M. Paul Bourget lui-même, qui du moins pense avec force, professe qu'il n'est pas utile, mais plutôt nuisible, à un roman d'être trop écrit.

La déification que M. François Mauriac s'adjuge, ainsi qu'à ses confrères, repose sur une illusion étrange; non pas celle que signalait Renan, dans sa réponse au discours de réception de Cherbuliez, et qui fait croire aux romanciers qu'on a le temps de les lire; mais celle d'un privilège unique et transcendantal attribué au genre narratif, qui est au contraire le plus élémentaire et le plus humble, superflu et un peu rebutant pour les gens sérieux, mais seul accessible aux primitifs et aux foules, aux nourrices et à leur tendre auditoire. Ce qui étonne, ce n'est pas que le roman atteigne les gros tirages et

tienne le haut du pavé en librairie, mais qu'un petit
nombre de grands écrivains ait su l'élever à la dignité
littéraire et fournir dans cet ordre des chefs-d'œuvre.
Que les tâcherons du récit en soient relevés à leurs
propres yeux, on y consent, c'est un sentiment naturel,
et de même les corporations les plus ordinaires se sentent toutes fières lorsqu'elles produisent par hasard un
grand homme ou un homme en vue. Les tanneurs
s'enorgueillissent bien d'un Félix Faure. Les romanciers
peuvent se rengorger en nommant un Stendhal, un Balzac, un Flaubert. Mais ces illustres pavillons ne couvrent
pas toute marchandise. Nouveaux riches de la littérature,
les romanciers doivent éviter les allures de parvenus, et
cette outrecuidance qui prétend guinder le dernier des
genres par-dessus tous les autres. Et qu'ils ne compro-
mettent pas la divinité dans leur industrie provisoirement prospère! Ce ne sont pas des dieux, mais de
notables commerçants.

Ils ont bénéficié de l'avance prise par l'instruction primaire sur la vraie culture. Tout le monde sait lire
aujourd'hui, au sens matériel du mot, mais la multitude
n'est encore capable de suivre que des narrations (1).
C'est pourquoi il y a tant de romans, et qui se vendent
si bien. Il n'y en avait pas, ou pour ainsi dire pas, dans
l'antiquité, ou les gens vraiment cultivés étaient seuls à
savoir lire et préféraient, comme de nos jours Renan,
des nourritures plus intellectuelles. S'il vient une époque
d'instruction complète et de progrès général des intelli-

_____

(1) Au lycée, les élèves commencent par la « narration française », passent ensuite au « discours français », et arrivent enfin
à la « dissertation ». Ils montent ainsi graduellement du plus
facile au plus ardu. Du moins, c'était ainsi de mon temps, et la
hiérarchie était bien gardée.

gences, le roman déclinera d'autant et retournera au rang modeste qu'il occupait aux siècles d'Héliodore et d'Achille Tatius. Et ce sera bien du temps gagné pour les malheureux critiques. Les exceptions qui pourront subsister ne seront pas nombreuses. Il est vrai que les chefs-d'œuvre du roman ont dans une certaine mesure remplacé ceux de l'épopée. De l'une ou de l'autre catégorie, il n'y en a jamais eu et il n'y en aura jamais beaucoup. En attendant, prenons le temps comme il vient, mais soyons tous modestes, et laissons Jehovah tranquille !

M. Mauriac avoue qu'il y a une crise du roman, dont le prestige eut son apogée dans la dernière période du dix-neuvième siècle et a certainement un peu baissé. M. François Mauriac attribue la crise à ceci, qu'il n'y a plus de conflits moraux, parce que la morale s'en va, avec les croyances religieuses, et que les gens de maintenant se permettent tout sans le moindre scrupule. Il signale pourtant que M. Abel Hermant et après lui M. Paul Morano ont tiré de cette licence un excellent parti. Mais ce sont des ironistes, et leurs tableaux n'ont tant de ragoût qu'en fonction de cette morale qu'ils sous-entendent et dont leurs personnages font comiquement table rase ou ne se doutent même pas. D'après M. François Mauriac, la chair a perdu toute importance. C'est pourquoi l'on ne pourrait plus écrire *Dominique*, et l'on ne comprend plus Fromentin.

M. Mauriac exagère. Nous ne croyons plus au grand amour de Madeleine de Nièvres, qui cède un peu aisément à des objections de convenance traditionnelle, mais c'est surtout la faute de l'auteur. Ces débats classiques entre la passion et le devoir n'ont pas disparu : vous les retrouvez chez M. Paul Bourget, chez M. Henry Bor-

deaux, et chez bien d'autres. Et il y a d'autres luttes tout
aussi pathétiques. Ce n'est point par un excès de vertu
qu'Albertine désole Marcel. Cette partie du grand roman
de Proust en est-elle moins empoignante? M. Mauriac
est bien obligé d'avouer que la morale religieuse,
la religion même, et voire la morale pure et simple,
sont absentes de l'œuvre de Proust, et pareillement
des romans de Mme Colette, *Chéri* et *la Fin de Chéri.* Il
n'en estime pas moins que Mme Colette « nous mène
irrésistiblement à Dieu ». J'en suis moins sûr, mais
puisqu'ils sont d'un très joli style et que les conflits n'y
manquent certes pas, quoique immoraux, M. Mauriac,
qui les admire, devrait reconnaître que son tribunal des
conflits applique une jurisprudence trop étroite. Sous la
morale païenne comme sous la chrétienne, et même sans
morale d'aucune sorte, si l'hypothèse est concevable
(car on s'en forme toujours une, même par opposition
et contre-pied), les hommes et les femmes ont trouvé et
trouveront toujours moyen de combattre et de se déchi-
rer. Les romanciers et dramaturges ne risquent pas
d'être privés de pâture.

Par un illogisme, M. François Mauriac ne veut plus
du roman à la Balzac, qui étudie l'homme en fonction
de la famille et de la société, et qui ne manquerait
jamais de sujets, car César Birotteau n'a pas besoin de
conscience religieuse pour faire faillite, ni Rastignac
pour conquérir Paris. M. Mauriac réclame un roman
dont la fin propre soit la connaissance de l'homme. Il
semblait que Balzac ne laissât pas de nous faire avancer
dans cette précieuse connaissance. Mais M. Mauriac l'entend d'une façon particulière. Il jette aussi Taine par-
dessus bord et proclame qu'il n'y a pas de science de
l'esprit. Contre Taine et Balzac, il dresse Dostoïevsky,

qui mêle l'immonde et le sublime, et dont le grand
mérite consiste à être incohérent. Les mystères de la
sensibilité échappent à toute logique et à toute générali-
sation, d'après M. Mauriac. La psychologie française ne
vaut rien, ou du moins elle est dépassée et périmée.
Tout à la russe! Vivent l'intuition et les contingences
les plus corrompues! Les tares ou les vices nous révèlent
tout l'essentiel et le secret des cœurs, car chaque cœur
est un monde. Rien ne saurait nous indigner, ni nous
dégoûter, de ce qui est humain. C'est dans cette voie
audacieuse, comme l'a montré Proust, que nous attein-
drons le tout.

Mais ce que M. Mauriac appelle le tout de l'homme
n'en est heureusement que la moindre partie. Ces
« terres maudites », qui l'intéressent tant, sont assez
vite explorées. Avec Proust et Gide, nous en avons fait
le tour, et nous en sommes déjà las. Nous ne voyons
point en quoi ces bas-fonds représentent la « sensibilité
la plus individuelle », attendu qu'ils ne diffèrent pas
beaucoup d'un individu à l'autre et qu'il n'y a rien de
plus monotone. Le filon s'épuise. La satiété commence.
Et voici même qu'on raille ouvertement Freud. C'est
M. Mauriac qui attache trop d'importance aux déprava-
tions de la chair. Il le sent, et pour retrouver un équi-
libre, il ajoute que la foi ou l'aspiration religieuse « fait
partie intégrante de notre cœur au même titre que les
passions les plus basses ». Au même titre Que ne
dirait-on point d'un parpaillot qui se permettrait un
pareil rapprochement? Bien en prend à M. Mauriac
d'être catholique. Il évitera peut-être qu'on crie au
scandale et qu'on le compare à M. Homais...

Cependant il s'exprime avant tout en professionnel et
subordonne tout à sa conception du roman, laquelle

reste des plus discutables. Pour lui, cette foi ou cet idéal mystique et ces basses passions ne sont que les ingrédients nécessaires d'une mixture romanesque qui lui paraît la plus savoureuse parce qu'il se flatte d'y exceller. M. Mauriac continue ainsi : « C'est parce qu'il a vu dans ses criminels et dans ses prostituées des êtres déchus mais rachetés, que l'œuvre du chrétien Dostoïevsky domine tellement l'œuvre de Proust. » Est-ce bien certain? ou quel que soit le talent de conteur qu'on apprécie tant chez Proust, Dostoïevsky n'en a-t-il pas encore davantage? M. Mauriac proteste qu'il n'est pas de ceux qui font grief à Proust « d'avoir pénétré dans les flammes, dans les décombres de Sodome et de Gomorrhe ». Au contraire, il l'en félicite grandement. Mais il déplore que Marcel « s'y soit aventuré sans l'armure adamantine; du seul point de vue littéraire, conclut-il, c'est la faiblesse de cette œuvre et sa limite ». Ce n'est pas évident non plus, car Gide se targue d'être aussi bon chrétien que Dostoïevsky, et pourtant son oncle Édouard ne vaut pas M. de Charlus et les *Faux-Monnayeurs* sont loin d'égaler *A la recherche du temps perdu*. Le roman n'est pas le triomphe de Gide et c'est sur d'autres terrains qu'il demeure un écrivain de la plus rare qualité.

Que « le seul point de vue littéraire » importe à M. Mauriac, on l'admettrait, puisque ce point de vue est en effet capital et qu'au surplus il s'agit ici de littérature. Mais il y en a de plus ou moins bonne. La meilleure n'est pas sans doute la plus arbitraire et la plus dévoyée, mais la plus conforme à la nature et à la raison. Souvenez-vous du mot de Gœthe sur le classique et le romantique, où il qualifiait maladie non pas e grand et vrai romantisme dont il était lui-même un des initiateurs et des

maîtres, mais celui de Schlegel dont la religiosité littéraire annonce déjà quelque peu M. François Mauriac.
C'est du côté des « basses passions » qu'on n'osait pas
alors s'aventurer si loin.

On peut tout sacrifier à la littérature, hormis la vérité
naturelle et rationnelle, qui seule lui assure une base
solide. Conserver et magnifier artificiellement des notions
ruineuses, pour en tirer matière à copie, c'est une mauvaise méthode. Soyez croyants, pieux et dévots tant que
vous voudrez, si c'est votre opinion, mais vous devrez
alors l'être à plein, c'est-à-dire vous rapprocher autant
que possible de l'ascétisme et de la sainteté. Vous avez
aussi le droit d'être païens, libertins, charnels, et littérairement hardis jusqu'à la témérité sans autres réserves
que celle du goût de l'art même. Mais n'utiliser la dévotion que comme un piment de plus pour les pires
désordres et les tableaux les plus scabreux, ce n'est peut-
être pas en soi d'une parfaite convenance, et de votre
point de vue purement littéraire c'est une affreuse cuisine qui donne bientôt la nausée. Je sais bien qu'Anatole France a dit : « Le christianisme a beaucoup fait
pour l'amour, en en faisant un péché. » Mais il ne pensait qu'au péché sincèrement cru tel, non imaginé tout
exprès, et à l'amour véritable, non aux fâcheux écarts
des derniers romans à la mode. Et le comble est que
vous exigiez une « connivence » du romancier avec ses
plus vilains bonshommes, parce que l'œuvre, selon vous,
serait manquée s'il les étudiait et les jugeait du dehors.
Où peuvent mener l'antiintellectualisme et la manie de
l'intuition !

Le nouveau roman de M. François Mauriac, *Destins*
se lit avec agrément et aura du succès, grâce à l'art du
narrateur, qui est décidément un romancier-né. J'avoue

cependant que je persiste à manquer de goût pour ce mélange d'eau bénite et d'eau de toilette qui caractérise la plupart des ouvrages de M. Mauriac conformément à ses théories favorites. Son protagoniste est cette fois un gigolo de mœurs doublement infàmes. Une dévote quinquagénaire s'éprend pour lui d'une folle passion. Par un reste de sentiments naturels et humains, le Corydon se fiance à une jeune fille innocente. Mais celle-ci est renseignée par un bigot, et renonce à cette union impossible. Retombé dans la crapule, le jeune drôle meurt par accident, et laisse la vieille dévote désespérée. Elle aura les secours de la religion. Soit! mais pourquoi l'auteur essaye-t-il de nous intéresser à ce monde interlope? Qu'il le peigne, s'il veut, mais non dans cet esprit de fade sympathie! Ce n'est ni attrayant, ni sain. Et quel singulier catholique que M. Mauriac! Il prête une figure de Tartuffe à son démocrate chrétien, à qui sans doute il ne pardonne pas d'être démocrate, mais qui prouve quelque sincérité chrétienne en entrant dans les ordres et en partant pour l'Afrique comme missionnaire: Ce futur émule du P. de Foucauld se réjouit d'apprendre que le gigolo n'est pas mort sur le coup, mais a subi deux heures d'agonie, qui lui ont permis de recevoir les sacrements. M. Mauriac trouve cela inhumain. Il parle comme Montaigne, qui n'est pas précisément un père de l'Église...

Montaigne! M. Mauriac n'a pas craint de le louer en termes formels dans un des portraits littéraires qui font suite à son essai sur le roman. Il est vrai que c'est pour accabler Anatole France, à qui il ne témoigne aucune gratitude pour la boutade sur le péché. M. Mauriac, qui décerne si aisément aux romanciers le nom de créateurs, fait au détriment d'Anatole France une

exception singulière. D'après M. Mauriac, celui-là n'a
rien créé du tout. Je crois que M. Bergeret, Jérôme Coignard, Silvestre Bonnard et quelques autres vivront
longtemps dans la mémoire des hommes et révèlent
chez Anatole France une remarquable originalité.
M. Mauriac ne honnit pas seulement la pensée de notre
bon maître, comme propre à éblouir les « demi-lettrés »,
mais sa langue faite « pour la joie et la consolation des
commençants » ! M. Mauriac se croit plus avancé dans ses
études et un lettré complet. De tels jugements pourraient
à ce sujet nous induire en doute. Je lui conseillerais
d'écrire aussi bien que l'auteur de l'*Orme du mail*.
M. Mauriac dénonce les « dangers de la culture », lesquels ne semblent guère menaçants, pas même pour lui.
Il combat, d'ailleurs, les humanités, parce que les
hommes de la Révolution en avaient fait d'excellentes.
Au moins, voilà de la franchise ! Et à cet éreintement
d'Anatole France succède une apothéose de Raymond
Radiguet. C'est dans l'ordre, et M. Mauriac n'est pas toujours aussi incohérent que son cher Dostoïevsky...

*
* *

Roger Martin du Gard (1).

M. Roger Martin du Gard, qu'il ne faut pas confondre
avec son cousin Maurice et qui ne dirige aucun journal
littéraire, s'est fait d'abord connaître par son remarquable *Jean Barrois*, puis a obtenu un grand succès
avec les trois premiers volumes des *Thibault*, vaste

(1) Roger Martin du Gard : *Les Thibault*; tome iv; *La Consultation;* tome v; *La Sorellina.*

roman à tiroirs qui promet d'être aussi long que le *Jean-Christophe*, M. de Romain Rolland, et le *Temps perdu*, de Marcel Proust. Les trois tomes précédents, *le Cahier gris*, *le Pénitencier*, *Belle saison*, ont paru en 1922 et 1923. On attendait la suite avec impatience! on l'aura attendue cinq ans, et l'on va maintenant attendre encore, car les quatrième et cinquième tomes, qui viennent de paraître, sont loin de terminer l'ouvrage. L'inconvénient de cette publication fragmentée, à de si longs intervalles, est que le lecteur risque d'avoir oublié ce qui précède et perdu le fil. L'auteur lui-même a senti le danger, et il y a paré en intercalant, dans son quatrième volume, une sorte de prospectus qui contient l'analyse des trois premiers. On s'aperçoit alors que ceux-ci restaient logés dans un coin de la mémoire, et l'aide de ces quelques lignes sommaires suffit à évoquer le tout. Nous revoyons M. Thibault père, membre de l'Institut, catholique militant, comme d'œuvres et de principes, intransigeant et autoritaire ; ses deux fils, Antoine, le médecin, qui a eu de si brûlantes et curieuses amours avec une certaine Rachel ; le cadet Jacques, enfant rebelle, qui a gravement mécontenté l'orthodoxe M. Thibault en se liant à une famille protestante, les Fontanin, qui a fait une fugue avec Daniel de Fontanin, jusqu'à Marseille, que son implacable père a enfermé dans le pénitencier de Crouy (une de ses œuvres), et qui, amendé au moins en apparence, est reçu à l'École normale (section des lettres), mais a des flirts un peu inquiétants avec Jenny de Fontanin et en même temps avec la petite orpheline quarteronne, Gise, élevée dans la maison Thibault et considérée par les deux frères presque comme une sœur. Ouf! Il n'est pas facile de résumer trois volumes en une phrase. Encore ai-je laissé de côté Mme de Fontanin

mère, aussi tendre que M. Thibault est dur, et M. de
ontanin père, viveur incorrigible, qui, non content de
tromper sa femme sans répit, a quitté le domicile conjugal pour courir plus librement la prétentaine. Si la
haine du catholique M. Thibault pour l'hérésie paraît un
peu anachronique et bien seizième ou dix-septième
siècle, c'est lui qui pratique et enseigne un puritanisme
farouche, et l'on ne saurait au contraire être moins austère que le protestant Fontanin. Au surplus, ni ce calviniste qui étonnerait Calvin, ni son épouse si négligée,
ne joueront aucun rôle dans les deux nouveaux volumes.

De ces deux-là, l'un, la *Consultation*, montre Antoine
Thibault, jeune médecin d'une trentaine d'années, déjà
très achalandé, dans l'exercice de ses fonctions profes-
sionnelles. Il opère gratis d'un phlegmon un petit garçon qui vit seul avec un camarade de son âge; deux
orphelins débrouillards, énergiques, sachant déjà gagner
leur vie. Le docteur Thibault console par des mensonges
pieux un père qui se croit responsable des infirmités de
son fils. Il soigne un homme grave pour une maladie
réputée honteuse. Il diagnostique le mal de Pott chez une
jeune fille du monde, dont la mère, frivole et perverse,
essaye vainement de le corrompre et de lui extorquer
par ruse une ordonnance permettant d'acheter de la
morphine. Il se rend avec son maître, le professeur Phi-
lip, au chevet d'une enfant, dont le père est leur confrère le docteur Héquet. La pauvre petite est perdue.
Aucun espoir. De quel droit prolonger des souffrances
inutiles, et par contre-coup dangereuses pour la mère
angoissée et de nouveau enceinte? Mieux vaudrait pour
la fillette et pour ses proches qu'on lui accordât une
mort immédiate. Le docteur Thibault, chargé de lui
faire une piqûre, n'aurait qu'à forcer la dose. Le père y

consent tacitement. Un ami de la famille déclare à Thibault que c'est un devoir. Naturellement il refuse. A ce propos, il se lance, comme un Hamlet de salle de garde, dans des méditations sur la morale, la raison, la destinée, etc. La question est pourtant simple, et il l'a résolue correctement. Il est clair que ce qu'on lui demandait n'était pas possible, et que ce serait une grave imprudence d'autoriser les médecins à tuer volontairement leurs malades par humanité. Ils en tuent déjà bien assez sans le faire exprès.

Tout cela est remarquablement conté, très vivant, très vrai, et fait songer à Maupassant. « Naturalisme pas mort! » télégraphiait Paul Alexis à Jules Huret, il y a quelque trente-cinq ans. C'est Paul Alexis et Jules Huret qui sont morts; le naturalisme survit en M. Roger Martin du Gard, sans les excès ni les lacunes qui avaient fini par le discréditer, mais dans la note juste qui était déjà celle de l'auteur d'*Une vie* et de *Boule-de-Suif*. C'est évidemment la plus indiquée pour le roman de mœurs, qui a bien son intérêt et son agrément, mais aussi ses limites. Un récit clair, vif, exact, et suffisamment pittoresque, plaira toujours à tout le monde. Il faudrait seulement ne pas se cantonner dans les sujets à hauteur d'appui, qui s'y prêtent le mieux et n'exigent pas d'autres qualités.

M. Roger Martin du Gard en a d'autres et le ton s'élève dans la *Sorellina* (cinquième partie). A vrai dire, le tableau qui nous y est fait d'abord de la maladie du vieux M. Thibault usé par l'âge et condamné à brève échéance, n'a rien de bien régalant. L'auteur insiste trop longuement sur les illusions et les terreurs alternantes du malheureux vieillard, sur les drogues qu'il absorbe et les divers offices intimes que lui rend la

garde-malade. N'y aura-t-il donc que de la médecine dans
ce roman, et serons-nous poursuivis jusqu'à la fin par
ces odeurs d'hôpital? Heureusement, voici un coup de
théâtre. Depuis trois ans, ayant envoyé sa démission au
directeur de l'École normale, Jacques Thibault avait disparu après une scène violente avec son père, en annon-
çant qu'il allait se tuer, et l'on croyait effectivement à
un suicide. Mais un mystère planait. Or, par d'heureux
hasards, Antoine retrouve son cadet, qui s'est simplement expatrié et habite maintenant Lausanne, où il col-
labore à des journaux ou à des revues, et fréquente
des gens bizarres, sur lesquels l'auteur ne donne encore
que peu de renseignements mais qui ont tout l'air de
révolutionnaires, d'anarchistes et de futurs bolchevistes
(nous sommes en 1913).

Qu'est-ce que la *Sorellina*? C'est une nouvelle publiée
par Jacques Thibault sous un pseudonyme, dont il a
envoyé un exemplaire à M. de Jalicourt, de l'Académie
française, professeur à l'École normale, qui a répondu
par une lettre expédiée à l'ancienne adresse de Jacques,
laquelle est toujours celle de Thibault père et d'Antoine.
C'est ainsi que celui-ci a été mis sur la piste. Et la lecture de cette nouvelle, visiblement autobiographique,
lui a apporté des révélations. Le héros aime sa sœur
d'un amour incestueux et une autre jeune fille d'un
amour en quelque sorte intellectuel. Sous les noms
supposés et dans un autre décor, à travers les phrases
hachées, artistes si l'on veut, mais d'un esthétisme déjà
suranné, Antoine a reconnu sans peine son frère, la
petite Gise, l'orpheline recueillie, traitée en sœur, et
Mlle Jenny de Fontanin. Or, Antoine a eu des velléités
d'aimer Gise et se juge trahi. Il n'en reste pas moins
affectueux pour Jacques, garçon étrange, indomptable,

qui a besoin de ménàgements, et il le ramène à Paris
près de leur père qui va mourir.

Ce Jacques Thibault, quelle figure originale! Nous
fondons sur lui de sérieuses espérances pour la suite du
roman. Et M. Roger Martin du Gard n'est pas seulement
un réaliste, mais un psychologue. Est-il philosophe
aussi? Je l'ai cru, lorsque parut *Jean Barrois*. J'ai maintenant quelques inquiétudes là-dessus. Aucun de ses
deux frères Thibault ne raisonne à merveille. Jacques
n'aime pas l'École normale et l'a fuie : c'était son droit.
Mais il s'imagine qu'on y a « le respect de tout ». Elle
aurait donc bien changé depuis l'époque de Taine. Il
donne dans tous les godants. « ... Je sentais en moi une
force, quelque chose d'intime, de central, qui est à moi,
qui existe! Depuis des années, tout effort de culture
s'était presque toujours exercé au détriment de cette
valeur profonde!... Tout ça pèse sur moi, tout ça m'é-
touffe, tout ça dévie mon véritable élan! » Pauvre
petit! La sainte ignorance du moyen âge valait encore
mieux : au moins ne prétendait-elle conduire qu'à la
sainteté, et c'était bien possible. Les intuitionnistes
d'aujourd'hui sont bien autrement absurdes. Ils croient
à l'ignorance féconde, qui enfanterait des chefs-d'œuvre!
Qu'ils en donnent donc un seul exemple! Même si l'on
remonte à la poésie primitive, les aèdes homériques,
par exemple, étaient les hommes les plus cultivés de
leur temps. Dante savait autant de théologie que saint
Thomas, et a beaucoup écrit en latin. De nos jours,
Verlaine lui-même, type du poète inspiré et spontané,
était lettré jusqu'aux moelles. Le sophisme paresseux
du génie pur, dispensant de rien savoir, a toujours tenté
la majorité des hommes, jamais les génies authentiques.

Jacques reproche à M. de Jalicourt de n'avoir trouvé

à lui offrir que des « idées remâchées », parce qu'il lui
recommandait « le profit, l'assouplissement qu'on gagne
à se soumettre aux disciplines ». Ce n'était pas inédit,
mais la sottise qu'il réfutait n'était pas plus neuve. « Il
avait l'air de n'avoir qu'un unique souci : me définir...
Vous êtes de ceux qui... Les jeunes gens de votre âge
sont... On pourrait vous classer parmi les natures que...
Alors je me suis hérissé. Je hais les classifications, je
hais les classificateurs. Sous prétexte de vous classer, ils
vous limitent, ils vous rognent, on sort de leurs pattes
amoindri, mutilé, avec des moignons ! » Jeune présomptueux ! On peut classer les plus grands hommes. Chez
eux il y a des familles d'esprits, des filiations, des
écoles : classiques et romantiques, chrétiens et païens,
mystiques, sceptiques, rationalistes, etc. Napoléon s'honorait d'être comparé à César ou à Charlemagne, Gœthe
se déclarait indigne de l'être à Shakspeare, mais Jacques
Thibault se veut absolument unique, tombé du ciel, sans
pairs et sans ancêtres. Cela fait pitié. Ce n'est pas à
Crouy que M. Thibault aurait dû l'envoyer : c'est à
Sainte-Anne.

Il raconte que dans un moment d'expansion, secouant
le harnais officiel, M. de Jalicourt lui aurait dit non seulement : « Pas de vérité *omnibus*, chacun doit se cher-
cher la sienne », ce qui est exact en un sens, car il y a
heureusement des aptitudes et des vocations diverses,
mais : « Lâchez les livres, suivez votre instinct ! » Et
nous avons de grands doutes, à moins que cet honorable
professeur n'ait cédé par hasard au désir démagogique
de flatter son jeune auditeur. « J'étais totalement élec-
trisé », déclare Jacques Thibault. Il n'y avait vraiment
pas de quoi. M. de Jalicourt n'en croyait certainement
pas un mot. D'ailleurs, Jacques ajoute que ce bon

maître un peu trop complaisant se reprit aussitôt et
parut regretter cette « flambée ». Nous le croyons sans
peine.

J'ai déjà indiqué combien le docteur Antoine Thibault,
déjà si expert en médecine, reste novice en philosophie.
Agir selon la coutume lui paraît stupéfiant! C'était la
maxime de Montaigne et de Descartes. Il estime qu'il
n'y a que des lois naturelles, et point de lois morales,
comme si ces dernières — du moins les vraies —
n'étaient pas une simple application des autres. Il considère que le bien et le mal ne sont que des mots. En
dira-t-il autant du remède et du poison? Mais voici le
comble. Après avoir refusé d'expédier le bébé incurable,
au nom du respect dû à la vie, il découvre en rentrant
chez lui que son valet de chambre a noyé sans remords
une portée de petits chats. C'était pourtant de la vie
aussi!... Autant vaudrait induire de son bifteck ou de
son aile de poulet le droit à l'anthropophagie. Mais
M. Roger Martin du Gard est sans doute trop moderne ·
pour être logicien. En tout cas, comme romancier, il a
bien du talent.

André Maurois : Climats (1).

Le nouveau roman de M. André Maurois se divise en
deux parties équivalentes et parfaitement symétriques,
qui coïncident par retournement comme deux figures
semblables et opposées ou les paumes des deux mains.
Je goûte fort, pour ma part, l'élégance géométrique de

---

(1) Un volume in-18; Grasset.

cette composition, et je craindrais seulement qu'elle ne parût à certains un peu artificielle et faite exprès, si M. André Maurois n'y avait versé une matière qui amadouera l'école de la vie, d'où pouvait lui arriver ce grief. En tout cas, cette double histoire n'a rien d'invraisemblable et donne bien l'impression du réel, si même elle n'évoque quelques souvenirs personnels chez beaucoup de lecteurs — et ils seront nombreux.

En amour, les deux partenaires, quoique parfaitement unis au début, se maintiennent rarement au même diapason. Roméo et Juliette, Tristan et Yseult ont évité la dissonance fatale en se hâtant de mourir. Heureux les amants qui meurent jeunes! Au fond, bien qu'ils commencent par ne pas s'en apercevoir et que nombre d'entre eux ne se l'avouent jamais, il y en a presque toujours un qui aime plus que l'autre. Ou du moins, chacun des deux aime différemment, puisqu'on aime avec tout son corps et toute son âme, et qu'il n'y a pas deux êtres identiques. Mais toute dissemblance qualitative provient d'une différence de quantité et pourrait s'énoncer en chiffres, comme les degrés de la température et les vibrations sonores, si l'on disposait dans tous les cas et même en psychologie d'un outillage de précision. Bien qu'elle échappe aux mesures exactes, l'inégalité d'ardeur amoureuse dans chaque couple se révèle par des faits patents.

M. André Maurois part de cette vérité incontestable, et en donne deux exemples, dont l'originalité consiste en ce que les deux épisodes n'ont qu'un seul et même protagoniste, qui devient l'axe du revirement destiné à établir l'égalité permanente et foncière des deux formules apparemment inverses. Autrement dit, dans le premier volet du diptyque, Philippe aime Odile plus qu'il n'en est aimé ; dans le second, il est aimé d'Isabelle plus qu'il ne l'aime. Au total, toujours même résultat. C. Q. F. D.

On a cité *Adolphe* à propos de *Climats*. Dans l'équation de Benjamin Constant, l'un des deux termes égale zéro, c'est-à-dire qu'Adolphe, adoré d'Ellénore, l'a prise en grippe et ne songe qu'à s'en débarrasser. Cas extrême, cas limite, assez rare, je crois, car l'amour est jusqu'à un certain point contagieux. Fallait-il qu'Ellénore fût insupportable, pour ne pas toucher ou au moins flatter son Adolphe ! M. André Maurois se tient raisonnablement dans les valeurs plus moyennes et plus fréquentes. Odile aime bien un peu Philippe, encore que celui-ci l'aime davantage ; et Isabelle, qu'il ne paye pas entièrement de retour, ne laisse pourtant pas de lui être chère. C'est plus généralement vrai, plus humain, plus conforme au goût actuel, qui en théorie tout au moins n'admet pas les situations dures, les solutions brutales, ni les caractères tranchés. Un Adolphe apparaîtrait aujourd'hui comme un mufle, un bourreau ; un Othello, tout de même. Les personnages à la mode doivent d'abord n'avoir aucune méchanceté, et ne pas hésiter à le dire. Cela semble si élémentaire que les plus modestes ne risquent rien à s'en vanter, dans le moment même où leurs actes prouveraient des dispositions contraires. Ainsi l'exige notre époque.

Et jusqu'à : « Je vous hais », tout s'y dit tendrement.

Ou plutôt il ne faut pas dire : « Je vous hais », mais agir comme si l'on haïssait, en remplaçant seulement la violence par une perfidie onctueuse, et en maintenant qu'on éprouve pour sa victime la plus douce affection. D'ailleurs, qui sait ? Tout peut n'être pas faux dans cette duplicité apparente, que les gens d'aujourd'hui ne voient pas ou feignent de ne pas voir. On déteste surtout l'obstacle, ce qui résiste. Quand on ne se heurte à nulle résistance, on peut bien s'apitoyer un peu, tout en persistant, bien entendu, à passer sur le ventre du vaincu, avec tranquillité. L'essentiel, pour contenter l'esprit du jour, est de rester toujours flottant, fluent, indistinct et amorphe. La plupart de nos contemporains sont ainsi faits, et n'en ont pas l'étrenne : ils innovent en n'appréciant plus, au théâtre et dans le roman, que les types de ce genre. Et de ce point de vue, l'Odile de M. André Maurois surtout, mais aussi son Philippe, sont des merveilles.

M. Maurois y a d'autant plus de mérite qu'il use d'un style net, fin, parfois aigu, qui contraste avec la prose déliquescente présentement en vogue, et qui d'abord semble moins adéquat au sujet, mais en fait mieux ressortir la mollesse fluide, parce qu'il la désigne du dehors et d'un peu plus haut. Le meilleur moyen d'observer une rivière qui sort de son lit n'est pas de s'y jeter et de s'y noyer, mais de se poster sur une éminence voisine, avec une bonne lorgnette. M. Maurois domine l'inondation, et la décrit en savant hydrographe, non moins qu'en charmant conteur.

Animula, vagula, blandula... Cette définition latine s'applique comme de cire à notre Odile, et l'on voit, par parenthèses, que bien des nouveautés modernes remontent à une haute antiquité. C'est une petite créature adorablement jolie, d'une nature inconsistante, fuyante et décevante pour elle-même comme pour les autres. Son mari, Philippe, grand industriel, qu'on tient et qui se prend pour sérieux et positif, voudrait comprendre ce qui se passe dans cette ravissante petite tête. Elle est la première à ne pas s'en douter. Elle vit dans une espèce de rêve vaporeux et confus. C'est de bonne foi, sans avoir rien à cacher dans les premiers temps, qu'elle hésite, se contredit, et ne peut répondre à l'interrogatoire classique : « Qu'avez-vous fait cette après-midi? » Philippe l'affaiblit par ses questions, l'énerve par sa jalousie, finit par l'ennuyer cruellement, et la petite femme à cervelle d'oiseau s'envole au premier souffle de brise, vers un prestigieux officier de marine, pour qui elle divorce et qui la rend encore plus malheureuse. Alors elle se tue. Il faudrait un poète de l'*Anthologie* pour lui composer une épitaphe convenable.

J'ai entendu blâmer la veulerie de Philippe, qui sait tout, mais la garde à tout prix, et ne lutte pas, ne s'insurge pas, ne songe même à divorcer que lorsqu'elle le lui demande. Eh! il aurait plus d'énergie s'il ne l'aimait pas. Il pense ne pouvoir vivre sans elle, et se conduit en conséquence. D'ailleurs elle reste jusqu'au bout aussi gentille que possible avec lui, ce qui peut lui laisser quelque espoir et quelque illusion. Ce n'est pas cette inertie que je reprocherai à Philippe, mais son erreur radicale sur sa propre nature. (Bien entendu, je ne la reproche pas au romancier véridique, qui enregistre objectivement les méprises et les folies très réelles de son héros.)

Philippe n'a pas du tout changé dans la seconde partie du roman. Il s'imagine encore que dans la première l'humeur vague, volage et falote d'Odile a joué pour lui le rôle de catastrophe. C'est vrai en un sens, mais il ne se rend pas compte que c'est à cause de cela qu'il l'aimait, étant de ces amants doloristes peints par Proust dans l'épisode d'*Albertine*. Se croyant toujours un homme pondéré, il se remarie selon l'idéal qu'il s'attribue, et

18

fait cette fois un mariage assorti. Isabelle est très aimante, et sage, raisonnable, vertueuse, constante, bref le modèle des épouses. Il n'en faut pas plus pour refroidir et décourager notre Philippe. Justement parce qu'il demeure pareil à lui-même, c'est-à-dire incapable de ressentir l'amour autrement que dans le trouble et dans l'angoisse, il se détourne de sa seconde femme trop parfaite et dont il est trop sûr, pour s'éprendre d'une maîtresse, Solange Villiers, qui ressemble un peu à Odile et lui prodigue les tourments nécessaires à son bonheur. Et Isabelle se résigne comme se résignait Philippe sous le règne agité d'Odile. Ainsi la situation est retournée en ceci que Philippe, trompé par sa première femme, trompe à son tour la seconde, mais lui, pivot de l'évolution symétrique, accuse par ce changement même sa propre fixité.

Rien de plus ingénieux, de plus satisfaisant pour l'esprit, ni qui fasse plus d'honneur au talent de constructivité que tous les amateurs de mathématiques admireront chez M. Maurois. Le tour de force, dans ces conditions, est d'enchanter cependant ceux qui se moquent de ces qualités-là et qui se plaisent fort aux qualités les plus différentes. M. Maurois y parvient par les agréments de la donnée et du récit. C'est décidément un romancier accompli. Et j'avais constaté cette double maîtrise, hétérogène et convergente, dans les derniers romans de M. Marcel Prévost. Une intelligence complète et souple n'exclut rien et sait tout concilier.

*
* *

Jacques Boulenger (1).

M. Jacques Boulenger, ancien élève de l'École des
chartes, critique érudit et pénétrant, a eu, lui aussi, la
fantaisie d'écrire un roman, qui se trouve être également
un des plus remarquables de l'année. Si M. André Maurois et M. Jacques Boulenger, tous deux encore débu-
tants comme romanciers, n'avaient de loin dépassé ce
grade par ailleurs, les jurys des prochains concours
n'auraient que l'embarras du choix. Quel démenti
à la légende des spécialisations nécessaires! (Je note
que la critique même strictement professionnelle n'en
est pas une au sens étroit, puisqu'elle oblige à tout lire
et à parler de tout. Ce n'est que parmi les « créateurs » qu'on rencontre des écrivains vraiment spécia-
lisés, dans leur usine ou leur boutique, mais sans monopole.)
  Un dualisme existe dans le roman de M. Jacques Boulenger comme dans celui de M. André Maurois, mais
d'une autre sorte. Ici, un mari et sa femme, chacun
dans son journal intime, racontent la même histoire,
celle de leur ménage, et les faits principaux concordent,
tandis que les points de vue s'opposent. C'est le *Miroir
à deux faces*. Bernard, mathématicien et philosophe,
aime et aimera toujours Rosine, quoique frivole, légère
et pour lui déprimante, car elle l'empêche d'édifier son
œuvre, le traîne dans le monde qui l'assomme, le con-

---

(1) Jacques Boulenger : *Le Miroir à deux faces*, un volume.

damne à des besognes alimentaires et de toutes façons lui fait perdre son temps. Il établit un parallèle entre l'intellectualisme de l'homme et l'inaptitude aux idées rationnelles qui caractérise la femme, vouée au concret, à l'individuel, au subjectif, aux romans et aux potins, à ce qu'on appelle le cœur et la vie (alors que la vraie vie est celle de la pensée pure et désintéressée, dont elles sont incapables). Il y a là trente ou quarante pages puissantes, térébrantes, implacables, qui comptent dans ce qu'on a écrit de plus fort dans la psychologie comparée des deux sexes. Ajoutez-y seulement que si l'on n'a guère vu de femmes à cerveau viril, les mâles à esprit féminin ou, comme disait Proudhon, « femmelin », abondent de plus en plus. Et aussi que le plus ferme intellectuel peut considérer cette frivolité avec indulgence, amusement et amour, sans déchoir. Je m'étonne que l'éminent rationaliste Bernard souscrive la théorie d'Éleuthère (c'est-à-dire de M. Julien Benda), sur l'amour-sadisme, l'amour-souillure, etc., laquelle brave la nature et la raison, pour ne relever que de l'Anti-Physis telle que l'entendait Rabelais. Cela ne me paraît ni juste, ni sain. Les Anciens n'ont pas eu besoin de cela pour connaître non seulement les joies de l'amour, mais la passion même tragique (Médée, Phèdre, Didon, etc.), Stendhal non plus. Dans son chapitre des « Amitiés spirituelles » (l'Homme), Ernest Hello a noté fort exactement les affinités du rationalisme et du paganisme. M. Benda n'est pas un rationaliste à toute épreuve. Il exagère ou viole tour à tour son principe avec une espèce de perversité, qui fausse particulièrement sa conception de l'amour.

Après cette « face du miroir », de tout premier ordre et empoignante, mais qui tient encore de l'essai, quelle surprise que l'autre « face », le journal de Rosine, qui justifie certes la doctrine de Bernard, mais du style le plus romanesque, le plus pimpant et divertissant, comme d'une petite Sévigné d'aujourd'hui, et qui nous emporte dans un prodigieux tourbillon de mondanités, de répétitions générales, de flirts, de papotages, jusqu'à la déconvenue finale de l'irrésistible caillette tombant, avec un trop joli jeune homme, sur le pire bec de gaz. Je croyais que son fameux instinct l'aurait avertie, mais son infatuation de féminité méritait logiquement cela...

Martin Maurice : Amour, terre inconnue (1).

Amour, terre inconnue, de M. Martin Maurice, est un ouvrage extrêmement remarquable, d'une audace étonnante et réellement nouvelle : un roman d'amour, mais psycho-physiologique, où une analyse implacable étudie à fond ce sur quoi l'on jette habituellement un voile, ou qu'on ne désigne que par allusion. Chamfort avait bien parlé du « contact de deux épidermes », mais n'avait fait qu'un trait d'esprit. Remy de Gourmont avait bien publié une *Physique de l'amour*, mais c'était un volume de biologie ou de médecine, plus scientifique que littéraire. Vigny faisait dire à Samson :

> Un maître lui fait peur. C'est le plaisir qu'elle aime ;
> L'homme est rude et le prend sans savoir le donner.

Ce n'était qu'un vers bien frappé, et le poète passait tout de suite à l'anathème contre l'étrange aberration

---

(1) Martin Maurice : *Amour, terre inconnue*. Un volume.

qui l'avait cruellement déçu. Toutes les tragédies, anciennes et modernes, toutes les élégies, tous les romans traitent l'amour sur le plan moral, et n'effleurent la chair tout au plus que pour louer lyriquement la beauté. Buffon a osé dire qu'il n'y a de bon que l'amour charnel, mais il n'a pas écrit de roman là-dessus, et d'ailleurs son axiome, comme celui de Chamfort, était trop partiel et unilatéral.

M. Martin Maurice embrasse tout ce grand sujet, sous ses deux aspects, et en insistant sur celui qu'on a tant négligé, mais sans omettre l'autre, qui compte bien aussi. Et par un merveilleux tour de force il trouve moyen de tout dire, d'étaler tous les secrets d'alcôve, avec une netteté et une précision de clinicien, sans braver l'honnêteté dans les mots ni tomber dans le lourd et plat vocabulaire médical. Son style appartient constamment à la haute littérature : il abonde en fines déductions, en formules incisives, en images sobres, mais évocatrices et caractéristiques. Cela révèle un maître-écrivain.

La difficulté, c'est de rendre compte d'un tel livre. Tout le monde n'a pas cette souplesse de plume, et d'ailleurs le romancier disposait d'un volume entier pour se faire comprendre. Un résumé de quelques lignes affronte un jour plus cru et risque de paraître choquant. Il faut pourtant essayer.

Le roman se divise clairement en trois parties, ou trois étapes. Dans la première, Michel et Andrée Langelier forment ce qu'on appelle un couple uni et un ménage heureux. Ils en présentent toutes les apparences, et c'est même vrai jusqu'à un certain point. Michel, homme de science et grand intellectuel, provisoirement banquier par nécessité patrimoniale, a épousé Andrée par amour. Elle est fille d'un honorable professeur, intelligente et cultivée. Elle aime son mari; elle a, en outre, le sentiment du devoir. Ces deux époux sont des êtres d'élite. Et pendant le jour, tout marche à souhait. C'est la nuit que surgit la mésentente... Oh! là encore, vis-à-vis l'un de l'autre, les deux partenaires sauvent la face. Amoureux et viril, mais empêtré dans des conceptions un peu jansénistes, Michel n'a pas su animer la belle et pure statue qui lui était confiée, et il célèbre régulièrement le culte, mais de telle façon qu'elle le subit comme une obligation de son état, et même comme une corvée. Elle n'y est sensible que juste assez pour souffrir d'une déception et rêver d'autre chose.

Deuxième période : après plusieurs années de fidélité irréprochable et méritoire, approchant de la trentaine, elle prend un amant. Ce n'est même point par recherche consciente de ce qui lui manquait, ou si l'instinct la mène, c'est à son insu. Ce Roland parle à son cœur. Elle est touchée de l'amour qu'il lui déclare. Elle le voudrait platonique, si c'était possible. Par la faute de Michel, l'acte en question est devenu pour elle parfaitement insignifiant, et ne lui inspire ni désir, ni aversion. Elle s'en dispenserait volontiers, et l'acceptera comme une formalité nécessaire, sans laquelle il paraît qu'une femme ne peut garder l'affection d'un homme. Or, ce Roland Prieur, jeune et riche antiquaire, très instruit et très artiste, se trouve être un homme à femmes — comme par hasard. C'est-à-dire qu'il aime toutes les femmes, parce qu'il aime en chacune d'elles l'éternel et essentiel féminin. Il a donc une tendance à esquiver la passion, parce qu'un amour tue les amours et détermine l'idée fixe, qui en est le critérium (voyez Stendhal).

Mais il ne l'esquive pas toujours à volonté, parce que la nature nous tend toutes sortes de pièges, dont certains n'ont pas pour objet la simple propagation de l'espèce. Que lui importe l'amour-passion? L'amour physique suffirait bien pour l'indispensable natalité, mais il conduit à l'autre certains individus, même simples voluptueux d'intention, parce qu'il y a des femmes — généralement les plus belles — qu'on ne peut avoir sans les aimer pleinement, et parce que l'âme entre en ligne pour compliquer le jeu et le rendre plus enivrant, mais plus dangereux.

D'où les deux subdivisions de ce second chapitre. Premièrement, l'amant de vocation qu'est Roland Prieur, chez qui le cœur seul attirait Andrée, procure tout de suite à celle-ci la révélation qui se dérobait à elle en régime conjugal. Elle en sort avec l'orgueil d'une initiée aux mystères orphiques. Et cela, pour elle, a une importance capitale, plus d'importance que pour Roland. En outre, et par delà, elle adore en lui le « reflet du divin qu'apporte l'homme aimé » : M. Martin Maurice l'affirme et j'y consens, en lui supposant pourtant ici un peu de complaisance pour les susceptibilités sentimentales de ses lectrices. J'admets le « reflet divin », mais je crois à la base sensuelle de cette théophanie. Quant à Roland Prieur, si délicieuse que soit l'exploration des charmes d'Andrée, les délectations corporelles lui sont trop connues pour l'impressionner autant; c'est dans le domaine de l'amour moral et passionnel qu'il peut espérer des découvertes intéressantes. Il est pris.

Il devient follement jaloux du mari, comme dans la *Fanny* d'Ernest Feydeau. Il y a ici de bien justement subtiles et piquantes variations sur le malentendu entre Andrée et lui, à propos des relations qu'elle a ou n'a pas avec son mari. Enfin Roland obtient qu'elle n'en ait plus aucune. (Aucune comédie n'échappe à M. Martin Maurice.) Mais un jaloux n'est jamais content. Qu'Andrée et Michel fassent désormais chambre à part, cela ne suffit pas à Roland. Il exige qu'Andrée quitte tout pour le suivre dans une autre patrie. Un divorce, un second mariage? Andrée, petite bourgeoise française profondément traditionaliste, quoique d'esprit assez libre, refuse l'obstacle : que penserait la famille? N'a-t-elle pas déjà assez de torts envers son mari? etc. Ayant posé son ultimatum sans succès, Roland rompt avec elle et part pour l'Amérique.

Troisième partie : le revirement. Après un temps de détresse, la sage Andrée renoue avec son mari, en ne s'avouant que l'espoir de devenir mère. Elle n'aura pas d'enfant, du moins pas immédiatement, mais elle trouve une précieuse compensation. Michel n'était aucunèment disgracié, ni manchot, mais entravé par une doctrine. Naguère ignorante et inerte, Andrée a, grâce à Roland, acquis une expérience qui lui permet d'éclairer et de guider le trop ascétique Michel. Et les deux époux, après tant de tâtonnements, connaissent enfin l'un par l'autre la félicité intégrale... D'où suit que certains maris ont tout à gagner à être trompés et doivent une fière chandelle à l'amant de leur femme... Mais M. Martin Maurice tient à la morale, condamne l'adultère et exalte le mariage, en conseillant au mari d'être lui-même cet amant. C'est un livre sain. Surtout, c'est un livre de premier ordre, d'une richesse et d'une maîtrise admirables.

*
* *

André Chamson (1).

M. André Chamson a de la force, mais il voit triste, et peint en grisaille. Il nous fait des Cévennes froides et moroses. Je me les représentais autrement d'après M. Vincent d'Indy, la *Symphonie sur un thème montagnard*, le *Jour d'été dans la montagne*, le *Poème des montagnes*, musiques allègres et salubres, parfumées, toniques et balsamiques, où l'idylle populaire et naturelle s'anime et bondit à certains moments en rythmes irrésistibles, d'une fraîcheur, si l'on peut dire, dionysiaque. Ce grand musicien est un poète. En outre, ses Cévennes ardéchoises penchent vers le Rhône, côté joie. M. André Chamson hante l'autre versant, celui du Gard, côté prêche. Oh! il n'exerce aucun ministère pastoral et ne se voue à nulle prédication, tant s'en faut! Un Calvin le considérerait peut-être comme un homme dangereux et une espèce de Michel Servet. Son style n'en a pas moins une couleur calviniste et puritaine. Comme la mode s'en est un peu perdue, cela lui assure une originalité.

Dans ce camaïeu sévère et un peu rébarbatif, il dessine vigoureusement une histoire à faire frémir, dont la brutalité eût satisfait les plus fieffés naturalistes du temps de Zola, et dont l'ironie truculente eût enchanté les plus violents romantiques ou les pince-sans-rire un peu macabres de la comédie rosse, tous ennemis déchaî-

---

(1) André Chamson : *Le Crime des justes*. Un volume.

nés de l'hypocrisie bourgeoise. M. André Chamson apparaît ici comme une sorte d'anarchiste grave, de bousingot en longue lévite noire, ou de Méphisto qui se porterait lui-même en terre. Eh! cela ne manque pas de saveur, et pour réaliser ces contrastes de façon si frappante, il faut un réel talent. Il y a toujours du mérite a n'être pas banal.

Une famille aisée et ancienne de propriétaires-cultivateurs, qu'on peut appeler des bourgeois de campagne, est traditionnellement en possession d'une influence, d'une « régence morale » incontestée. Le chef, le vieil Arnal, qu'on surnomme « Conseiller », gouverne en patriarche de la vieille roche non seulement sa propre maison, sa nombreuse tribu de fils, petits-fils, neveux et petits-neveux, qui habitent tous fidèlement son domaine du Maubert, mais, par un ascendant qui ne trouve pas de rebelle, toute la commune et les environs. Son surnom ne vient pas seulement de sa situation à la mairie, mais de la confiance absolue d'une population où nul ne décide rien que par ses conseils. On ne sait s'il eût été le second à Rome, mais il est supérieurement le premier dans son village. Le maire, le curé, le pasteur, le hobereau de la localité semblent de petits garçons en regard de ce vieillard qui ne doit son autorité qu'au prestige de son caractère et de ses vertus. Il est même grand électeur — et nettement républicain (est-ce là, dans l'intention de l'auteur, un trait de satire?) — sans que la politique ait compromis son crédit ni sali son nom. Personne n'oserait diffamer ce Caton l'ancien! Le forum l'entoure d'autant de respect que le confessionnal laïque (comme disait La Coulonche) où il prodigue à une foule de pénitents ou de clients les trésors d'une sagesse officieuse, plus sûre que celle des hommes de loi.

Le portrait est solide comme un Le Nain, presque comme un Philippe de Champagne. Pourquoi M. André Chamson l'affaiblit-il ensuite par un trait superflu? Ce vieil Arnal, si austère, on admet bien qu'il en conçoive de l'orgueil. C'est une faiblesse si l'on veut, mais celle des forts. M. André Chamson diminue vraiment et un peu fâcheusement cette altière et rude figure. Un tel personnage devrait tirer ses principes non plus de Dieu, puisqu'il est incroyant, mais d'une certitude stoïcienne ou kantienne, en tout cas les juger aussi évidents par eux-mêmes que la clarté du soleil et des étoiles. Au lieu de s'en tenir à cet impératif catégorique et infaillible, ne va-t'il pas s'inquiéter de l'opinion publique, et ne se considérer comme sûr d'être dans le vrai que si la masse lui donne raison! Allons! ce n'est plus un burgrave de la morale, c'est un politicien et un démagogue. M. Chamson nous l'a gâté.

Il s'y est cru obligé pour préparer le coup de théâtre qui va suivre. Mais non! Cela l'explique peut-être, mais d'une manière un peu ordinaire et subalterne, qui en amoindrit beaucoup l'effet. Dans l'intérêt même du drame et de la dérision que se proposait sans doute l'auteur, l'impression eût été d'autant plus profonde que ce parangon de moralité serait tombé de plus haut.

Une petite-fille du vieil Arnal, Clémence, sourde-muette, gardeuse de chèvres, une « innocente » et une faunesse, qui fait un peu songer à la fille du Paradou d'Émile Zola, en vient à fauter avec son propre frère Maurice. Elle accouche, et l'obstétrique de M. André Chamson ne le cède en rien à celle du maître de Médan. Les Arnal, horrifiés, laissent mourir l'enfant, en y aidant un peu. « Conseiller » l'enferme dans un sac et l'enterre clandestinement dans la cour de ferme. L'infanticide est patent. Quelle chute! Mais les Arnal sont horrifiés surtout par l'atteinte qu'un scandale porterait à leur renommée jusqu'ici sans tache. Par-dessus tout, ils craignent le qu'en-dira-t-on. C'est un peu vulgaire.

Combien il serait plus saisissant — et plus démonstratif pour la thèse — de faire déterminer le crime, directement, par la conscience même de ces justes! Le vieil Arnal pourrait s'ériger en justicier, condamner de bonne foi les brebis galeuses et l'intrus, devenir criminel par excès d'amour du bien, car la justice est dure, et les gens intègres sont souvent inexorables. Il y a des fanatiques, des inquisiteurs et des bourreaux par conviction profonde, même en dehors des religions positives. Et notre époque glisse plutôt au relâchement et à la déliquescence. Cependant, peut-être excessive, la sanglante raillerie de M. Chamson pouvait avoir sa raison d'être. Sans aller à ces horreurs de fait-divers, le pharisaïsme ne laisse pas de susciter de mauvaises actions et d'être souvent inhumain. Brutal dans le détail, M. Chamson a pensé plus faiblement, et son récit finit en queue de poisson.

*
* *

Georges Duhamel (1).

Dans la *Nuit d'orage*, M. Georges Duhamel raconte habilement une étrange histoire. Deux jeunes époux, François et Élisabeth Cros, tous deux intellectuels, rationalistes, professionnellement adonnés aux sciences positives, deviennent soudain superstitieux comme des

(1) Georges Duhamel : *La Nuit d'orage*. Un volume.

Papous. D'un voyage en Tunisie, ils ont rapporté un bibelot qui passe pour porter malheur. Élisabeth tombe malade. François a une peur affreuse. Il croit au maléfice, mais il en rougit. Par point d'honneur, il ne l'avoue pas; Élisabeth non plus, dont l'état s'aggrave, jusqu'au jour où l'objet pernicieux disparaît. Alors elle guérit. Chacun des deux envoûtés suppose que c'est l'autre qui l'a jeté au loin. Puis François le retrouve dans la même commode, simplement tombé par hasard dans le tiroir du dessous. Mais Élisabeth avait été délivrée de l'obsession qui la minait. Le roman finit donc bien, mais la raison, avant de rentrer dans ses droits, avait subi de pénibles épreuves. Ce François, qu'on nous donne pour un esprit critique et scientifique, agit et pense comme un enfant. D'abord, pourquoi ne voulait-il pas supprimer le bibelot? Sans tomber soi-même dans des superstitions, on peut composer avec celles d'autrui. D'ailleurs, cet accessoire pouvait recéler des poisons volatils, comme M. le docteur Mardrus, le savant traducteur des *Mille et une nuits* et du *Coran*, enseigne qu'il y en avait dans le tombeau de Toutankhamon. Des esprits très libres, par exemple Moréas, ont été ou ont affecté d'être superstitieux. Tantôt on le fait par allusion ironique aux préjugés, tantôt pour de bonnes raisons et avec une pensée de derrière, comme disait Pascal. Un Gœthe ne pouvait aimer les couteaux en croix : voyez ses *Épigrammes vénitiennes*. Quand on dit : « J'ai mis mon pantalon blanc : alors, naturellement il pleut », on ne se juge pas persécuté par une force mystérieuse : au contraire, on constate l'indifférence de la nature à nos commodités et on nie très scientifiquement le cause-finalisme à la Bernardin de Saint-Pierre. Tel fétiche, par exemple un bout de

ruban, rappelle chevaleresquement une personne chérie,
dont l'amour exalte le courage de son chevalier et lui
porte donc bonheur dans une certaine mesure. D'autres
petites manies signifient simplement le besoin d'ordre,
de méthode et d'automatisme, pour ne faire attention
qu'à l'essentiel. La vraie superstition ne commence
qu'à la croyance au merveilleux. Il est étonnant qu'un
rationaliste comme François Cros s'imagine que la
maladie de sa femme est causée par l'intervention de
puissances surnaturelles. On s'en irriterait, si le dénouement, comme chez Mme Claude Isambert, ne remettait
les choses au vrai point. M. Georges Duhamel considère
que la guerre nous a tous plus ou moins détraqués. De
même un jeune cousin de François devient successivement anarchiste, catholique, royaliste, gallican, et fait
entre temps une saison, comme pensionnaire, dans une
maison d'aliénés. La guerre aurait donc des horreurs à
retardement. Puisse la raison nous conserver la paix !

*
* *

Jean Desbordes (1).

J'adore, de M. Jean Desbordes — un débutant — n'est
pas tout à fait sans talent. Mais quel verbiage ! quel
fâcheux amalgame de gravelures et de mysticisme ! Ce
n'est peut-être pas d'un goût parfait de mêler Dieu à ces
histoires-là, même sous le patronage de M. Jean Cocteau.
Celui-ci a donné à M. Maurice Rouzaud, des *Nouvelles
littéraires*, une interview de trois colonnes, à la gloire
de Cocteau, de Radiguet et de Desbordes, et à la honte

---

(1) Jean Desbordes : *J'adore*. Un volume, Grasset.

de la critique, qu'il se vante d'ailleurs — lui Cocteau
— de ne point lire et de tenir pour nulle et non avenue.
C'est d'un bon comique.

M. Jacques Maritain, l'auteur de *Primauté du spirituel*,
a jugé non sans raison que la spiritualité ne primait pas
suffisamment dans ce petit livre, et qu'un nouveau converti n'avait pu l'honorer d'une préface sans se disqualifier devant le pape et le concile. Ayant présidé à la rentrée
de M. Jean Cocteau dans le giron de l'Église, M. Jacques
Maritain s'est senti gravement compromis lui-même.
Cet apôtre des gentils vient donc de déclarer M. Jean
Cocteau relaps et de rejeter ce catéchumène hors de la
communion des fidèles. *Vade retro!* L'anathème a été
fulminé dans le *Roseau d'or*. On en sourira peut-être.
Pour ma part, je n'ai jamais attaché grande importance
à ces conversions trop littéraires, et ce qui m'avait toujours étonné, c'était que M. Jacques Maritain eût pris au
sérieux celle de M. Jean Cocteau. Il arrive aux profanes
de voir plus clair que les mystiques dans ces questions-
là, comme dans beaucoup d'autres. « Je ne suis pas
croyant, mais je suis théologien », a dit M. Bergeret.

FIN

INDEX DES NOMS CITÉS

TABLE DES MATIÈRES

IMP. CHAIX. — 7102-4-29. (Encre Lorilleux).

IMPRIMERIE CHAIX, RUE BERGÈRE, 20, PARIS. — 7104-4-29. — (Encre Lorilleux)

www.ingramcontent.com/pod-product-compliance
Lightning Source LLC
Chambersburg PA
CBHW071857020726
47502CB00003B/789